SV

Joachim Helfer
Cohn & König

Roman

Suhrkamp

Für Ermutigungen, Einwände und
Hinweise während der Arbeit am Roman
danke ich Helmut Frielinghaus.

Erste Auflage 1998

Druck: Nomos Verlagsgesellschaft, Baden-Baden
Printed in Germany

Für Eva Maria Ingeborg
und Minna Lily

I

Das Meer unter der Tragfläche ist von so unverschämt tiefem Blau, daß ich mich frage, beinahe schuldbewußt, warum mir nicht heiterer zumute ist. Darüber werde ich so blaß wie immer, wenn ich unmittelbar vor der Landung, das Fahrwerk ist schon rumpelnd ausgefahren, das Land aus dem Blickfeld weichen sehe, so daß ich unter mir nichts mehr weiß als den vom Himmel jenseits der Dunstglocke geküßten, mit kostbaren Perlmuttkämmen geschmückten Azur des offenen Ozeans – statt des Küstengebirges, an dem sich die Fallwinde aufbauen, die das Flugzeug nun seit Minuten beuteln, statt der türkisfarben gefliesten Tümpel in vergilbten Dschungelgärten, statt der Palmen, die den Strand nachzeichnen, der die bis weit ins Hinterland hineinwuchernde Stadt der Engel gegen das Wasser scharf begrenzt. Wasser, das noch bis eben wenigstens über den Untiefen in Ufernähe beruhigend gräulich ausgesehen hat. »Oh, how nice!« juchzt die rosige Greisin in der Reihe vor uns. Dann kippt der plumpe Aluminiumalbatros, eine Papierschwalbe, die abschmiert, für eine langgezogene Steilkurve auf die Seite, meine Handflächen werden immer feuchter, und das verfluchte schwarze Zeug, das ich mir in einem Akt theatralischer Selbsteinflüsterung, in der verzweifelten Hoffnung auf ein bißchen Trauer, schon heute angezogen habe, klebt mir an den Schenkeln. Also schwitze ich wieder wie mit dreizehn, als ich diesen Anflug von Todesangst zum ersten Mal erlebte: Ich, Flori, der Jüngste und Kleinste von drei Geschwistern, darf am Fenster sitzen, weil mein Bruder bequem über mich hinwegsehen kann; abgründig grinsend klärt er mich über die Funktion der Landeklappen auf: »Wenn die Strömung abreißt, fallen wir ins Meer!« Für die Reise, auf die sie uns nicht begleiten konnte, hatte unsere Mutter ihm den gleichen, nur größeren, kornblumenblauen Popelinanzug gekauft wie mir, doch anders als ich kam er sich darin doof vor. Unsere Schwester, das Gesicht mehr spitz als keck, wie ihre Knie, die aus einem marineblauen Faltenrock vorstachen, wie die Brüste unter der gestärkten weißen Bluse, saß am Gang und sah starr geradeaus, ernst unter der Verantwortung, die sie als Älteste zu tragen hatte. Nichts an meinem derzeitigen Zustand läßt ahnen, daß seither zwölf Jahre vergangen sind... Endlich greifst du vom Nebensitz nach meiner Rechten – und ich mache die Augen zu, entschlossen, sie nicht wieder zu öffnen, bis wir festen Grund erreicht haben. Eine letzte Bö wirft die Maschine aus dem Gleichgewicht, dann spüren wir den ersehnten Ruck und gleich darauf im Magen die Beschleunigung des Frühstücksrühreis durch den einsetzenden Gegenschub. Einige Passagiere, die nicht wie ich in einer klatschnassen Rüstung aus Gepflogenheiten stecken, applaudieren, um ihrer Erleichterung Luft zu machen, und der Bordlautsprecher quäkt in das anhaltende Aufheulen der Triebwerke hinein: »'come to Los... ternational! 'ease remain seat'... 'elt fastened unt'«

Und fast ist es noch einmal wie an jenem Tag im Mai vor sechs Jahren, als ich, das Abitur in der Tasche und sonst nichts, in dem Anzug, den du mir Ostern in Rom geschenkt hattest, eierschalweiße Seide, die Außentaschen noch zugenäht, aus dem Flugzeug stieg und, zurückgeworfen von dem gleißend hellen Licht, das der heiße Asphalt des Rollfelds reflektierte, oben auf der Treppe stehenblieb. Der Wind, der mir um die Nase wehte, war durchzogen von Duftspuren eines Suds aus Sonne, See und Kerosin. Ich nahm die Brille ab, deren ungetönte Gläser die Blendung noch verschlimmerten, und versuchte, die südliche Luft so tief es nur ging in mich einzusaugen; dann, eine Aktenköfferchen-Messingecke (»Permesso!«) des eiligen Herrn hinter mir im Rücken, schepperte ich die Metallstufen hinunter und lief auf das Empfangsgebäude eines Provinzflughafens zu, dessen Beschriftung in mannshohen Lettern auf dem Dach ich gerade noch entziffern konnte: *Aeroport Nice – Côte d'Azur*. Weil die Polizisten an der Paßkontrolle mit einem Herrn zu tun hatten, der, die Hände in ein paar aufplatzende Plastiktüten gekrallt, auf englisch von der Verfolgung seines Volks im Irak stammelte, statt endlich das französische Wort für Asyl zu sagen, und weil ich auf kein Gepäck warten mußte, stand ich Augenblicke darauf verloren im Halbdunkel der Vorhalle. Voilà: Ein Drehgestell für Zeitungen, auf dem außer einem Exemplar des Corriere della Sera nur noch zigfach das lokale Revolverblatt Nice-Matin feilgeboten wurde; ein typisch französischer Tabakladen wie ich ihn nun nie mehr betreten würde, weil ich das Rauchen dir zuliebe vorgestern aufgegeben hatte; ein Blumenstand mit dem in Zellophan verschweißten saisonbedingten Überangebot an Strelitzien, das Dutzend zu einhundert Franc... »Läufst du wieder mal blind durch die Welt?« Ein vorübergehendes Glücksgefühl, gemischt aus Schrecken, Scham und Schadenfreude, überlief mich: Ich war doch tatsächlich an dir vorbeigegangen! »Na, dann komm, du Maulwurf!« Keine auch noch so kurze und unverfängliche Umarmung später saßen wir im Fond deines sonst weder chauffierten noch eiskalt klimatisierten Jaguars, der unter den schmalen Händen deines Gärtners über die Küstenstraße schnurrte. Graues Meer hinter getönten Scheiben. Dann erst nahm ich wahr, daß der Boden unter meinen Füßen mit Blütenblättern bedeckt war, nicht ängstlich einzeln abgezupft von rosa Rosen, sondern in der heiteren Gewißheit deiner Unwiderstehlichkeit pfundweise von Jean-Maries eifersüchtig gehüteten Beeten gerupft – samt etlichen dunkelgrünen Blättchen, von denen eines sich bewegte und, als ich es vorsichtig mit der Schuhspitze verschob, eine gelbgrün geringelte Raupe freigab. Ich spürte, wie sich unterm Seidenfutter jedes Haar auf meiner Haut aufstellte, während mein Körper auf den festen weißen Lederpolstern heiß und hart wurde bei dem Gedanken, daß ich nun gleich vernascht würde – und lief vor Scham rot an. Denn mir fiel plötzlich ein, daß ich als Junge in Schwalbach einmal einem Tierchen in schwarzem Pelz zugesehen hatte, wie es sich mit rosigzarten Schaufelhänden die Steinstufen hocharbeitete, die vom Garten in den Keller unseres Reihenhauses führten: Als ich den Wasserschlauch, mit dem ich das Wesen aus seiner Wohnung unter den Tulpenbeeten meiner Mutter vertrieben hatte, aus der Hand legte, um es anzufassen und zu streicheln, entwischte es unter dem Zaun hindurch zu den Nachbarn, direkt vor die Klauen ihres fetten schwarzen Katers...

Nur, daß du heute, als gälte es einen Termin mit einem Kunden einzuhalten, als wäre der Anlaß dieser Reise nicht ausnahmsweise reine, dazu meine Familienangelegenheit, vor mir her durch den Blechfinger der Pier in den Terminal stürmst, obwohl ich dir deinen Vornamen in der einzigen Sprache nachrufe, in der du ihn hören magst: auf französisch. Nur, daß die amerikanische Einwanderungsbehörde in Gestalt einer flammendroten Freiheitsgöttin, die meinen Nachnamen samt dem seltsamen deutschen Umlaut auf Anhieb ganz korrekt ausspricht, auch alles andere genau nimmt. Während du mit deinem blauen Paß (»Walk on!«) längst durchgewinkt wurdest, stehe ich noch immer vor der freundlichen Walküre, knete durch die Hosentaschen meine Leisten und antworte brav auf ihre Fragen: Nein, ich führe keine Rauschmittel bei mir, nein, ich beabsichtige nicht, eine illegale Beschäftigung aufzunehmen, nein (warum nur komme ich mir beim Anblick einer Uniform immer so ertappt vor? Und was soll ich sagen, wenn sie mich das fragt – schließlich ist sie ganz nah dran ... Außerdem weiß ich nicht einmal, welches Hotel du in Los Angeles für uns gebucht hast – und genieße zu allem Überfluß noch immer das Privileg eines mit Privaterzieher reisenden Prinzen, nichts so Erbärmliches wie Geld am Leib tragen zu müssen ... Ich sehe mich schon hinter dir her gestikulieren: »Der Herr dort kann für mich bürgen«, dabei bist du längst im Gewühl verschwunden, »nein, nicht der, ein anderer, er muß schon vorausgegangen sein, nein, nicht mein Vater, mein –«), nein, und grenzenlose Erleichterung erfüllt mich, als ich auch diese letzte Hürde nehme, nein, ich leide an keiner ansteckenden Krankheit. Mit einem unwiderstehlich gesunden Lächeln gibt sie mir den Pappdeckel zurück, der selbst für ein so fragwürdiges Geschöpf wie mich eine Art von Identität ausweist: »Enjoy your stay!« Der schwarze Kauz, vielleicht ein angehender Priester, weiß sich dieser strahlenden Beamtin nicht anders zu erwehren, als daß er in seinem blechernsten Deutsch versetzt: »Eigentlich bin ich nur hier, um meinen Vater zu beerdigen!«

Der Mann, der seine drei Kinder in Empfang nahm, indem er sie in der Reihenfolge ihrer Geburt küßte, roch nach kalter Pfeife und verschwitztem Khakihemd. Meine Schwester hatte es am längsten auszuhalten, weil er sie bei den Händen faßte, von sich wegschob und eine Weile musterte, ehe er endlich anerkennend pfiff, sie erneut zu sich heranzog und ihr verzerrtes Gesicht an seine Stoppeln preßte. Mein Bruder (»Na, du Racker – Pfui Deibel, wie hat sie euch denn ausstaffiert!«) kam mit ein paar Knüffen in den Bauch davon, die er mit unsicherem Lachen über sich ergehen ließ, während ich (»War der Kleine brav?«) nach einem zerstreuten Tätscheln übers Haar entlassen war: »Fast hätt ich euch total vergessen, soviel Ärger haben wir gerade in der Mine!« Unter Erläuterung allerlei technischer Probleme, die meinen

Bruder lebhaft interessierten, während ich nur mitbekam, daß es um Grundwasser und Pumpen ging, schob er unsre Gepäckkarre über den quadratmeilengroßen Parkplatz, wo die Luft stand, in der Nase brannte, selbst flirrend in Flammen aufging. Ziel der Expedition war nicht einer der Straßenkreuzer, deren Namen mir von Quartettkarten vertraut waren (»Komm schon, Flori!« – warum durfte mich ein Mann, der mich nie gekost hatte, so rufen?), sondern ein VW-Bus, dessen Farbe unter einer Ockerkruste nicht mehr auszumachen war und der zwischen all den glänzenden Pontiacs und Buicks zugleich ungehobelt und nachgerade pervers zierlich wirkte. »Wir müssen noch ein paar Sachen abholen, die ich in der Stadt bestellt hab!« Schon vor Wochen hatte ich das Paßphoto mit dem altmodisch gezähnten Rand, das mich von klein auf in seinen Bann gezogen hatte, aus dem Aktenordner »Franz/Scheidung/Sorgerecht« im Schreibtisch meiner Mutter genommen und es seither als wichtigste Unterlage für die Reise im Brustbeutel verwahrt. Jetzt fiel es mir schwer, in dem sonnenverbrannten, energisch um Unverkrampftheit bemühten Fünfziger, dem die Spuren von zwanzig Lebensjahren in der freien Welt wie ein zerknitterter Trenchcoat standen, den entlassenen Zonensträfling von dem schwarzweißen Bildchen zu erkennen: Auch wenn ich die Geschichte dieses verlorenen Vaters aus Andeutungen nur vage kannte, wies ihn, für die Aufnahme verkleidet als der heimgekehrte Sohn, in meinen Augen allein der zu weite Kragen um den abgezehrten Hals als richtigen Geheimagenten aus. Der Psychologin, die sich als Studentin in den finsteren Eigentümer eines Schicksals samt Geheimnis verguckt hatte, verriet dagegen der Seidenstrick im tödlichen Schick der fünfziger Jahre nachträglich jenes »Bürgerbürschchen, das sich hat wichtig machen wollen!« Am wenigsten stimmte der Blick dieses zum Original Verkommenen mit dem Bild, das ich von ihm gehabt hatte, überein: Statt mich unverwandt anzustarren mit jener unversöhnlichen Mischung aus Zorn und Trauer, an der ich den Fremden auf dem Photo als meinen Vater erkannt hatte, schienen die hinter Sonnengläsern umherirrenden Augen so schamlos um ein Zeichen des Wiedererkennens zu betteln, daß ich neben Scheu vor dem Unbekannten auch Abscheu vor dem Vertrauten fühlte; zum ersten Mal für einen anderen etwas von dem Ekel, den ich sonst nur vor mir selbst empfand. Am meisten störte mich aber seine Stimme, nicht weil ich unsinnigerweise glaubte, mich dunkel an sie zu erinnern, sondern weil sie schön war. Etwas an diesem überaus männlichen Organ verletzte mein Schamgefühl, war mir, beinahe vierzehn und noch nicht im Stimmbruch, peinlich: trotz heimlicher Nachhilfe mit Mutters Napoleon und den Javaanse Jongens meiner Schwester. Als dieser brummende Erzeuger (sollte ich »Vater« sagen? »Papa«? »Vati«?) sein exotisches Gefährt aufschloß, sah ich, daß die Rückbank herausgenommen war, um Platz zu machen für eine rostige Maschine mir unvorstellbarer Funktion: »Der Generator ist auch schon wieder hin – die beiden Großen sitzen am besten vorn!«

Hin und her geworfen auf dem wackligen Thron aus Koffern, hin und her gerissen zwischen dem Bemühen, meinen öligen Nachbarn nicht zu berühren, und dem Verlangen, ihm die letzten himmelblauen Lackhäutchen abzupulen, unter denen das Eisen blank und nackt wie neu war, schaukelte ich durch den hellen Mittag über einem Wahnsinn namens Freeway: zahllose Spuren, auf denen der Verkehr so fern von aller Nervosität vor sich hinfloß wie auf keiner Kreisstraße im Taunus. Und so wurde ich, Sekundenschlaf um Sekundenschlaf nachhaltiger überwältigt von der nun unabwendbar in mir anbrechenden mitteleuropäischen Sommernacht, in einen sechswöchigen Schlaf gewiegt, einen Traum von Ferien in der Wüste, der mir als einzige große Zeitverschiebung im Gedächtnis geblieben ist, als Filmriß, als flimmerndes Fremdland der Erinnerung, durch das die zusammenhanglosen Einzelbilder verblichener, nein, überbelichteter Urlaubsphotos wehen: Die landeinwärts ansteigende Küstenebene, bis zur Grenze des Gesichtskreises zugekleckert mit budenartigen Gebäuden ähnlich den Provisorien, die in Frankfurt noch immer manche Bombenlücke schlossen, aber unter keiner verfilzten Decke aus Kabeln und Antennen steckten und auch nicht überragt wurden von überhaushohen Reklametafeln. Das im Abgasdunst schwebende Nest von Wolkenkratzern, abgebrochene Riesen oder doch Däumlinge, die hoch hinaus wollten und denen ich, das Prinzchen mit den bis aufs Blut heruntergekauten Nägeln, mich der trotzigen Geste wegen verbunden fühlte, mit der sie in den wolkenlos hellgelben und gewiß kratzfesten Himmel zeigten: schutzsuchend aneinandergedrängt, wie überwältigt von der totalen Horizontalität einer Umgebung, die meine Vorstellung von Amerika über den Haufen warf. Der Daumen, den ich als einzig verfügbaren Maßstab im rasch an mir vorbeifließenden, aber Meile um Meile gleichbleibenden Weichbild der Wildwestsiedlung im Breitwandformat, an die Seitenscheibe des bergaufklappernden Kastenwagens hielt. Das weiß auf Dunkelgrün im Schilderwald aufscheinende quasiheilige Wort für einen Mythos, das hier eine Autobahnabfahrt benannte: Hollywood! Das kurze Aufatmen beim Überqueren des angegrauten, hier und da auch verkohlten, aber doch wohltuend waldigen ersten Höhenzugs, von dem es hinunterging, nein, nicht in die Wüste, nur in ein weiteres, endlos weites Tal voller verstreuter Wohnwagenburgen und Kolonien bunter Einheitshäuschen, die zur selbstgerechten Freude des von den Pete-Seegers-Platten seiner Schwester geprägten Antitouristen in diesem autogerechten

›Pazifis‹ genauso hölzern und zusammenhanglos in der John-Wayne-Landschaft herumstanden wie erwartet: Unterkünfte eines seßhaft gewordenen Nomadenvolks, das nur es selbst gewesen war, solange es nach Westen zog, und sich nun, am Ziel, am Ende, dort, wo es weder vorwärts noch zurück ging, oder vielmehr vorwärts wie zurück nach Osten, in einer übermächtigen Natur verlor, die sich großartig durchfahren, aber nicht bewohnen ließ... Nach fast zwei Stunden, in denen ich die Hoffnung anzukommen beinahe aufgegeben hatte, kamen wir schließlich doch zwischen den karstig schönen San-Gabriel-Bergen hindurch und von der Paßhöhe hinab in die Mohave: aus der hausgemachten, Vorort gewordenen Steppe in die gottgewollte Wüste. Je heißer und trockener es wurde, desto mehr verdichteten sich bizarrerweise die verstreuten Fabelkreuzungen aus Kakteen und Palmen zu einer Urzeitszenerie, in der jeden Augenblick ein Tyrannosaurus Rex auftauchen mußte. »Zu trinken gibts erst in Joburg, basta!« Ein kurzer Zwischenstopp »in der Stadt«, gemeint war also nicht Los Angeles, sondern ein Kramladen mit Zapfsäule namens California City am längst nur noch einspurigen Highway, wo ein verschmierter blonder Blaumann (»Hy, Freddy – just fetcht my kits from se airport – bist du fertig mit den Flanschmuffen?«) wortlos die Seitentür des Wagens aufzog, den Generator herauswuchtete und an seiner Statt zwei Kisten mit glänzenden Aluminiumteilen und schwarzen Gummischlauchstücken hineinschob. »Nur noch ne Stunde!« – auf halber Höhe zwischen schroffen Bergen und einem spiegelglatten Salzsee hindurch, auf einer hügeligen Piste, in deren Senken Wasser zu stehen schien, das sich beim Heranfahren in heiße Luft auflöste, um sich hinter uns wieder zu sammeln: meine erste Wüstenstunde, die ich verdämmerte zwischen wunden Blicken durch das Heckfenster unserer Karosse auf die prächtige Staubfahne, die sie standesgemäß hinter sich herzog, und wirren Traumbildern von Fluten, in die ich mich hineinzuwerfen wähnte, seit ich auf mein Quengeln einen Kaugummi mit dem nachempfundenen Aroma kandierter Rosenknospen nach hinten gereicht bekommen hatte. Endlich der leuchtend rote Galgenberg, der aus der trockengrauen, nur mehr mit Buschwerk bewachsenen Hochebene zwischen den Ausläufern der Sierra aufwuchs, der Kegelstumpf eines verwitterten Vulkans, auf dem ein paar windschiefe Fördertürme standen, Wahrzeichen von »Johannesburg – Elevation 4420, Population 73«, das uns Augenblicke später mit einer Tafel am Straßenrand willkommen hieß – und gleich darauf die erste Büchse Rootbeer, das wiederum nach Kaugummi schmeckte (»Hab ich extra für dich besorgt!« – Mein Bruder bekam natürlich Bud...) in meines Vaters, Franz Königs, Palast.

»Als erstes müssen wir sehen, daß du aus diesen idiotischen Klamotten rauskommst – man kriegt ja einen Hitzschlag, wenn man dich bloß ansieht!« Weil du wie üblich recht hast und wir erst morgen rausfahren, um der Pflicht, Trauer zu tragen, zu genügen, sinke ich, zu müde, um gegen deine fürchterliche Fürsorglichkeit und Effizienz zu protestieren, zur Abwechslung mal wieder auf den Beifahrersitz des Wagens, den du inzwischen von dem verdächtig anstelligen und sehr blonden Beachboy-Typen der Verleihfirma mit unserem Gepäck beladen läßt. Es scheint mir länger als nötig zu dauern, bis er sein obligates Tip erhalten hat und endlich den Kofferraumdeckel runterklappt, hinter dem ihr wer weiß was zu bereden habt, während ich versuche, mir nicht den Hals nach euch zu verdrehen und dem Radio, dessen sämtliche Kanäle gerade mit Staumeldungen verstopft sind, statt Brandungsrauschen und Geplapper etwas Surfsound zu entlocken. Gerade will ich aussteigen und nachsehen, da läßt du dich, dein etruskisches Lächeln auf den Lippen, neben mich fallen und drehst die hoffnungsvolle Nachwuchsstimme nach ein paar Takten, aus denen eine schön traurige Ballade hätte werden können, achtlos ab: »Entschuldige, daß ich dich vorhin allein gelassen habe, aber ich wollte nicht auffallen, bevor ich durch den Zoll war... Wer hat denn den Spiegel so verdreht...« Die schon dreist blauäugige Vorstellung, du, halb Guru, halb Gottvater selbst im wallenden weißseidenen indischen Gewand, mit deinem Heiligenschein aus Silberlocken um den braungebrannten Schädel, vor allem aber mit deinen Augen, blauen, habichtsgeierscharfen Kinderaugen, leuchtend vor Liebe, Hoffnung, Habgier, verehrt und gefürchtet im Reich der Kunst, du, Pierre Cohn, könntest irgendwo nicht auffallen, versöhnt mich für den Augenblick so weit, daß ich mich dem Geschäftlichen zuwenden kann: Im Schutz der Immunität nämlich, die deine Erscheinung dir verleiht, hast du soeben ein paar Elfenbeinamulette aus Zaire, du sagst bis heute Kongo, am U. S. Customs vorbei geschmuggelt, gezwungenermaßen, denn die nur durch Jahrzehnte des Befingertwerdens herzustellende erdnußhautfarbene Patina dieser Balega-Ivories hätte die professionellen Kunstschatzschätzer kaum davon abgehalten, sie aufgrund der neuesten Artenschutzkonvention zu konfiszieren; Krimskrams, von dem ich gar nicht wirklich wissen will, ob du ihn gleich liefern möchtest. »Ron ist ein bißchen bieder... Wahrscheinlich lädt er uns zu Drinks auf heute abend ein... Also unterhalt dich nett mit seiner Frau, und versuch bitte, dich nicht zu betrinken – wenn er die Stücke nimmt, ist die Reise schon bezahlt...«

Vor jenem Sommer hatte ich meinen Vater vor allem aus Bemerkungen gekannt wie »Euer Erzeuger zieht es ja leider vor, seine Unterhaltszahlungen zu versaufen!«, mit denen seine geschiedene Frau uns gelegentlich einen Wunsch abschlug; sonst war sie eher stolz darauf, sich nicht kleinkriegen zu lassen von den zermürbenden nachehelichen Scharmützeln und ihre Kinder auch ohne Mann großzubekommen. So war ich aufgewachsen, ohne ihn weiter zu entbehren, aber auch ohne mehr von ihm zu haben als die Vorstellung, die ich mir aus vagen Andeutungen der Mutter und den verwegenen Geschichten meines großen Bruders gemacht hatte, der schon öfter bei ihm gewesen war: denen zufolge unser Vater (den also hatten wir immerhin gemeinsam – oder hatten ihn vielmehr nicht...) irgendwo im wilden Westen wohnte, in einer vergessenen Goldgräberstadt, die längst keine brauchbare Mine mehr besaß. Zeitlebens ein schlimmer Spieler verließe er sein Johannesburg höchstens ab und an, um in Las Vegas »einen drauf zu machen«. Nun mußte er auf eine neue Ader gestoßen sein – und sich sofort daran erinnert haben, daß er in der regenverhangenen alten Welt Kinder hatte: kurz nach Ostern war ein dikker Umschlag mit Marken aus Übersee ins Haus geflattert, in dem neben drei Flugscheinen auch ein Brief lag, mühselig zusammengetippt auf dem Geschäftspapier einer »King's Mining Ltd.« Unsere Mutter zeigte sich denkbar unbeeindruckt: »Hübsche Namen für seine Pleiten sind ihm immer schon eingefallen!« Ich dagegen stolperte über den Ton, der darin angeschlagen wurde: vertraulich, familiär, jovial, als bestünde zwischen uns eine selbstverständliche, nie wirklich abgerissene oder doch jederzeit wiederherstellbare Nähe. Nach dreizehnmaliger Lektüre seines Schreibens war mir klar, daß der Mann nur eine sentimentale Talmi-Ader in seiner Wüste gefunden haben konnte, Rauschgold, Buntmetallagerstätten leerer Bierbüchsen oder höchstens ein paar Pyritkristalle im schwefligen alluvialen Ton eines immer mehr versalzten, eingedickten und endlich ausgetrockneten Sees aus der Eiszeit. Wir hatten als Familie immer leidlich zusammengehalten, waren gut ohne ihn ausgekommen – wozu also drängte er sich in unser Leben? Sein Pech, wenn ich nichts an ihn verschwenden wollte, was mit Zuneigung zu verwechseln war.

Und ehe ich wußte, wie mir geschah, saß ich neben ihm in der Fahrerkabine des Pickups, zum letzten Mal auf dem abendlichen Heimweg vom Bauplatz seiner zukünftigen Windfarm: »Wenn das Erdöl in fünfzig Jahren ausgeht, versorgen wir Amerika mit Strom aus der Wüste! Ihr in eurem kalten Europa solltet euch mit den Arabern gutstellen, ihr werdet sie noch brauchen!« Das neueste seiner vor Ort gar nicht abwegig, wohl aber wagemutig wirkenden Projekte tauchte sein Leben in der Wildnis in ein solideres Licht als die bitteren Kommentare meiner Mutter oder die Räuberpistolen meines Bruders: »Würden die Amis ihn nicht so gut verstecken, hätten ihn die Russen längst liquidiert!« Zu diesem Vater konnte ich sogar bewundernd aufsehen, dachte ich, während er über abenteuerliche Pisten auf den Sonnenuntergang zufuhr; seltsam nur, daß mir der Anblick seines scharf geschnittenen Profils einen solchen Stich versetzte. »Ist was?« Übermorgen würde mich meine Mutter in die Arme schließen – und irritiert, beinahe beleidigt das Ergebnis von sechs Wochen einseitiger Ernährung mit hormonverseuchten Porterhousesteaks registrieren: »Gott, Junge, du hast ja einen Riesenschuß gemacht!« Für den Augenblick zählte nur, daß mein Vater zufrieden schien mit mir, seinem am Ende gar nicht so zimperlichen Söhnchen, das seine »hysterische Alte« zwar verzärtelt und verzogen hatte, aus dem aber vielleicht doch noch ein Mann zu machen war. Für den einen Moment wirkte er mit der Welt versöhnt. Nicht, daß er etwas gesagt hätte – er sang! »Don't fence me in!« Laut und falsch zu der Begleitung, die der Baß des Diesels abgab, und doch mit einer guten Stimme.

Zuckte da nicht sogar ein Lächeln? Aber seltsam, ich traute mich nicht mehr, meinem Vater ins Gesicht zu sehen, bloß aus dem Augenwinkel auf seine Hände, die das Steuer des Geländewagens, der auf der Schlaglochpiste bockte wie ein Mustang im Rodeo, weniger fest als mit lockerem Griff auf Kurs hielten. Und von den Händen rutschte mein Blick ab auf die Unterarme, die bedeckt waren mit einem Goldvlies, flimmernd im Licht der tief stehenden Sonne und im Rhythmus der Erschütterungen. Verstohlen verglich ich sie mit den meinen, die fast genauso braun geworden waren, was den Zuwachs an sonnengebleichtem Blondhaar gut zur Geltung brachte. Stolz stellte ich fest, daß diese Härchen erigierten. Plötzlich sah ich dem nahen Ferienende mit derselben Finsternis entgegen wie vor sechs Wochen ihrem Anfang.

Diese allmähliche Verschiebung des Grunds für meine unveränderlich schlechte Laune hatte gleich nach unserer Ankunft eingesetzt, als sich King's Mining als durchaus ernstzunehmendes Geschäft erwies: ein in der goldenen Zeit Wildwests erbauter, nach dem Niedergang beinahe verfallener, dann aber von meinem Vater, wozu hatte meine Mutter ihn bis zum Ingenieurs-Diplom geprügelt, eigenhändig restaurierter und nun als Touristenhotel geführter Puff. Seine Säulen und Veranden, seine zweistöckigen weißen Fassaden, hinter denen tatsächlich ein zweistöckiges Gebäude mit nicht weniger als dreißig Zimmern steckte, wiesen ihn als das erste und ehrwürdigste Haus am Platze aus – oder vielmehr als letzten Bau an der einzigen, sonst nur von hinfälligen Bretterbuden gesäumten Straße, aus der die Geisterstadt bestand. Ein dreiminütiger Spaziergang offenbarte dem Besucher jedes Geheimnis dieses authentisch unwirklichen Orts, ein Filmset, durch den der Geist des Westens wehte, der weniger von dem aus einer fremden Zivilisation hierher versetzten Palace-Hotel verkörpert wurde als von jenen falsefront-stores: flache Schuppen, zur Straße hin von einst bemalten Scheingiebeln überragt. Jahrzehnte nachdem der Wüstenwind die letzten Farbpartikel von ihnen abgeschliffen hatte, machten sie nur um so deutlicher, welches Bedürfnis die Glückssucher dort einmal befriedigt hatten: Nicht vordringlich jenes nach Bier und Bohnen, Quecksilber und Dynamit, einer neuen Waschpfanne oder, Gipfel der Verschwendung, einem Vollbad. Sondern nach Täuschung, Trug und Traum. Ein plumper Bluff, den ich für Amerika selber hielt und an den ich glauben wollte mit der Inbrunst eines Dreizehnjährigen, dem eben erst anfängt zu dämmern, daß es außer den Träumen nur das Nichts gibt.

Die liebevoll aufpolierte alte Herrlichkeit von quietschenden Messingbetten hinter roten Plüschvorhängen sollte, per Hochglanzprospekt verschickt, auf die Phantasie erwachsener Männer beflügelnd wirken und zahlende Gäste an dieses Ende der Welt locken wie ein Blinker; mich hingegen ließ sie kalt, um so mehr, als ich eins dieser viel zu schmalen Dinger mit meinem Bruder teilen mußte... Clou und Köder aber, der mich schon eher interessierte, weniger weil mein Vater (»sammelst du nicht Mineralien?«) diesen Punkt der mütterlichen Gebrauchsanweisung für einen Jüngsten, der »in einem schwierigen Alter« war, richtig im Kopf behalten hatte, als weil ich dort natürlich nichts zu suchen hatte, war das sich unmittelbar hinter den Häusern ausbreitende Minenfeld: zahllose unbergmännisch in den Red Mountain geteufte Schächte, Glory-Holes genannt, auf der Sohle in ein paar hundert Fuß Tiefe verbunden, die auf Schritt und Tritt vor dem an ihrem ungesicherten Rand Versteinernden lotrecht in die Tiefe stürzten. In diese Kraterlandschaft durfte man nur in Begleitung des indianischen Mitarbeiters meines Vaters, der für die Einführung der

Greenhorns in Technik und Geschichte des Wüstenbergbaus zuständig war – eine staubtrockene Materie, die er mit Bourbon und Legenden anfeuchtete wie jener von dem Seitentrieb, der die Mine seit den Tagen, da die Ehefrauen ihren fündig gewordenen Männern in die aufblühende Boomtown folgten, direkt mit dem Floozy-House verband... Charly, dieser kindsköpfige Kerl mit dem zerklüfteten Madonnengesicht, behauptete zwar von sich, daß er in Johannesburg geboren und von dort nie weggekommen sei, brachte sein Goldgräbergarn aber mit einem Akzent vor, der mir seltsam vorkam. Wie auch immer: In sicherer Entfernung von den dunkel lockenden Löchern häufte sich der Abraum; und auf diesen hohen, tausendfach durchwühlten Halden durften nun deutsche Verwaltungsangestellte auf der Flucht vor Gummibaum und Stempelkissen, im Rahmen des Pauschalarrangements Goldrausch spielen. Eine Woche lang ließen diese Aktivurlauber mit schütterem Haar und Bauchansatz ihre Frauen zur Schönheitskur in Desert Springs zurück, um, eingesuhlt in zähen roten Schlamm, von morgens bis abends ungestört in der sengenden Sonne und mit von Tag zu Tag irrer werdendem Flakkern in den Augen am hauseigenen Schürfgerät zu schuften. Trotz der im originalgetreu wiederhergestellten Saloon verabreichten altmodisch zünftigen Verpflegung, die neben Steaks, Speck, Eiern, Bohnen überwiegend aus Büchsenbier bestand, den durch ungewohnte körperliche Arbeit erhöhten Energieverbrauch aber nicht ausglich, waren sie alle etwas schlanker und dazu, dank der Umsicht meines Vaters, der es nie versäumte, Fortuna nachzuhelfen, indem er (»Na, zeigen Sie mal her, Herr Doktor!«) den Bodensatz in der Pfanne eines Versagers mit etwas zerbröseltem Blattgold an den Fingerkuppen untersuchte, um ein, zwei Gramm gelben Flitters reicher, wenn sie, ärmer um eine Handvoll Reiseschecks und einen nun erfüllten Kindheitstraum, zurückkehrten in ihr bürgerliches Dasein. Nicht gerade eine Goldgrube das Ganze, aber für den Besitzer einträglich genug, um sich sechs Wochen lang die Illusion zu leisten, ein Familienmensch zu sein.

Also wurde sich beim Abendessen nach schulischen Leistungen erkundigt; ein Gesellschaftsspiel, bei dem der Schwarze Peter schon deshalb an mir hängenblieb, weil meine Geschwister es schon überstanden und ihre Reifeprüfung abgelegt hatten – mein Bruder, der Streber, mit gerade mal siebzehn erst kürzlich im Mai. Nachdem der Heldenvater diese Heldentat, von der er trotz brieflicher Unterrichtung durch unsre Mutter, zum ersten Mal zu hören schien, mit einem erfreuten »So so. Na!« und der Auszahlung einiger Hundertdollarnoten hinreichend gewürdigt hatte, mußte er sich schon der guten Form halber auch dem jüngsten seiner Kids zuwenden: dieser mißratenen Nachgeburt einer Ehe, als deren letzter Kittungsversuch seine Zeugung gedacht gewesen war, mir, der ich also von Anfang an versagt hatte und für ihn folglich ein unangenehmer Zeuge des eigenen Versagens sein mußte. Als ich mich am vierten oder fünften Abend nicht länger um eine Antwort winden konnte (»Und du? Schule? Hobbys?«), indem ich so lange Steak um Steak verdrückte, bis er genug hatte vom Vaterspielen (»Also du ißt gern. Very well.«) und sich in sein Büro verzog, um die deutschen Kurzwellennachrichten zu hören und sich für den Rest des Abends mit seinem Schachcomputer zu unterhalten, als ich nach einigem Drucksen also wirklich anfing, diesem Mann, den all dies doch gar nichts anging, der seine Frau nicht hätte sitzenlassen sollen, wenn er sich für ihren Nachwuchs interessierte, der mir fatalerweise aber nicht nur ähnlich sah, sondern auch meine Neigung zum Rollen- und Versteckspiel teilte, zu erklären, warum ich auch im letzten Jahr beinahe sitzengeblieben wäre – unterbrach er mich nach den ersten Worten und versetzte mich mit der Bemerkung in Erstaunen, daß ich mir keine Sorgen machen solle: »Hier draußen braucht man kein Abitur, und einer muß ja den Laden mal übernehmen – wenn du weiter brav deine Steaks ißt, wirst du vielleicht sogar kräftig genug dafür!« Kaum aber waren die Pflichtübungen überstanden, hieß es, den Kindern in ihren Ferien etwas zu bieten. Schon am nächsten Tag wurde das Hotel dem bewährten, ständig halb, niemals ganz besoffenen Verwalter überlassen, eben jenem Charly, eigentlich Carlos, der vor Jahren illegal aus Mexico eingewandert und dann hängengeblieben war bei einem weniger nachsichtigen als vielmehr gleichgültigen Patron, für den er unter ständigen Verwünschungen der Heiligen Familie den Laden, sprich das Personal am Laufen hielt: ausnahmslos über den Rio Grande nachgekommene Neffen und Nichten. Wenn ihn das Heimweh nach Chihuahua packte, kochte Charly sogar höchstselbst für seinen Boß, himmlisch, höllisch scharf – obwohl der so Umsorgte nie mehr von ihm zu sagen gewußt hätte, als daß er »zum Schachspielen leider zu dumm« sei... Weil dies Faktotum, von dessen Leidenschaften ein Gemütsmensch wie mein Vater so wenig ahnen mochte, wie er den Sinn spanischer Kehllaute verstand, immerhin da war, körperlich vorhanden, und weil es auch dauerhaft bei ihm aushielt (anders als die gräßlich angemalten Mädchen, die alle paar Tage spätabends in gefährlich aussehender Begleitung aus einer der Kleinstädte anreisten, die am Rande der in der Wüste verstreuten Militärbasen aufblühten...), weil also Carlos für seinen Herrn wenn schon kein Mensch, so doch das einzig unveränderliche Faktum in einem sonst haltlosen Leben war, konnte dieser Señor aller Alltagssorgen ledig für den Nachwuchs das touristische Vollprogramm abfahren.

Der Marschbefehl für die Operation schien einfach: Im VW-Bus mit wieder eingebauter Rückbank abklappern, was dieser Teil der Erde an Naturwundern aufzuweisen hatte. Red Rock Canyon, Sierra Nevada und Death Valley. Was zu meiner Überraschung daraus wurde, war eine die Sprachlosigkeit aller Insassen der kleinen, luftgekühlten Raumkapsel rechtfertigende Rundreise über die beinahe nackte, von Zivilisationsspuren kaum entstellte Oberfläche eines unbewohnbaren Planeten – von der mir vor allem die Geborgenheit während der ewigen Geradeausfahrt durch die Wüste in Erinnerung geblieben ist, eine zeit- und raumverlorene Seligkeit, in die ich hinüberglitt, indem ich Telegraphenmasten zählte, immer von einem Billboard zum nächsten. Ohne wissen zu wollen, ob man die Kulissen eines Farbstummfilms an mir vorbeizog, oder ob ich, selbst ein zwölf Fuß hoher Cowboy, einen Stummel der richtigen Marke im Mund und mithin zum Glück nichts missend ins Tal des Todes galoppierte, ließ ich mich einsaugen von Luckies, Camels, Marlboros, von den in ziemlich regelmäßigen Abständen unwirklich, oder vielmehr, weil aus der heimatlichen Fernsehwerbung vertraut, einzig wirklich in der fremden Landschaft herumstehenden riesigen Abziehbildchen genau derselben überdimensionalen Landschaft, die an mir vorbeiflimmerte. Ein hübscher Dopplereffekt der Wahrnehmung, noch verstärkt durch die Düsenjäger von der nahen Edwards-Airbase, die ab und zu lautlos über die Mattscheibe (oder durch die staubige Windschutzscheibe?) schossen. Nichts wurde wirklich davon unterbrochen, daß der Wagen irgendwann in Zeitlupentempo von der Straße abkam, mit der ungebremsten Wucht von hundert Sachen durch die trockenen Büsche pflügte, einen der Telefonmasten abknickte und dann, ein Schleppnetz aus Draht und Bruchholz hinter sich, allmählich ausrollte im Gestrüpp von wildem Buchweizen und Salbei. Die Welt brach als Graupelschauer von Glassplittern zu uns herein und unmittelbar darauf mit heißer Luft, die würzig roch und zitterte vom Zirpen der Zikaden.

Der Rest der Ferien war eintönig verlaufen. Genau wie vor dem kleinen Unfall, der vor unserer Mutter am Telefon verniedlicht wurde, um sie nicht unnötig zu alarmieren (eine Aufgabe, die mir zufiel, weil ich keinen Kratzer abbekommen hatte...), wurde ich jeden Morgen von den Schwingungen geweckt, in die mein Bruder unser goldglänzendes, nach den Maßstäben der neuen Welt antikes Lager während einer Verrichtung unter der Bettdecke versetzte, für die er ein bißchen länger brauchte, seit er die rechte Hand in Gips trug; ich stellte mich unterdessen schlafend, spielte mit meinem steifen Pimmel und ärgerte mich, daß dabei noch nichts herauskam. Sobald das geheimnislose Wesen neben mir diesen ersten Tagesordnungspunkt mit links erledigt hatte (ohne je von den Kleenex Gebrauch zu machen, die Carlos, wohl auf die Beschwerde eines Zimmermädchens hin, mit einem verschwörerischen »No messing in bed, boys!« auf den Nachttisch gestellt hatte...) und sich, ein kalkweißes Gerippe, ins Bad verzog (nie ohne seine Feinrippunterhosen und nie, ohne hinter sich abzuschließen...), sprang ich nackt ans Fenster und riß die Vorhänge zur Seite: Blau. So sehnlich ich spätestens nach einem Monat hoffte, es möge wenigstens einmal anders sein, war der Himmel doch Tag für Tag nichts als zum Wahnsinnig- oder Schwermütigwerden blau. Also schlich ich hinunter an den Frühstückstisch, wo mich mein Vater, ohne auch nur aufzusehen von seinem Teller Haferschleim, mit einem bösartigen Knurren begrüßte. Vielleicht, daß er den Totalschaden am ältesten und am wenigsten geländetauglichen seiner Autos, der seine Mobilität nur insofern einschränkte, als er sich nun eine Weile an Krücken fortbewegen mußte, als Gesichtsverlust empfand – dabei war es seine Tochter, die mit Schnittwunden an Stirn und Wangen im Krankenhaus hatte bleiben müssen... Wahrscheinlich aber war er, des Umgangs mit Menschen lebenslang entwöhnt, einfach zu stark den Marotten eines Einzelgängers verhaftet, um nicht in sie zurückzufallen, nachdem er den Ausbruchsversuch für gescheitert halten mußte; Schnappsidee, die Bälger in die selbstgewählte Verbannung zu bestellen! Jedenfalls hatte er es aufgegeben, mehr als das Nötigste mit uns zu sprechen. So daß mir nichts anderes übrigblieb, als ihm mit täglich wachsender Faszination zuzusehen, wie er mit einer Miene, als fräße er Kascha aus dem Blechnapf, den Brei vor sich auslöffelte, der den Saloon mit dem Geruch lauwarmer süßer Milch erfüllte; wie er dem dünnen schwarzen Tee, der unterdessen abgekühlt war in einer Meißener Blümchentasse, zunächst fünf Löffel Zucker und dann allerlei Stärkungstropfen, Vitaminpulver und je etwas Ginseng und Knoblauchextrakt aus der Batterie dicker brauner Flaschen zusetzte, die den gleich neben der Küchentür stehenden Tisch als Platz des Hausherrn kenntlich machten; wie er die Augen zusammenkniff, ehe er das Gebräu todesmutig kippte; wie er sich darauf zur Belohnung seine kurze Morgenpfeife stopfte, die er nach den ersten Zügen beiseite legen mußte, um sich freizuhusten von dem gelben Schleim, den er in die Serviette spuckte – um so nachdrücklicher, wenn es die kleine Nicoletta sah, die nach Tisch abzuräumen hatte, »that ugly bitch«, bei der er wohl einmal abgeblitzt war; wie er der Barbie-Puppe, die auf dieses akustische Signal hin (oder auf das Hupen ihres vor dem Hotel im Chevy wartenden Beschützers) kaugummikauend an den Tisch trat, zwei, manchmal auch drei Scheine aus dem Pakken Hundertdollarnoten, der ihm ständig die hintere Hosentasche beulte, genüßlich auf das Tischtuch zählte, als wäre es ein Flash beim Pokern; wie er sich schließlich an den

Krücken hochzog, die ihm als neues Requisit seiner Selbstdarstellung geradezu willkommen schienen – willkommener jedenfalls als seine Kinder, die als Stütze für einen einsamen armen alten Krüppel offenbar versagten; wie er sein einziges neues Kleidungsstück, einen geradezu stutzerhaft eleganten Stetson, vom Horn des Büffelkopfs an der Wand nahm, ein Stäubchen von ihm abpustete, ihn aufsetzte, als wärs die Kaiserkrone Karls – und mit ihm die stets onkelhafte Maske für seine Karl-May-selige Kundschaft; wie er die Flügel der Schwingtür mit den Krücken aufstieß, um so heftiger, seit er sie nicht mehr auftreten konnte wie gewohnt; wie er grußlos in die Augusthitze entschwand.

Mein Vater war also ein Arschloch. Und ich hatte mich in ihn verliebt. Das ahnte ich allerdings noch nicht, als ich Tag für Tag mit einem größeren Kloß im Hals zurückblieb, den ich weder schlucken noch analysieren konnte als die in seiner notdürftigen Sprache nicht auszudrückende, hinterm Zäpfchen steckengebliebene Regung aus dem Bauch, ihm zu zeigen, daß ich ihn verstand, ihm nahestand, ihm trotz, nein, wegen der Abfuhren, die er mir erteilte, nah sein wollte. Was blieb mir übrig, als hinter ihm herzugehen, ihm, begleitet von Carlos' großem, gelbem, mit Zecken übersäten Mischlingsköter, jeden Morgen mit zwanzig Schritt Abstand nachzutrotten, wohin sein Tagwerk ihn auch führen mochte; bis mich Scham übermannte, die mich an den Nachmittagen die Nähe aller lebenden Wesen meiden ließ und zum Steinesammeln in die Berge trieb. Manchmal versteckte ich mich zwischen dem Gerümpel auf seinem Pritschenwagen, um während des allabendlichen Kampfs gegen den Flugsand, der seine Windräder wieder und wieder lahmlegte, meilenweit abseits der Siedlung in der Wüste, wie aus dem Nichts neben ihm aufzutauchen: »Was machst denn du hier – gib mal die Ölkanne aus dem Kasten.« Dann wieder kroch ich, der Welt, des Lebens, vor allem wohl des ewigen gleißenden Lichts überdrüssig, gegen Mittag in einen der wenigen waagerecht in die Flanke des Erzbergs getriebenen Stollen, dessen halb verschütteter Eingang schon von weitem zu erkennen war an dem leuchtendgelben, eigens aus Deutschland eingeführten Warnschild »Betreten verboten! Lebensgefahr!« Statt in den engen, teilweise eingestürzten Gängen nun aber irgendwelche Tom-Sawyer-Abenteuer zu suchen oder dort wenigstens meiner Leidenschaft für Scheelitoktaeder nachzugehen, die schlagartig abgekühlt war, seit ich an der überreich sprudelnden Quelle saß, legte ich mich in die rostige Lore, die gleich hinterm Einstieg stand. Alles was ich wollte war, auf das dunkle Deckgebirge über mir zu starren, vor mich hin zu träumen und den ab und zu hell in die schwarze Stille platzenden Geräuschen nachzuhängen, die minutenlang nachzuhallen schienen im Gewirr der rückwärtigen Strecken, worin die Eisenstränge der Grubenbahn sich verliefen – oder doch nur in den unerforschlichen Windungen meines Gehirns, das nur noch Gehör sein wollte? Kaum daß ich mich halbwach fragte, ob das gelegentliche Pling von Wassertropfen stammte, die durchsickerten aus einem geheimen Reservoir, der letzten noch nicht von Prospektoren eingeheimsten und wohl wertvollsten Reserve dieser erschöpften Lagerstätte. Oder waren es Steinchen, deren Fallen dem Zusammenbruch des Grubensystems vorausging? So wartete ich zwischen leichtsinnigen Erwägungen und dumpfen Grübeleien eisern ab in meiner wenig bequemen Wiege, bis Carlos mich dort aufspürte, vielmehr sein braver kluger Hund, der mich hechelnd und schwanzwedelnd begrüßte, während sich sein Herrchen unter Fluten spanischer Lobpreisungen der Mutter Gottes zu einer Ohrfeige hinreißen ließ, die mich mit Dankbarkeit erfüllte. Allein: die Aufmerksamkeit meines Vaters ließ sich nicht erregen.

Erst am allerletzten Tag kam mir endlich das Glück zur Hilfe: in Gestalt eines grauen, knapp taubeneigroßen Klumpens, den ich keinen Schritt neben dem steilen Steinpfad auflas, der zu diesem Seiteneinstieg führte. Bloß weil ich es komisch fand, wie in Amerika eben alles größer war, selbst die Bleimengen, mit denen man an Silvester die Zukunft vorherzusehen versuchte, warf ich das Ding nicht wieder weg; außerdem bot es einen Anlaß, meinen »Vati« etwas zu fragen: nicht, warum er auf dieser Anrede bestand, sondern ob mein Fund nicht vielleicht ein Relikt aus der Pionierzeit war, ein Rückstand vom Flintenkugelngießen. Wie unschätzbar wertvoll er wirklich war, wurde mir bewußt, als mein Vater ihn in der Hand wog, ein Silbernugget, gut hundert Gramm, knapp vierzig Dollar, und mich mit echter Anteilnahme musterte, in den Augen einen archaischen (oder bloß altmodischen?) Ausdruck elementarer, von keiner Reflexion getrübter Freude am nicht verdienten, gar erarbeiteten, sondern gefundenen oder geraubten Glück – oder als würde er gleich etwas sagen wie »Dunnerlittchen!«. Fürs erste sagte er wieder einmal nichts. Später am Nachmittag jedoch, nachdem die Sensation unter den armen Irren, die auch noch Geld dafür bezahlten, sich für ein bißchen Goldstaub abzurackern, gebührend breitgetreten war (»Mein Sohn möchte Ihnen etwas zeigen, meine Herrn!«), bedeutete er mir mit einer Kopfbewegung, ihn auf seiner üblichen Kontrollfahrt zu begleiten. Außer mir nahm er diesmal auch einen Karton leerer Büchsen und ein längliches Futteral mit: »Du wirst ja jetzt demnächst ein Mann, da wird es Zeit, daß dir jemand das Schießen beibringt!« Besser hätte es nicht kommen können. Nicht daß mich der Aufklärungsunterricht über Kimme, Korn und die Geheimnisse des Druckpunkts auch nur im mindesten interessierte, aber die in der freien und, bis auf dürres Gesträuch voll Klapperschlangen, gottlob weithin unbelebten Natur folgende Übung an der

Waffe, nicht modernes Repetiergewehr, sondern antiquierter Hinterlader, die zu halten ich kaum stark genug war, geschweige denn, den Rückstoß abzufangen, machte es unumgänglich, daß mein Vater seine Krücken fortwarf, sich hinter mich stellte und mich, seine Linke unter meiner Linken unterm Lauf, seine Rechte über meiner Rechten überm Abzug, zum ersten und letzten Mal umarmte.

II

Die Wüste hat sich in den vergangenen zwölf Jahren noch weiter ins Hinterland verzogen, Mohave nennt sich jetzt auch eine am Rand des gleichnamigen Naturreservats über die Fläche eines hessischen Landkreises verstreute Siedlung samt Motels, Tankstellen und Verbrauchermärkten. Zahllose High-Tech-Propeller bezeichnen die ewig gleiche Hauptrichtung des Windes und den unaufhaltsamen Wandel der Zeit, und selbst die hochstämmigen Yuccas, die außer hier nur noch in Werbespots für französisches Parfum vorkommen, haben den Reiz des Niegesehenen verloren: »Das sind Joshua-Trees!« – »Danke, aber die kannte ich schon, bevor du auf der Welt warst!« Dabei fahre ich erst zum zweiten Mal durch diese Landschaft, die klein macht und zugleich befreit, diesmal mit dir, dem ich unterwegs die Geschichte meines Vaters (wenn auch nicht jede Einzelheit der Geschichte, die ich mit dem Kerl nicht hatte...) nicht zum ersten Mal erzähle. Was sonst hätte ich dir auch entgegenzusetzen, deinem mediterranen Erzählgeschick, deinen tausendundeinen Anekdoten, die dir im Mund verschmelzen wie die Schichten eines arabischen Blätterteigs, den mal die Süßigkeit der Küsse, mal das Salz der Tränen füllen – nie aber die säuerliche Nüchternheit des Nordens, die mir für immer auf der Zunge liegen wird: als Nachgeschmack einer Kindheit, verdorben durch nichts Tragischeres als eben diese kühle Berechnung und Mäßigung aller Gefühle. Ein Hauch von Bitterkeit, der dir fremd ist, obwohl er dir millionenmal eher zukäme als mir... Und so bin ich geschmackloserweise dankbar für den Anlaß, den sein Tod, seine bevorstehende Beerdigung mir bietet, mich hinter der Lebensgeschichte dieses Mannes zu verschanzen, die von der meinen zwar schon radikal geschieden war, ehe seine damalige Frau mich in die Welt setzte, deren Irrwegen ich aber schließlich mich, mein Leben zu verdanken habe. Sie allein gibt mir das Gefühl, halbwegs bestehen zu können neben dir, der tiefe Wurzeln geschlagen hat in seinen Wunden, in der Erfahrung, als Kind entwurzelt worden zu sein: nicht durch persönliches, anekdotisches Geschick, sondern durch jene anonymen Kräfte aus dem flüssigen Kern der Dinge, die von Zeit zu Zeit das Oberflächengeschiebe des erstarrten Weltgeschehens sprengen, durch die richtige, große, Welt-Geschichte, die ich bis zuletzt nur als Gruselgeschichte aus der Grauenvorzeit kannte. Wenn ich der Fata Morgana nachhänge, die Franz König für mich war, dann wohl vor allem, um neben dir nicht umherzurollen wie vom Wind verwehtes Buschwerk in der Wüste Ichlosigkeit. »Dauert es noch lange?« Wir sind noch nicht einmal in California City. »Weißt du überhaupt, wo wir sind? Ich habe keine Lust, hier draußen zu verdursten!« Dabei ist das Klima im Vehikel unserer gemeinsamen Unternehmung, das, legten wir es darauf an, wie auf Knopfdruck zwischen Siede- und Gefrierpunkt schwanken könnte, im Moment doch angenehm; auf der Rückbank steht eine gutgefüllte Kühlbox, und die Einöde selbst läßt sich noch leichter lesen als die Karte dieser Gegend, die nur eine einzige Straße ohne Abzweigung verzeichnet. Außerdem habe ich heute morgen vollgetankt und gestern abend kaum einen Schluck getrunken. Wir sollten wirklich nicht wieder streiten.

Ein Erdbeben von der alltäglichen Sorte, auf dessen Höhepunkt die saphirblaue Flasche cholesterinfreien Mineralwassers aus dem schottischen Hochland, die das Management des Beverly-Hilton dir zum Empfang aufs Zimmer gestellt hatte, vibrierend vom Nachttisch gewandert und auf dem Marmorfuß der Stehlampe zerschellt war, hatte dein Konzept für den gestrigen Abend umgeworfen. Mit einem gequälten Stöhnen rolltest du hinüber auf deine Seite, stets die rechte, des wohl analog zur Breite des nordamerikanischen Kontinents dimensionierten Doppelbettes, um in Santa Monica anzurufen: »Are you okay, Mom?« Alle Versuche, dich herauszureden, schlugen fehl: die leichten Erschütterungen waren vermutlich nicht einmal überall in Los Angeles zu spüren, und selbst im Zeitalter von CNN ging die Nachricht über ein unvorhersagbares Ereignis nicht zeitgleich mit ihm um die Welt. Was blieb dir übrig, als es zuzugeben: Du warst schon in der Stadt, drei Tage früher als angekündigt. Weil wir am nächsten Morgen erst einmal weitermußten. »Ja, WIR!« Nach Johannesburg. Quatsch Afrika, auf halbem Weg nach Las Vegas. Nein, keine Geschäfte, eine Familienangelegenheit. Nein, ihre Erinnerung trog sie durchaus nicht: sie war nicht nur deine nächste, sondern auch letzte Angehörige – es ging aber um Florian. »Du weißt ganz genau, wer das ist, Mom!« Wegen seines Vaters. Kein Fest, eine Beerdigung. »Gestorben, ja.« Schon bevor du das Gespräch (»Wenn du möchtest... Natürlich finde ich es angebracht!«) mit einem »Also dann – bis gleich!« beenden konntest, war klar, was auf mich zukam: »Meine Mutter will dich kennenlernen!«

Ihre beharrliche Weigerung, mich zu treffen oder auch nur zur Kenntnis zu nehmen, die dich nun schon im siebten Jahr verletzte, hatte mir zwar für dich leid getan, mich aber nie wirklich gekränkt; schließlich war sie eine alte Dame, erzogen noch im Kaiserreich – wozu sollte es gut sein, ihr schwaches Herz zu überfordern. Nun, da ich sie kennenlernen sollte, war ich aber doch gespannt auf diese Frau, die es fertigbrachte, daß du um klägliche Ausflüchte verlegen warst – so sehr, daß du dich in unserer Kiste aus dem Land der aufgehenden Sonne, von Ampel zu Ampel westwärts geschoben übern Sunset Boulevard, auf die riesige blendende

Leuchtreklame für kalifornische Apfelsinen am Ende der asphaltierten Welt zu, in ein teerzähes Schweigen hülltest, das dir überhaupt nicht stand. »Du läufst doch nicht immer noch in diesen asiatischen Nachthemden herum!« Eine grauhaarige Frau in weißer Schwesternuniform hatte uns die Tür eines der verwechselbaren Häuser auf sattgrünem Rasen, oder war dies pflegeleichtes Plastik, nein, tatsächlich, Natur, die perfekt wie Kunststoff aussah, in einer der verwechselbaren stillen Straßen im feinen Brentwood Park geöffnet, dich mit strahlend schwarzem Gesicht begrüßt wie einen heimkehrenden Bruder und uns dann (»Bring them in, Nancy!«) in ein dämmriges Zimmer geführt, wo Schwaden von Chanel No. 5 gegen den Geruch von Desinfektionsmittel ankämpften. Nun standen wir vor einer greisen Zwergin, die, verloren wie ein Kind, aber sehr aufrecht, in einem viel zu großen Krankenhausbett saß und dich tadelnd musterte, das Gesicht ein fettig glänzender Klumpen Teig, in dem ein Paar große dunkle Rosinen steckten, ehe sie dir gestattete, dich zu ihr herabzubeugen und sie zu umarmen. Sie selbst trug eine gesteppte cremefarbene Bettjacke und eine Art Turban aus lila Seidensamt, der ihr statt der vielleicht erhofften alterslosen Strenge einer Tänzerin einen clownesken Zug verlieh. »Und du bist also das Bübchen, das meinem Sohn den Kopf verdreht hat – komm doch mal näher – so viel Schönheit kriegen meine alten Augen ja nicht jeden Tag geboten!« Ich hätte sie küssen können, traute mich, während ich ihr die Hand gab, aber nur, mich eher affig als artig zu verbeugen. »Mon dieu, ein Kavalier – von dir kann er das nicht haben, Peter; sag Nancy, sie soll die Blumen, die du mir nicht gebracht hast, in die Vase stellen, die sie gestern zertrümmert hat – und du setz dich hin, wir beide haben uns zu unterhalten!« Bis auf ein Frisiertischchen aus ihrer Revuefilmzeit und den darauf stehenden Fernseher mit extra breiter Bildröhre war das Zimmer nur mit Schatten möbliert; bevor ich hätte ausmachen können, ob es auch einen Schemel gab, hatte sie mich am Unterarm gepackt und auf die Bettkante gezogen. Sichtlich zufrieden mit dem Auftritt, lehnte sie sich zurück und schloß die Augen. Die Krampfadern auf dem Rücken ihrer rasch wieder kalt und schlaff werdenden Linken, die sie auf der meinen liegengelassen hatte, waren vom gleichen rotstichigen Blau wie der Lidschatten, von dem ihr auch etwas auf Schläfen und Stirn geraten war, während sich die von derselben zittrigen Hand ins welke Fleisch gemalten Lippen mit dem Krapplack der Fingernägel bissen. Beschämt von der Unbarmherzigkeit meines Blicks bedeckte ich ihr schmerzlich unansehnliches Händchen mit meiner Rechten, der schönen Nagelbeißerhand und schlug die Augen nieder – gerade rechtzeitig, um ihren nächsten Blitz nicht abzukriegen, der nun dich traf, der noch immer mit der geräucherten Gänsebrust, den getrockneten Spitzmorcheln und der Schachtel Lübecker Marzipan herumstand, die sie unbedingt hatte mitgebracht haben wollen: »Wolltest du nicht mit Nancy reden, Darling?«

Wie oft hatte ich mir jenen Moment ausgemalt, den du in deinen sonst so beredten Erinnerungen stets im nebelhaften Grauen eines Märzmorgens gelassen hattest: Du stehst im Matrosenanzug an der Reling des reglos daliegenden Dampfers, den hölzernen Handlauf vor der Stirn, kalte harte Lacktränen in den feuchten heißen Händen, staunst durch die Stäbe des Geländers zu den im ersten Licht schimmernden Hochhäusern an Land hin und versuchst dir dabei vorzustellen, wie groß erst *Skei* sein muß, wenn unter den an Deck Zusammenlaufenden die Rede auf die Silhouette der riesigen Stadt da drüben nur in jener Verniedlichungsform kommt, die in Berlin niemand benutzt – außer deiner »Kleinen Oma«, die (»Was ist das Peterlein wieder gewachsen!«) jedes Jahr für ein paar Wochen aus dem Schlesischen anreist, zuletzt, um die Familie ihres Sohnes von Berlin nach Hamburg, an die Landungsbrücken und bis in eure Kabine zu begleiten. Wie groß die plötzliche Enge zwischen den Kojen sie gemacht hat! Und dann ist sie auch noch in Wehklagen über die »Kinderlein« ausgebrochen, die »da drüben« gewiß »unter die Wilden fallen« würden: »Das sind doch ganz unzivilisierte Leute, Abenteurer – und erst die Neger und Indianer!« Nach dieser Abschiedsstunde, die du, das Gesicht auf ihre Granatbrosche gepreßt, am Busen der Schluchzenden verbrachtest, mußt du das »Leinen los!«, seit Wochen fiebertest du ihm entgegen, als Erlösung empfunden haben; wiedergesehen habt ihr euch nicht. Kurz vor Tagesanbruch werden deine Eltern aus dem Schlaf geschreckt sein: vom Aufhören oder vielmehr vom plötzlich aufhorchen machenden Fehlen jenes beruhigenden Grollens der Maschine, das den meisten anderen Passagieren kaum ins Bewußtsein gedrungen sein, sich jedenfalls nicht mit dem ständigen Zittern aller Gegenstände an Bord auf sie übertragen haben dürfte. Nun sehen sie sich über deinen Kopf hinweg an, wortlos, lange: mit einem Ausdruck, den du nicht an ihnen kennst, von dem du aber spürst, daß er nicht dazu dient, dich vor den Sorgen der Erwachsenen zu schützen – als gingen sie bei Tisch ins Französische über wie so oft in letzter Zeit. Dieser Blick scheint die Verlorenheit auszudrücken, die sie empfinden, weil sie mit den alten Vokabeln nun nicht mehr, und mit den neuen noch nicht auszudrücken wissen, was in diesem Moment in ihnen vorgeht. Während der Überfahrt hat deine Mutter noch geschwankt: Einerseits hat sie dir ganz wie zu Hause »Schlaf schön, mein Engel« ins Ohr gehaucht, wenn sie abends zum Gute-Nacht-Sagen an dein Bett kam, bevor sie scheinbar unbekümmert, als wollte sie auf ein Fest ins Adlon, im kurzen schwarzen Kleid mit den knisternden Pailletten zum Erste-

Klasse-Diner entschwebte. Andererseits hat sie tagsüber auf die Zerstreuungen des Bordlebens verzichtet und sich allein um dich gekümmert, während langer Spaziergänge an Deck euer neues Spiel gespielt und jene Geheimsprache mit dir gesprochen, die sie sich eigens für ihren gelangweilten »Engel« ausgedacht und sogar nach ihm benannt hat. Jetzt geht sie vor dir in die Hocke, faßt dich bei den Händen, sieht dich ernst an, zärtlich, traurig, lächelt, sagt: »Nau wie spiek ohnli inglisch, dahling!«

Und nun sprach sie fließend Deutsch. Nicht tröpfelnd, als müßten die Wörter nach Jahrzehnten der Vereisung erst eins ums andere in ihr auftauen, aber auch nicht sprudelnd, als brächen sie, seit jenem Moment aufgestaut, nun mit Urgewalt aus ihr hervor, sondern so mühelos und selbstverständlich, als habe sie den damals gefaßten Vorsatz entgegen deinen Erzählungen gebrochen und ihre Muttersprache auch in der neuen Heimat noch benutzt; oder vielmehr so mühelos und selbstverständlich, wie sie es wohl nur vermochte, gerade weil sie die Wörter ihrer Jugend im späteren Leben nicht verwenden, sprich an seine Schwernisse verschwenden konnte. Was ich sah, war eine Greisin, was ich aber hörte, war eine ebenso moderne wie mondäne junge Frau, die ihren Sprachschatz bis Mitte der dreißiger Jahre in Berlin erworben und sich seither, von keiner Mühsal des Lebens in der Fremde angekränkelt, von keinem alltäglichen Gebrauch zerschlissen, unverändert bewahrt hatte: all die erfrischend sachlichen Wendungen, wie ich sie aus Filmen jener von gesundem oder zumindest trotzigem Selbstbewußtsein geprägten Zeit kannte, die nun gar nicht altmodisch klangen, sondern wie neu. »Erwarte bitte nicht, daß ich verstehe, warum sich ein hübscher, kluger Junge wie du mit einem dicken alten Juden einläßt!«: Seltsam, wie das bloße Aussprechen solcher Sätze auf den Ausdruck ihres

boren im selben Jahr wie du, in ähnlichen, nur eben protestantischen Verhältnissen, etwas südlicher zudem, in Dresden, nach einer Kadettenanstaltskindheit, von der ich wenig, und dem Einsatz im letzten Aufgebot an der Ostfront, von dem ich, außer daß er für ihn glimpflich ausging, nichts weiß, schon mit neunzehn, und ohne die Weiten Sibiriens je gesehen zu haben, aus russischer Gefangenschaft entlassen, nichts Eiligeres zu tun hatte, als in seiner eben erst befreiten Heimat für freedom und democracy zu agitieren? Daß er, keine neun Jahre nach der Verurteilung zu einem Vierteljahrhundert Bautzen ins Wirtschaftswunder abgeschoben, dort alles Versäumte in kürzester Zeit nachgeholt oder vielmehr hinter sich gebracht hat, Abitur, Studium, Ehe, Vaterschaft, bis ihm kurz vor meiner Geburt endlich die Flucht geglückt war in ein Leben, das, ob nun in Spätfolge des allgemeinen Mangels in der Haftzeit oder des späteren Überflusses an Whiskey in der Freiheit, jetzt auch schon überstanden war? Sie hatte mir ihr Beileid ausgesprochen und es dann mir überlassen, das Thema zu wechseln, beiläufig, also ohne der Angelegenheit durch die Bemerkung, daß ich den Verstorbenen ohnehin kaum kannte, unnötig Bedeutung beizumessen. Gerade will ich das Beil ausgraben, dich anblaffen: »Kriegst du eigentlich nicht mit, daß ich nicht mehr von ihm reden will?« – da taucht ein roter Granitberg vor uns auf, ahne ich einen Moment lang etwas von der Kraft, die früher, für die Ureinwohner dieser Gegend, denen sie noch Welt und nicht Kulisse war, vielleicht von solchen Orten ausging, erkenne ich den Schmerz wieder, den ich als Dreizehnjähriger nicht kannte, stürzt die monströse Mondlandschaft, die ich bis eben nicht einmal als geologische Wirklichkeit wahrnehmen zu müssen glaubte, in einem schwachen Augenblick als albschweres Gebirge auf mich ein, das wiederzusehen ich nur im Traum erwartet hätte. Es ist die unverändert eindrückliche Mater des in jenem Sommer offenbar bis in frische Einzelheiten der Risse und Schrunden des Gesteins präzise in mich eingeprägten, seither jedoch verblaßten Abdrucks von etwas höchstens ungenau als roher, nackter, schutzloser Fels Beschreibbarem, in dem ich, wie in einem stillstehenden Traumbild, etwas von mir selbst erkannte – zumindest jedoch eine Chiffre für das hochnotpeinliche Gefühl, erkannt zu sein, nein, für die Scham, dabei erfüllt zu sein von Lust, ja Stolz, nein, für die, leider nicht betäubende, Erkenntnis, durch eitle Empfindlichkeiten wie diese aus dem angeborenen menschlichen Zusammenhang verbannt zu sein. Was ich spüre, ist der alte Stich. Und gleich darauf das unfaßbare Glück, berührt zu werden: »What's the matter?«

An fast jedem anderen Ort der Erde, außer diesem nur eine allzu vertraute Frankfurter Trabantensiedlung vor der Höhe des Taunus ausgenommen, sähe ich der zu erwartenden Begegnung mit der Familie inzwischen, wenn schon nicht freudig, so doch gelassener entgegen; hier aber, vor der Silhouette dieses erdabgewandten Geisterkaffs, schlägt mein Selbstbewußtsein (die Nußschale des Flüchtlings, der beim Übersetzen in die Freiheit den Fehler macht, zum Ufer zurückzublicken...) unvermutet wieder um in die Befangenheit meiner Kindheit. Im Laufe der Jahre mit dir habe ich diese Gehemmtheit vor allem dadurch verloren, daß wir miteinander meist englisch sprechen, ich also mit der zum Idiom kaspernder Selbstverleugnung herabgesunkenen Sprache jener Kindheit auch ihr erstickendes Geflecht unausgesprochener Tabus verlassen und in einer anderen, weiteren Welt noch einmal von vorn beginnen konnte. Vor dieser Postkarte der Fremde holt mich die unheimliche Beklemmung ein, als stünde ich vor heimatlichen Reihenhäusern, als hätte ich den Bannkreis des Altkönigs nie verlassen; und die Weltgewandtheit, die ich seither eben nicht erworben, sondern von dir geschenkt bekommen habe, fällt von mir ab wie die zu weite Hose eines andern, in die ich geschlüpft bin, um als Erwachsener zu gelten. Allein die Vorstellung, gleich vom burschikosen »Hallo, Kleiner!« meines Bruders begrüßt zu werden, der mannhaft gegen die dem Anlaß angemessenen Gefühle ankämpft, die zu zeigen er nicht für weibisch hält, nur für so unmanierlich, als bohrte man vor einem andern in der Nase; während ich noch nicht einmal Mensch genug bin, sie zu haben... Und so biege ich unter unerhörter, nie vorgekommener Mißachtung deiner Proteste von der allzu schnurgeraden Piste ab und schlage mich seitlich in die Büsche, um den Ort meiner Schande nur nicht zu schnell, sondern auf Umwegen um den Red Mountain herum und von hinten zu erreichen, mit kratzendem Bodenblech halb in derselben, für den Toyota (»Ist doch nur ein Mietwagen...«) etwas zu breiten Reifenspur, wie im land-cruiser an jenem letzten Ferienabend. Es ist, als wäre ich plötzlich wieder der splitterfasernackte Junge, nicht unbekleidet, sondern bis auf die Knochen bloßgestellt – nein, bis aufs Mark, den weichen Kern seiner Persönlichkeit, jene blaß-feminine Geschlechtsunreife, die sich auch mit dem Einsetzen der Zeugungsfähigkeit nicht auswächst. Ja, ich bin plötzlich wieder der zur Verhöhnung Freigegebene, der spürt, wie beim Anblick zweier Unterarme, seines eigenen, knabenhaften, und des haarigen des Mannes neben ihm, der Blick in ihn eindringt, den er selbst auf sich abgeschossen hat – und sich desto heftiger amoralisch schimpft, je gewisser er sich im stillen, dort, wo die verinnerlichten Stimmen nicht zu hören sind, der Heiligkeit seines Zustands ist. Bei der Vorstellung, seine makellos glatte Hülle, an der bislang noch alles abgeprallt ist, würde von dieser fleckigen, vom Leben gegerbten Hand berührt, läuft eine geile Gänsehaut über den ganzen trotz aller Fortschritte der letzten Wochen noch immer erst halbfertigen Körper. Das Hasenherz

(Kleinvieh macht auch Mist: der mit dem Flitzebogen schreckt jetzt vor keiner Albernheit mehr zurück...) zersprengt beinahe die Hühnerbrust bei dem Gedanken, er könnte sich dazu hinreißen lassen, sich... – »Mach keinen Quatsch!«: Die erinnerte Stimme wird jetzt massiv, das schrille Keifen einer Vergrößerungsform von Mutter, die drauf und dran ist, die Kontrolle über sich zu verlieren – oder vielmehr die Macht über einen Sohn, in dem mit mädchenhaftestem Verlangen auch männlichster Mut erwacht, nur noch sich selber, seiner Natur zu gehorchen... Bis dem Menschenkind aufgeht, daß genau *das* nicht geschehen kann – mag das Geheimnis, das zwischen ihm und diesem Mann steht, undurchdringlich wie das Schweigen, auch gefährlicher sein, als das zwischen den Sitzen hin und her kippende Gewehr je sein könnte, selbst wenn scharfe Patronen darin steckten. Ich kann getrost die Augen schließen, um die flüchtige Sensation zu genießen, daß mich etwas ergriffen hat: eine Erregung, nie gekannt und doch sofort vertraut, hellaufbegehrender Mut und schwarzer Schwindel im Ringen mit der nüchternsten Erkenntnis, ein Strudel widerstreitender, sich um mich streitender Gefühle, in dem unterzugehen meine Geburt ist; all die auswendig gelernten Gefühle anderer, die sich seit jeher um mich drehen, der selber nichts ist als ein schwarzes Loch, kalt und schwindelerregend leer; ein schwülstiges, sogar kitschiges, aber immerhin eigenes Gefühl, hart an der Grenze zum Unerlaubten, von der ich jetzt zum ersten Mal mit Bestimmtheit weiß, daß ich sie bald glücklich überschritten haben werde –. »Wenn du gucken würdest, wo du hinfährst, kämen wir vielleicht sogar heil an!«

Als ich den Wagen nach dem mißglückten Ausreißer ins Gelände, der die Erinnerung an die Abwege einer pubertären Psyche in jener peinlich pathetischen Pionierzeit erst recht heraufbeschworen hat, in der ausgestorbenen Stadt zum Stillstand bringe und die Tür öffne, finde ich die Wüstenhitze, den betäubenden Petroleumgeruch der gelbblühenden Creosotebüsche und das schläfrige Sägen der Grillen ebenso unverändert wie die stehengebliebenen potemkinschen Fassaden eines zur Hochzeit der amerikanischen Epoche abgedrehten Films. Ich nehme das Angebot des Authentischen, es für eine Simulation zu halten, dankbar an: Nirgends fiele es mir leichter als hier, mich als Kind meiner Zeit zu stellen, das den Geist des Orts beschwören, aber nicht an ihn glauben kann – dafür aber innere und äußere Wirklichkeit beliebig durcheinanderwürfeln, als wäre »Befindlichkeit« modisches Synonym für das gute alte »Aufenthaltsort«. Und so simuliere ich den Simulanten, der genau weiß, daß er auf der Suche nach dem Moment wahrer Empfindung nur seine Zeit verlieren würde... Da ich die freie Auswahl habe, entscheide ich mich nach dem Selbstfindungsmelodram im Stil der Siebziger für einen temporeichen Slapstickstreifen aus den Kinderjahren des Kinos: Schließlich kann ich, der Zögling ohne erkennbaren Charakter, der eines Maientags im Jahr 1990 kurz vor Mittag in Johannesburg/Kalifornien einer staubbedeckten Mittelklasse-Limousine mit frisch ramponierten Stoßdämpfern entsteigt, hier schwerlich schon einmal gewesen sein. Und tatsächlich: Das Strichmännchen, weniger dürr als überzeichnet, das jetzt durch die Schwingtüren des Saloons tritt und uns mit offenen Armen (»Willkommen in meiner Einsiedelei!«) entgegenwatschelt, hat nicht die mindeste Ähnlichkeit mit meinem Bruder, auch nicht mit Charly, überhaupt mit niemandem, den ich bis heute kennen-, also für vorstellbar zu halten gelernt habe. Ein alternder Hippie auf New-Age-Trip, sichtlich versucht, sich unsichtbar zu machen hinter der Karikatur eines alternden Hippies auf New-Age-Trip. Auf seinem Gesicht verschmieren Verblüffung und Stolz darüber, daß einer wie du, den er für einen Weisen aus dem Morgenland zu halten scheint, sich dazu herabläßt, einen Dutzend-Erleuchteten wie ihn, vormals vielleicht Versicherungsmakler in Corpus Christi, hier draußen zu besuchen. Das dick aufgetragene Bemühen, sich möglichst salbungsvoll zu geben, um sich dieser Ehre würdig zu erweisen, verschmilzt mit falscher Freundlichkeit und echter Feuchtigkeitscreme zu einem Ausdruck von einmaliger Schmierigkeit, wie ich ihn mir so vollkommen deckungsgleich mit sich selbst und seinem Träger nicht einmal hätte träumen lassen. Folglich erkennt auch er mich nicht und ignoriert mich so lange, bis ich mein zaghaftes, von sich selbst keinesfalls überzeugtes »Ich bin Florian König!« beim dritten Anlauf endlich so laut in seinen allein dir geltenden Redeschwall von »Gott« und »Geist« hineintrompete, daß er abrupt verstummt, mitten in einem seiner Lieblingswörter, und sich, nach einer langen Schrecksekunde, mit verdoppelter Scheinheiligkeit mir zuwendet: »But of course, you *must* be his son – by *God*, you are his spitting image!« Weil mir, weniger vom Anblick seiner Ohrfeigenvisage als vom plötzlich mich betreffenden Geschwafel dieses con-mans (»GOTT hat erst heute morgen mit mir gesprochen! Sam, hat ER gesagt – ich bin nämlich Sam, hi! – Sam, es könnte sein, daß dich demnächst einmal einer von den Jungs von Franz besuchen kommt!«), dann doch etwas flau im Magen wird (»Geh mal lieber in den Schatten – du siehst ja aus wie gespuckt!«), bringe ich nichts Vernünftiges mehr über die Lippen und muß es dir selbst überlassen, dich vorzustellen: »Wollen wir hoffen, daß es kein R-Gespräch war!« Vor jedem andern würde er nach dieser überraschenden Wendung der Unterhaltung auf der Ferse kehrtmachen, dir aber muß er sich unterwerfen: deinem unverschämten Lächeln, das auch ihn mit der größten Leichtigkeit dadurch besiegt, daß es sich nicht an den abwehrbereiten Mann, stets gewappnet und gepanzert, ob nun mit Stacheln oder Schleim, sondern an den schutzlos schönen Prinzen wendet, der, in den widerborstigsten Kerlen so gut wie in den schmeichlerischsten Kreaturen, ganz tief innen eingekerkert ist, im Verlies der Angst davor, als Mann in den Augen von Männern zu versagen – und der seit dem Ende der Kindheit darauf wartet, wieder freigeküßt zu werden. Mit servilem Kichern (»Kein R-Gespräch!... Das ist gut, nein, also wirklich... ER liebt solche Witze... ER will, daß wir lachen!«) bittet er uns in das seit jenem Sommer nicht nur scheinbar geschrumpfte, sondern offenbar auch nicht mehr getünchte Holzhaus, das einmal der strahlend weiße Palast meines Vaters gewesen ist.

Im Innern herrscht Halbdunkel, weniger geheimnisvoll als muffig – was dich nicht von dem Versuch abhält, mit arglos tuenden Fragen (»Daß Sie die Fensterläden geschlossen halten, hat spirituelle Gründe?«) Licht in das Mysterium zu bringen, ob sich diese Einsiedlerkröte zu Recht hier breitmacht oder nicht. Ich dagegen finde mich, weil es ja eben doch der echte Ort ist, unversehens wieder dem bösen Kindheitszauber unterworfen: Sobald ich spüre, daß ich kämpfen müßte, werde ich plötzlich zum Frosch. Grün, lieb und stumm hüpfe ich durch den ehemaligen Saloon, der sich den bestimmt nicht gerade zahllosen Besuchern (»Eintritt drei Dollar, Kinder frei«) jetzt als erzamerikanische Mischung aus Heiligtum und Souvenirshop, Trödelladen und Heimatmuseum präsentiert – ganz der Sinnestäuschung überlassen, eure Stimmen immer undeutlicher durch die Dämmerung tönen zu hören, wie aus immer größer werdender Entfernung, fast als klängen sie zu mir herüber aus einer anderen Welt und Zeit. Ein Prinz in seinem Traumschloß, verliere ich mich zwischen den Regalen dieses demokratischen, nichtsdestotrotz oder vielmehr gerade deshalb von nationalem Pathos durchwehten Kuriositätenkabinetts, das, so geheimnisumwittert es auch tut, doch nur vollgestopft ist mit altem Plunder: Blechgeschirr zum Goldwaschen und Kaffeekochen, das mir um so wertloser erscheint, als es wohl wirklich aus der Zeit der legendären fourtyniners-Pioniere stammt, Amethysten, bestimmt nicht von hier, sondern aus Brasilien, zudem der ihnen angedichteten Kräfte wegen heillos überteuert, und billigem indianischem Kunsthandwerk, wie es überall im Südwesten der USA gemacht wird. Unter der Wirkung von alledem fange ich nach einer Weile beinahe an zu glauben, die unverwechselbare Spur eines bestimmten, mit Dörrpflaumen gesüßten Pfeifentabaks in die Nase zu bekommen – und kann ich mich nur dadurch am Boden der Realität festkrallen, daß ich mir sage, daß hier wohl wirklich seit Jahren nicht mehr gelüftet wurde. Dann aber entdecke ich unter einem unscheinbaren, schmutzigweißen, dafür einheimischen Scheelitkristall (»hochgradiges Wolframerz, dessen Vorkommen in der Mohave half, die amerikanischen Kanonen der beiden Weltkriege zu härten«) einen vergilbten Zettel, der diese historische Notiz samt chemischer Formel, Härte, Dichte und der kristallographischen Klassifizierung des Exponats in meiner krakeligen Kinderschrift den Gästen des Palace-Hotels mitteilt: Ich sehe meinen Vater vor mir, wie er mich in einem seiner Anfälle vorübergehender Begeisterung für ein neuestes Projekt ermuntert (»Da kannst du dich ja sogar mal nützlich machen...«), eine kleine lagerstättenkundliche Ausstellung zu gestalten – wobei er sich derart unpoetisch statt für den unermeßlichen Schatz des Vorgangs nur für das kärgliche Ergebnis interessierte, daß ich bald die Lust daran verlor. Und es zieht mich endgültig hinüber in das nie völlig, nie ganz und gar spurlos versunkene Reich:

(Wenn nur keiner etwas gehört hat! Undenkbar, hier so erwischt zu werden... Allein in einem All voller Sterne, die sich taumelnd um mich drehen, tanze ich mit geschlossenen Augen auf einem Bein, kämpfe um mein Gleichgewicht und verschlucke einen Fluch, bekomme, die geprellten Zehen des linken Fußes in der Rechten, mit der freien, zum Ausbalancieren ausgestreckten Hand denselben Barhocker zu fassen, an dem ich mich gestoßen, den ich, bevor er zu Boden krachen konnte, gerade noch aufgefangen habe. Jetzt sitze ich, bald das stumme Ebenbild eines hellaufsingenden Zechers, bald jenes des Dornausziehers, lausche angestrengt ins Dunkel und genieße, wie der pulsierende Schmerz allmählich abebbt, die Kühle des lederbezogenen Sitzes auf der heißen Haut. Als ich die Augen wieder öffne, schimmert mein Körper marmorweiß im fahlen Licht: Wer vorhat, sich hinterher aufs Schlafwandeln rauszureden, hätte ja normalerweise auch abwarten können, bis der Mond aufgeht; nur bin ich, seit mir die Idee zu diesem Abenteuer kam, immer schon eingenickt, bevor der Atem meines Bruders so tief und regelmäßig wurde, daß ich es wagen konnte, nackt aus Bett und Zimmer zu entschlüpfen. Jetzt ist der Rest dafür ein Kinderspiel: Das Haus schläft fest, aber nicht leise, vielmehr mit einem stimmenreichen Chor aus Schnarchen, Rascheln von Springmäusen, die sich unter den Dielenbrettern eingenistet haben, ständigem Knacken, wie um die Wette zwischen altem und erneuertem Gebälk, in dem das Knarren meiner leichten, barfüßigen Schritte gar nicht auffällt. Schon bin ich an der Tür, die vom Saloon ins Office meines Vaters führt, spüre ich in der Hand die Klinke, drücke sie hinunter, trete ein. Und nun? Was eigentlich will ich hier? Wo ich doch bestimmt nicht darauf scharf bin, den klobig-altmodischen Schreibtisch, der den kleinen Raum fast völlig ausfüllt, nach Pornoheftchen zu durchstöbern, eine der Pfeifen zu probieren, die in Reih und Glied auf ihm aufgebaut sind, oder gar mit dem Gewehr zu spielen, das hinter der Tür in einem Messingspucknapf steht. Also nehme ich einen Schluck Straight-Bourbon, werfe mich brennend auf die Couch mit der kratzenden Pferdedecke und grinse blöd zufrieden mit mir die Wand an: jene Phototapete von Schloß Neuschwanstein, die, absurdes Gaukelbild, meine Phantasie seit dem Tag unserer Ankunft nicht mehr losließ und letztlich so weit überhitzte, daß sie mich hierher gelockt hat. Dann wälze ich mich vom Bauch auf den Rücken und entdecke mit den Händen mein Geschlecht, versuche aber gar nicht erst, mir abzuverlangen, wozu mein Körper noch immer nicht vollkommen reif ist, sondern drehe, so aufreizend wie möglich hingefläzt, die ersten Schamlöckchen zwischen Daumen und Zeigefinger, mache die Augen zu und wünsche mir als letztes, bevor ich hinabgleite in wüste Träume, daß die knochenharte, aber nicht mehr ganz trokkene Erektion noch anhält, wenn man mich morgen früh hier findet...)

»Das ist ja unglaublich! Unbeschreiblich! So etwas findet man nur in Kalifornien! Wo um alles in der Welt haben Sie die Sachen her?« Klar, daß der seit damals unveränderte Wandschmuck des Arbeitszimmers, nur gebleicht vom Tageslicht, das hier ungehindert von Läden eintritt, deinen kaum verhüllten Hohn herausfordert: erfaßt du die Geschmacklosigkeit meines Vaters doch auf den ersten Blick, während ich, der zögernd nachkommt, an der Tür erst einmal stehenbleiben und die Augen zusammenkneifen muß. Wenn du aber aus deinem seit unserer Landung in L. A. besonders ehrgeizig behaupteten Standardenglisch, dessen Färbung durch eine dezent ausgelegte falsche Spur näselnder britischer Arroganz man in diesem Teil der Welt trotz eines winzigen unbewußten Rests deutscher Übergründlichkeit bei der Betonung der Konsonanten für einen Neuenglandakzent halten mag, in das breitmäulige Gequake des Westens abstürzt, aus dem klaren, auf Zimmerlautstärke geeichten Bariton eines Bewohners atlantiknaher Städte in den gequetschten, zur Überbrückung großer, leerer Landflächen geeigneten Baß der Russen und Hinterlandamerikaner – dann muß dieser tiefe Fall ins Imponiergehabe eines aufgeblasenen Ochsenfrosches gewichtigere Gründe haben als die Lust am kaum versteckten Spott: »Das kann ja alles nicht billig gewesen sein – ist das Mahagoni?« Endlich gehen auch mir die Augen auf und über, begreife ich deine, hoffentlich nur für mich, spürbare Erregung: steht auf dem pseudo-viktorianischen Tisch, den zu bewundern nur ein Ablenkungsmanöver sein kann, doch statt der Pfeifensammlung meines Vaters ein rot-weiß-schwarz bemalter, mit stilisierten Totenschädeln und krausem Menschenhaar verzierter, entfernt an einen Totempfahl erinnernder, aber nur halbmannshoher Götze mit strotzenden Geschlechtsmerkmalen, ein grinsendes Mittelding aus Gott und Göttin, dessen Authentizität und Aura selbst vor der doppelten Kitschtapete dieses in jeglicher Hinsicht falschen Ortes evident ist. »Und dieses Kultobjekt – solche guten alten Stücke findet man in den Indianer-Reservaten ja schon lange nicht mehr!« Ein ebenso gewagter wie gewitzter Schachzug, der dir in den Augen deines Gegenübers zum einen den Anschein geschäftlicher Naivität verschafft und zum anderen mit der Autorität des Kenners der wahrscheinlich für gewöhnliche Touristen bereitgehaltenen Legende zuvorkommt, das Stück stamme von einem Medizinmann der Shoshonen – so daß Sam, dessen Phantasie kaum reichen dürfte, sich aus dem Stegreif etwas Glaubwürdigeres auszudenken, gezwungen ist, die Wahrheit über dessen Herkunft preiszugeben, soweit ihm diese selbst bekannt ist. Die Geschichte, die er dir dann auftischt, ist so unwahrscheinlich, daß er sie unmöglich erfunden haben kann...

Eine knappe Stunde später brettern wir unter Brechung aller Geschwindigkeitsvorschriften über den wie eh und je schnurgeraden, leeren und frisch geteert wirkenden Highway nach Death Valley, auf dem Weg in die nächstgelegene Kleinstadt, die ich vom allwöchentlichen Großeinkauf mit Charly kenne: Ridgecrest, wo Franz König zuletzt gelebt habe, nachdem er vor ein paar Jahren, in Folge einer Pechsträhne, einer tragischen Kette von Unfällen in der Mine, die schließlich zur behördlichen Sperrung des Geländes und zu grotesk hohen Schadensersatzforderungen der Angehörigen seiner ob nun vom überall offen herumliegenden Quecksilber vergifteten oder unter Tage verschüttgegangenen Gäste führte, leider leider! habe Konkurs anmelden müssen: so die vor Mitgefühl schier schmelzende Auskunft des offenbar rechtmäßigen Hotel-Nachbesitzers, der jetzt »Seminare zur spirituellen Selbsterfahrung« anbietet, wo zu meines seligen Vaters Zeiten noch altmodisch gesoffen und gehurt wurde. Während du (»Nun gib schon Gas – hier ist doch weit und breit kein Cop!«) aber nur daran zu denken scheinst, daß ich spät dran bin, treibt mich mehr das Goldfieber voran, der Reflex des jungen Diggers, sich mit einem Fund, wie er ihn bislang nur aus Legenden kannte, so schnell wie möglich von der Bonanza abzusetzen, um dem Glück ja nicht die Chance zu geben, es sich wieder anders zu überlegen – bis ihm plötzlich durch den Kopf schießt, daß auch er nur Glimmer eingesackt haben könnte. Also steige ich in die Eisen und steuere rechts ran: »Laß uns das Ding noch mal in Ruhe ansehn!« Natürlich hatte Sam, tüchtig, patriotisch und kulturbeflissen, längst herausgefunden, daß es sich bei dem Prachtstück seiner »Meditationskammer« keinesfalls um ein Objekt der native americans handelt; unfähig zu glauben, daß eine der Kulturen auf fremden Kontinenten, von denen er vage Vorstellungen besitzen mag, als konkrete Realität in sein Leben hineinwirken könnte, mußte er es für eine Fälschung halten. Und weil schwerlich viele Silicon-Valley-Manager so albern sind, sich bei einem Quacksalber auf die Couch zu legen, um sich ins Urbild aller Luftschlösser zu versenken (»So wohnt Gott – und Gott will, daß du bei IHM wohnst!«), hat es ausgereicht, ihm mit der Miene eines Schlaumeiers, der glaubt, daß er dabei wäre, einen Hinterwäldler zu übertölpeln, von den Hundertdollarscheinen, die du gestern abend für die Kongo-Amulette eingelöst hast, erst zwei, dann drei, dann (»Mein letztes Wort!«) vier Stück auf das verschabte grüne Leder der Schreibtischplatte zu zählen. »Gut, daß du die Sprache der Leute hier sprichst!« – »Na hör mal, ich bin schließlich hier aufgewachsen – du hast also auch gleich gesehen, was das ist?« Noch bevor ich ihn ethnographisch halbwegs korrekt eingekreist hätte (»Südsee natürlich, Melanesien...«), entdecke ich auf der Unterseite des hermaphroditischen Tropenholzklotzes, den ich aus dem Kofferraum hieve und in die Wüstensonne halte, damit du Fassung und Bearbeitungsspuren unter die Lupe nehmen kannst (»Ja, ja – und weiter? Das sieht doch ein Blinder aus hundert Meilen Abstand!«), ein altes, in Sütterlin geschriebenes Etikett – wenn ich mich auf die Ladekante setze und das Gewicht auf meinen Oberschenkeln etwas stärker in die Horizontale kippe (»Halt doch mal still!«), kann ich es mühelos entziffern und brauche es nur noch abzulesen: »Figur eines mythischen Schöpfergottes aus Neu-Mecklenburg«. »Richtig. Ein sogenannter Uli. Allerdings heißt es seit 1918 New Ireland. Sehr gut!« Obwohl dies letzte Lob statt mir schon wieder dem grotesken Objekt deiner Begeisterung gilt, das mich nur der runden Million neuer Franc wegen entzückt, die es dazu beisteuern dürfte, die Galerie Cohn über die gegenwärtige Durststrecke zu retten, ziehe ich statt der wohlfeilen Musterschülernummer doch lieber das Papierchen ab, das sich ohnehin ablöst und nachgeleimt werden muß, um es dir als letztes Indiz für den Wahrheitsgehalt von Sams abenteuerlicher Geschichte zu präsentieren: Daß er die Plastik aus dem Nachlaß eines europäischen Professors habe, der sich in Los Angeles mit dem Verleih von Requisiten für Indianerfilme durchschlug. Womit einmal mehr bewiesen wäre, daß Wunder geschehen, wo du auftauchst – während ich es nicht einmal mehr schaffe, mich richtig darüber zu wundern, und mich sogar frage, warum es ausgerechnet heute sein muß...

Dann aber muß ich für den Rest der Fahrt wieder an deinen letzten Glücksfund denken, dessen Begleitumstände ich deiner Mutter gestern mit einem eher hartleibigen als hochtrabenden »In Cannes. Am Independence Day« weniger beschrieben als vorenthalten habe – obwohl die Szenerie bestimmt nach ihrem Geschmack gewesen wäre, nötigte ihr doch selbst diese Antwort eine wohl nicht nur ironisch beeindruckte Grimasse samt Pfiff und »Nobel, nobel!« ab... Und wieder staune ich über das Staunen, die Überwältigung, die fast widerstandslose Entwaffnung jenes Achtzehnjährigen, der doch ganz finstere Abwehr hätte sein müssen, seit ihn im ersten Morgendämmer ein schnöder Gendarmenstiefeltritt aus dem Schlaf am Strand des schnieken Seebades gerissen hatte. Spätestens, als er unter dem neu angebrachten »Camping interdit!«-Schild schlafzerknirscht seinen Ausweis hervorkramte und dabei mit rasch größer werdenden Augen in der Bucht die ungeheure, unmöglich zu einem Kreuzfahrtschiff gehörende, grau in grau verschwimmende Silhouette eines Flugzeugträgers ausmachte, hätte er vor seinem ersten Ferientag gewarnt sein müssen: Tausende kamen gegen Mittag an Land; schwappten Gig um Gig als Gischt weißer Ausgehuniformen auf die Kais des Yachthafens, zogen pulkweise über die Promenade, stauten sich vor den Souvenirshops in den steilen Altstadtgassen und umlagerten, selbst umlagert von knipsenden Touristen, die besten Standorte für Erinnerungsphotos. Mit ihren von Glatzen, Mützen, Witzen gleichförmig geschliffenen Gesichtern hätten sie sich, reihum abgelichtet mit den Apparaten der Kameraden, wohl nur anhand dieser Details auf den fertigen Bildern erkennen können – so jedenfalls kam es dem langhaarigen Gymnasiasten vor. Seltsam überwach schlich der langhaarige Gymnasiast den ganzen Tag lang durch die mit Sternenbannern geschmückte Stadt, berauscht von einer Alte-Welt-Eleganz, die selbst von gebräunten Urlaubsfressen nicht restlos zu verschandeln war, angeekelt von einer Kundschaft, die sich alles leisten konnte, nur nicht soviel Haut, wie sie zur Schau trug, erfüllt von Dankbarkeit gegen jene Navy-Piloten, die ihren von deutscher Flak in Brand geschossenen Bomber, statt abzuspringen und sich selbst zu retten, über Cannes hinweg- und in die Berge gesteuert hatten. Es war, als würde er um so wachsamer und um so mißtrauischer gegen sich, die Julisonne, seine Mißmut, je deutlicher er das Frösteln der Erwartung, diese schmerzhaft aus den Hoden hochziehende Gewißheit bevorstehender Veränderungen zu erkennen glaubte. Als er es nicht länger aushielt, war er, ganz das Söhnchen seiner stets beherrschten Mutter, vor dem Anblick der Matrosen an den Flipper im Bahnhofs-Buffet geflüchtet. Die ihm bald ungefragt hingestellte Cola hatte er, der mit buntem Stirnband und zerfransten Jeans ja nicht von ungefähr wie ein Freibeuterkid aussah, zwar noch mit einem ›Gibts hier nichts Schärferes?‹-Grinsen angenommen, dann aber, als der schwarze »Hi!«-Guy im Navy-Segeltuch, eine Gestalt zum Niederknien! und Hintüberfallen!, daraufhin kindlich unbefangen auf das kleine Hotel nebenan zu sprechen kam, hatte er es doch mit der Angst zu tun bekommen: mit der heillosen, hosenschißartig abgeilenden Angst vorm schwarzen Tod der Schwulen... Mit einem für die Ohren des US-Boys wohl schockierend unverblümten »I need a pee!« sprang er auf und entwischte am von anderen Mitgliedern der Besatzung requirierten Klo vorbei durch die Hintertür – nur um, kaum hockte er zitternd vor Zorn über seine Feigheit in einem der blauen Rentner-Deckchairs auf der Promenade, schon wieder angequatscht zu werden. Zu allem Überfluß auch noch auf deutsch! von einem Kerl, den weder geschlossene Augenlider noch ein als Keuschheitsgürtel über den Schoß gebreiteter Notizblock voll unglücklicher Gedichtanfänge (»Du zeichnest? Zeig mal...«) davon abzuhalten vermochten, ihm einfach vors Gesicht zu treten, in die Sonne, um einen nicht recht zur jovialen Souveränität des Auftritts passenden, ihm nacheinander erst unangenehm vertraulich, dann von Grund auf fremd und schließlich in nie für möglich gehaltenem Maß vertraut, ja, voraussetzungslos vertrauenswürdig vorkommenden Schatten aus unbeholfenen Worten auf ihn zu werfen.

Auf den ersten Blick gegen die Sonne war da nur eine Aureole aus einzeln abstehenden Haaren, zu der bei ungeblendeter Betrachtung trotzdem eine Art Lichtgestalt gehörte: vielleicht Zeus, der sich, lächerlicherweise so verkleidet, wie man sich Zeus vielleicht in Hollywood vorstellen mag, unter die Sterblichen gemischt hat, um ihre Söhne zu verführen. »Pierre!«, ausgerechnet, ein Pseudonym wie ein schlechtsitzendes Toupet – bemerkte er überhaupt, wie ihn die Leute anstarrten? Ob nun bewundernd, amüsiert, empört, weil sie ein Gesicht wie seins noch nicht gesehen hatten oder vielmehr (Einstein? Ravi Shankar? Chaplin?) schon von Kindesaugen an zu kennen glaubten. Und dann kommentierte dieser Pierre meinen Namen auch noch allen Ernstes mit einem »Hübsch – paßt zu dir!«, das entsprechend pampige »Alt genug...« auf die ebenso plumpe Frage nach meinem Alter, aber lächelnd mit »Na, dann komm!« Unmittelbar darauf stürmte er schon auf die Zuckerbäckerfront des Carlton Hotels zu und erklärte mir dabei wie einem zufällig wiedergetroffenen Bekannten, daß er zwar eigentlich wegen der gestrigen Vernissage der Braque-Retrospektive in der Fondation Maeght aus Paris gekommen sei, da er sich aber nun einmal hier befinde, auch den Empfang des Admirals schlecht schwänzen könne, dessen Onkel ein bedeutender Kunstsammler sei – all dies, ohne sich je mit einem Blick über die Schulter zu vergewissern, ob ich, der alle Luft brauchte, um Schritt zu halten, ihm auch folgte. Im Innern der Fünfstern-Marmortorte muß ich dann etwas richtig gemacht haben; vielleicht gefiel es ihm ja, daß ihre reichlich ambitionierte, helle Pracht mir unvermittelt dorthin Gebrachtem kein Wort spießigen antibourgeoisen Dünkels, gar eingeschüchterter Bewunderung, sondern nur die trokkene Klassifizierung »Belle Époque« entlocken konnte. Jedenfalls schenkte er den Weißbejackten mit Sternen auf den Schultern und Streifen von Orden auf der Brust kaum mehr Aufmerksamkeit als jenen mit den schwarzen Fliegen, die mich in meinem Seeräuberzivil, wohl der kittelartigen Qualität ihrer eigenen Juppen wegen, über Tabletts voller Martinigläser hinweg wie einen aus der Küche entflohenen Kakerlak anstarrten. Dem exzentrischen Hotelgast, der mich eingeschleppt hatte, aber wagten sie ebensowenig zu widersprechen wie ich, als er mein »Ich bin ja wirklich nicht landfein...« abtat mit einem »Papperlapapp!« – woher nur kannte er solche Wörter? Endlich nahm er den Servierknechten mit einer Palette Drinks auch die Sorge ums Ambiente ab und bugsierte mich (»Hier können wir in Ruhe reden!«) in den noch mit Stars and Stripes verhängten Nebensaal, wo das Buffet gerade erst angerichtet wurde. So nahm der Abend seinen Lauf. Als wir aber weit nach Mitternacht wieder vor dem Hotel standen, zurück aus dem kerzenschummrigen Kellerrestaurant, in das wir vor dem Seafood-Schlachtlärm der Offiziellen geflüchtet waren, als wir so im Pulverdampf des Feuerwerks verharrten, das wir, allein mit der Piaf, dem Chef Jacques und seinem Lehrling, überhört haben mußten, als wir uns, je länger wir miteinander sprachen, desto mehr zu sagen hatten, nicht nur weil alles, was mir dieser Pierre in jener Nacht zum ersten Mal über sich und die Welt erzählte, zwei weitere Geschichten nach sich zog, sondern auch, weil er mich irgendwie dazu brachte, ihm zu sagen, wer ich war und was ich werden wollte, woher ich kam und wo ich hinwollte im Leben, wie ich es so ganz genau bislang nicht einmal selbst gewußt, geschweige denn einem andern anvertraut hatte... als also, während draußen in der Bucht mit dem letzten Rauch auch die U.S.S. Nimitz samt ihrem mit blau-weiß-roten Lichterketten aufgetakelten Begleitgeschwader langsam wieder abzog, der Moment schon fast verpaßt war, da es möglich gewesen wäre, mich in der natürlichen Konsequenz des Abends ohne viele Worte, sozusagen en passant, für einen mehr oder minder flotten Besuch mit aufs Zimmer zu nehmen, als ich also anfing, herumzutänzeln und mich zu kratzen, um endlich etwas hervorzustoßen wie »Ich könnte eine Dusche gebrauchen...« – da zog dieser merkwürdige Mensch einen größeren Geldschein aus der Tasche, stopfte ihn mir schnell ins Hemd: »Such dir für heute nacht ein Zimmer in einem einfachen Hotel und sieh zu, daß du morgen von hier wegkommst – diese Stadt ist nichts für dich... Fahr lieber nach Italien, guck dir was Schönes an; ich melde mich, sobald ich aus New York zurück bin – deine Adresse habe ich ja!« Dann nahm er, das hatte noch keiner getan, meinen Kopf in beide Hände, um mich auf die Stirn zu küssen, drehte sich um und war verschwunden. So gern ich dir auch den Mund zugehalten hätte, als du dich vor deiner Mutter damit brüsten mußtest, daß du diesem Florian aus hundert Schritt

Entfernung einfach ansehen konntest, daß er und kein anderer es war, den du ein Leben lang gesucht hattest, so wenig läßt sich übersehen, daß ich seither alles getan habe, um dich darin zu bestärken, daß du deinen Augen trauen kannst…

»Hallo, Kleiner!« Dabei ist er knapp einen Kopf kürzer als ich. Überhaupt: Nichts an diesem höchstens durch ungesunde Blässe auffallenden jungen Mann im gar nicht schlecht geschnittenen, nur um die Schultern etwas zu stark wattierten mauvestichig grauen Anzug, zu dem er heute selbstredend einen schwarzen Schlips trägt, kann das Gefühl heilloser Unterlegenheit begründen, das ich meinem großen Bruder gegenüber seit jeher empfinde und das mich auch in diesem Moment wieder befällt: weder die strebsame Intelligenz, die sein nie ganz gelöstes Gesicht verrät, noch die eher auf Trägheit als auf Güte gründende gutmütige Verträglichkeit, die es geflissentlich überspielt. Dieses süffisante Lächeln! Als könnte es die seelischen Abgründe eines Bausparers und Familienvaters verbergen, der ab und zu übers Wochenende an der Leere in seinem leidlich geglückten, aber nicht sonderlich glückhaften Dasein vor sich hinleiden mag… Als triumphierte die Überdosis männlich-markanten Rasierwassers über den Formalingeruch dieses noch kein bißchen grauen, nur irgendwie etwas leichenhaften, deshalb aber keinesfalls unzuverlässigen leitenden Angestellten eines weltweit operierenden Unternehmens der Logistikbranche, flexibel, kollegial, belastbar… Und natürlich ist mir klar, daß meine innere Reaktion, das Bedürfnis, auf einem anderen Kontinent zu sein, so heftig ausfällt, weil ich in diesem netten jungen Mann von der Stange nur allzuleicht mich selbst erkenne. Auch ohne daß in seiner Stimme Vorwurf oder Verletzung mitschwängen, bin ich sofort bereit, mich dafür zu schämen, daß ich, wie immer und überall, selbst hier und heute zu spät komme: Habe ich es doch tatsächlich geschafft, die Beisetzung zu versäumen, deren Termin er mir vor einer Woche telefonisch mitgeteilt hatte – es war unser erstes Gespräch seit Jahren und beschränkte sich wie alle anderen zuvor auf den Austausch sachlicher Informationen, hier: daß »unser Daddy« gestorben sei. Als könnte ich etwas dafür, daß er mir von den sonstigen Veränderungen im Leben dieses Mannes nichts erzählt hat, zu dem ich seit jenem Sommer keinerlei Verbindung mehr gehabt hatte, während er, wie ich von unserer Mutter wußte, noch öfters zu Besuch bei ihm gewesen war. Jetzt stehen wir uns gegenüber: Seine Hand ist feucht und heiß, und um seinen schönen Mund, den er noch immer unter einem flachs-, nein ingwerfarbenen Schnauz versteckt, spielt der verkniffen amüsierte Ausdruck, mit dem er gewöhnlich dazu ansetzt, eins der witzlosen Witzchen zu reißen, durch die er sich bis heute vor menschlicher Berührung schützt – und die mir selber zu verkneifen ich erst von dir gelernt habe: »War ja kaum anders zu erwarten, daß du rechtzeitig zur Verteilung des Erbes ankommst!«

»Logo – schließlich habe ich seit Jahren nur darauf gewartet!« Noch bevor ich, einen schlechten Nachgeschmack auf der Zunge, die wieder einmal für schale Schamlosigkeiten mißbrauchten Lippen zusammenpressen kann, reut mich der Satz, sein blöder, krampfhafter Automatismus, Aussatz einer Kindheit voll erbitterter Konkurrenz um den vom Älteren bestimmten Preis der größtmöglichen Ungerührtheit, mit dem ich sofort zurückflachse. Dabei irritiert mich weniger der erstaunte, böse, beinahe enttäuschte Blick, den du mir von der Seite zuwirfst, als daß ich an den farblosen Augen meines Bruders etwas entdecke, was ich bis jetzt für undenkbar gehalten habe: Er, der Unnahbare, Unwirkliche, gewiß kein Wesen aus Fleisch und Blut, vielmehr ein zufällig menschenkörpergroßer, mit einer so fremdartigen Substanz wie dem viskosen, unter höchstem Druck in Zähfluß geratenen Grundeis der Gletscher gefüllter, milchig-transparenter, gleichwohl undurchschaubarer Plastikbeutel, mein Bruder, der Marsmensch – hat geweint! Mit der Hitze, die an der Venusoberfläche herrscht, befliegt und überläuft mich, na was schon, Scham: Und wäre es nur darüber, daß ich sonst wieder einmal nichts Rechtes zu empfinden scheine, jedenfalls keinen Schmerz, keine Trauer, kein Bedauern, meinen Vater nun auch als Toten verpaßt zu haben, und nicht einmal das Bedürfnis (»Keine Lust...«), mich wenigstens jetzt noch zu verkleiden und in meiner Schornsteinfegermontur an sein Grab zu hetzen. Wenn ich meinen Bruder recht verstehe, ging es mit allem christlichen Brimborium vonstatten, samt musikalischer Untermalung durch den Frauensingkreis der hiesigen lutheranischen Gemeinde, der sich der armen Heidenseele offenbar schon zu Lebzeiten angenommen hat – schließlich war er immer handsome, warum also zum Schluß nicht handzahm. »Hübsch!«: Ich könnte mich ohrfeigen für die herablassende, beinahe abfällige Geste, mit der ich meinem Bruder die Polaroids zurückgebe, die er als einziger anwesender Verwandter vom Holzkreuz mit dem Namenszug eines Fremden auf einem Staubhügel nach Westernart gemacht hat; die billigste Variante, die unser Vater wohl trotzdem als letzte Bestätigung seines Lebensstils empfunden hätte. Vor allem aber schäme ich mich des Ekels, der Verachtung, ja des Mitleids, in die mein Respekt vor diesem großen Bruder bei der Vorstellung, ihn heulen zu sehen, umschlägt; des Neids, der mich bei dem Gedanken anfrißt, ausgerechnet so etwas wie er könne zu wahren Gefühlen fähig sein. »Tut mir leid, daß wir zu spät sind – muß ja ziemlich schlimm für dich gewesen sein – so ganz allein...« Du findest den richtigen Ton natürlich, den wärmenden Ausdruck in den Augen, sogar die

Chuzpe, ihn, den du doch kaum, und nur aus meiner, vielleicht nicht gerade gerechten, Perspektive kennst, für ein, zwei Atemzüge in den Arm zu nehmen, als wäre es das Normalste auf der Welt; als hätte ich dir nie erzählt, daß wir beide uns immer nur auf den Arm genommen haben... Weil du dich um alles Menschliche mit gewohnter Kompetenz kümmerst, kann ich den fauligen Seelensumpf endlich wohl verlassen und mich wieder den sichtbaren Dingen zuwenden: »Das mit dem Erbe hält sich ja offenbar in Grenzen...«

Tatsächlich ist das Zimmer im »Desert Inn Motel« zu Ridgecrest, als dessen Hausmeister Mister King zuletzt gewirkt hat, von der wohltuenden Kargheit einer Zelle. Der ideale Ort, um die blaue Stunde im Arm eines Gefreiten von jenem Luftwaffenversuchsgelände zu verbringen, dem das verschlafene Garnisonsstädtchen seine Existenz verdankt – sagen wir ein Farmerssohn aus Kansas, der seiner Braut daheim in die Hand versprochen hat, keine leichten Mädchen zu besuchen; gut, daß du nicht Gedanken lesen kannst... Schwer erträglich ist nur der Anblick meines Bruders, der mit untergeschlagenen Beinen auf dem Bett sitzt und im heiligen Ernst versucht, den vor ihm auf der Perlondecke ausgebreiteten Reichtum an Erinnerungsstücken gerecht zu teilen: eine Generationenfolge veralteter, aber zum Teil noch funktionstüchtiger Schachcomputer; ein klobiger Präzisionschronometer, rostfreier Stahl, mit der unmißverständlichen Gravur »Property of the U.S. Air Force«, den ein Goldjunge wie unser Vater sich in keinem Stadium der Verarmung ums Handgelenk gebunden hätte, laut Quittung des Krankenhauses mit der Unterschrift eines gewiß schlecht bezahlten Pflegers aber bei seiner Einlieferung getragen haben soll; eine Brieftasche, Kroko, aus den Nähten geplatzt und leer; ein tragbarer Fernseher; Schuhe (»Die sind doch noch beinahe neu!«); ein paar Kugelschreiber mit aufgedruckten Firmennamen. »Aber ein Diktiergerät kannst du doch bestimmt gebrauchen!« Um nicht zu erstikken, stürze ich ins Freie: auf die langgestreckte hölzerne Veranda, die die hufeisenförmig um ein Schwimmbecken gruppierten Bungalows der Absteige verbindet. »Hi!« – Benommen blicke ich dem unfaßbar fetten Menschenweibchen, das soeben in Begleitung eines durchtrainierten Boxerrüden an mir vorbeigestapft ist, nach, bis ihre rosa Kniekehlen, ihre riesigen geblümten Shorts hinter der letzten Tür verschwinden. Jetzt liegt alles ausgestorben. Gerade will ich dem unbezähmbaren Impuls nachgeben, die klebrigen Klamotten abzustreifen und in den vermoosten Pool zu springen, dessen Wartung zu den letzten Lebensaufgaben eines hier gestrandeten Ingenieurs aus Deutschland zählte – da entdecke ich hinter dem Rückfenster eines mit offener Fahrertür vor der Bürobaracke abgestellten Chevys das Gesicht eines kleinen blonden Jungen, der mich so lange reglos anstarrt, bis er merkt, daß ich ihn bemerkt habe – und mir dann lachend die Zunge herausstreckt. Auf der Hauptstraße donnert ein Konvoi schwerer Armeelaster in hellem Wüstentarnanstrich vorbei. Staub- und Dieselwolken hüllen die turmhohen Reklamen von Exxon und McDonald's ein. Etwas an der Szenerie muß faul sein, denn wenn ich die Augen zumache, wabert es schwarz-braun-gelb in meinem Kopf. Mir wird flau. Wie leicht wäre es jetzt, lang hinzuschlagen – und so das Gespräch polternd zu unterbrechen, das zwischen euch in Gang gekommen ist, wenn auch zögernd und vorerst fast einseitig von dir bestritten, sobald ich aus dem Raum hinaus war. Wenn ihr herbeigeeilt sein werdet und ich, den Kopf vielleicht auf seinem Schoß, allmählich wieder zu mir komme, könnte ich es auf das mütterliche Erbe der Blutarmut schieben; oder wenigstens auf das Holzschutzmittel, dessen Witterung mir aus dem Geländer, um das sich meine Hände krallen, als grünes Giftfähnchen in die Nase steigt. Die ehrpusselige Wahrheitsliebe indes gebietet es, dem kleinen, nachtblauen Schwindelanfall zu trotzen und mir einzugestehen, daß seine Ursache keineswegs in einer Trübung meiner ja ohnehin weniger zur scharfen, wachen Wahrnehmung als zum träumerischen Ahnen von Welt und Wirklichkeit gemachten Sinne liegen dürfte, sondern darin, daß ich einen lichten Moment lang nur allzu klar vorhersehe, wie dieser Tag von jetzt ab weiter in die Nacht auslaufen wird, wenn ich nicht bald in Ohnmacht falle.

Nicht lange, und selbst die übermenschliche Beherrschung, die du ganz gegen deine Gewohnheit im Moment noch für den anderen, von Anfang an weniger glücklich, irgendwie weicher, schwächer, man sagt wohl menschlicher geratenen Sohn meines Vaters aufbringst, wird sich so weit aufgezehrt haben, daß auch du den Anblick seiner leidenschaftslosen Versunkenheit in den Gedenkramsch nicht länger aushältst. Bevor seine Apathie dich verschlingt, wirst du ihn aus der »Apartment twenty« genannten Bruchbude herausreißen und ihn, der sich von dir behandeln läßt wie ein krankes Kind, freundschaftlich untergehakt in das mexikanische Restaurant auf der gegenüberliegenden Straßenseite führen – nicht ohne mir im Vorübergehen »Mußt du dich aufführen wie ein Idiot!« zuzuzischen… Ich werde folgen. Allein schon, um dabei zuzusehen, wie du, von einer Provinzschönen mit kräftigem weißem Gebiß geduldig darüber belehrt, daß Kalifornien seit den Tagen deiner Jugend derart mondän geworden ist, daß man selbst hier nicht mehr vor sechs zu Abend ißt, auf Vorschlag meines Bruders mit einem Hamburger der Junk-food-Filiale nebenan vorlieb nimmst – kommentarlos und sogar ohne, was sonst das mindeste an anti-patriotischer Provokation wäre, nach Messer und Gabel zu verlangen. Statt dessen wirst du, die Zähne heldenhaft in das süß-saure Zeug geschlagen, mir mit den Augen zu verstehen geben, wie leicht dir dies kleine Opfer falle, da doch, als hätte ich das nicht eine Kindheit lang gespürt, mein Bruder an allem Amerikanischen mit der hoffnungslosen Liebe, der Sehnsucht eines Sohnes nach dem verlorenen Vater hänge. Kaum daß das Kuckucks-Monstrum an seinem kalkweißen Arm, das ihn ab heute an einen Macho erinnern soll, dessen dandyhafte Seite ihm offenbar entgangen ist, sechs Uhr und ein paar Millisekunden anzeigt, werden wir doch noch über den Rio Grande wechseln, wo das Essen zwar auch nur besser klingt, aber wenigstens Tequila und Tacos mit sehr scharfer Salsa gegen dein pünktlich auftretendes Magengrimmen zu haben sind. Zwei, drei Stunden und ebensoviele Flaschen des nicht sonderlich subtilen, aber runden und samtenen Cabernet-Sauvignon aus dem Nappa Valley später (dich wird er zu der vollmundigen Feststellung verführen, daß die Kultur dieses Landes offenbar gewisse Fortschritte mache, die es in hundert Jahren sogar bewohnbar machen könnten...), wird mein Bruder soweit aufgetaut sein, um uns vorzuexerzieren, was er für eine Unterhaltung hält: Zweifellos kann er noch immer stundenlang über so faszinierende Gegenstände wie die Tarnkappenbomber der U. S. Air Force, die Deregulierungkrise des Weltluftverkehrs und das mittelfristige Potential der fernöstlichen Aktienmärkte sprechen – unter peinlicher Vermeidung jedes privaten Wortes, jedoch mit lebhafter Anteilnahme an allen technischen Details und nicht ohne jenen zynischen, in der Maske eines zahnlosen alten Hundes um Zärtlichkeit bettelnden Humor, den sein Daddy ihm vererbt hat... Und ich, der infantile Schwätzer, den er, statt »Kleiner« oder »Deppchen«, zur Feier des Familientreffens beim Kindheitskosenamen nennt, werde mich dem wie eh und je von ihm diktierten Konsens über den Emotionsgehalt der Themen beugen: dankbar dafür, daß es mir erspart bleibt, auf die ihm dann plötzlich doch einfallende Frage einzugehen, warum unsere große Schwester, da doch die Flugtickets so günstig seien wie noch nie, die Gelegenheit nicht genutzt hat, »mal wieder über den großen Teich zu jetten«. Nein, die Laune, schlimmer, sein retuschiertes Vaterbild will ich ihm nicht verderben, indem ich erzähle, was unsere Schwester auch mir erst vor wenigen Tagen anvertraut hat: von den Annäherungsversuchen, die schon während der gemeinsamen Ferien begonnen haben, aber erst nach der Abreise der Brüder richtig massiv geworden seien, als sie noch etliche Wochen geblieben war, um auf Daddys Kosten in Las Vegas die Narben schönheitschirurgisch behandeln zu lassen, die jener Unfall in ihrem Gesicht hinterlassen hatte, der nicht, wie ich immer geglaubt hatte, passiert war, weil mein Vater eingeschlafen war, sondern weil seine Hände, statt am Steuer, auf den Schenkeln des neben ihm sitzenden Mädchens lagen. Nein, lieber als vor ihrem Bruder ein Wort darüber zu verlieren, warum meine Schwester sich nicht dazu durchringen konnte, seinem Vater die letzte Ehre zu erweisen, will ich eine volle Stunde lang den Aufschwung des thailändischen Containerschiffbaus diskutieren. Gegen zehn wirst du genug haben von dem Gefasel und dich ins Desert Inn zurückziehen: »Macht bitte nicht mehr so lange!«

Sobald ich mit dem Wesen allein sein werde, von dem du morgen auf der Heimfahrt sagen wirst: »Ich weiß gar nicht, was du hast, dein Bruder ist doch ein netter Kerl!«, wird der eloquente, gewinnende Geschäftsmann schlagartig verschwinden und der verklemmte Unglücksmensch zum Vorschein kommen, der ein wortloses Besäufnis für die intimste zwischenmännliche Verkehrsform hält: Jenes Ritual, in das man mich an jenem denkwürdigen letzten Ferientag einführte, da mein Vater mich das Schießen lehrte. Begonnen hatte alles mit der Enttäuschung, daß mich statt seiner sein Ältester im Arbeitszimmer fand, nackt und zitternd, ein Anblick, der ihm genierlich zu sein, ihn nachgerade zu erschüttern schien, derart, daß er unter wirrem Gestammel (»Frühstück ist fertig!«) aus seinen amerikanisch weiten Jeans stieg, um mir, bemüht, mich dabei nicht anzuschauen, als blendete ihn meine keusche Blöße, seine Unaussprechlichen zu leihen... Am Abend war es dann soweit: zum kippen- und büchsenringschnippenden Abschluß der mit- oder vielmehr nebeneinander verbrachten Zeit fläzten sich Vater und Sohn mit etlichen six-packs in die beiden Schaukelstühle auf dem porch und glotzten, gehüllt in Rauchschwaden und Schweigen, in den wie immer einmaligen Sonnenuntergang – bis es ihnen endlich einfiel, auch »dem Kleinen« Bud und Marlboros zuzuwerfen, den ein so betäubend sinnliches Hochamt zur Feier und Manifestation der Zugehörigkeit zu jenem gerade erst in ihm knospenden Geschlecht natürlich magisch anzog; und der auch ohne Alkohol und Nikotin schon ganz besoffen war vom plötzlich aufwallenden Kitsch ihrer unter Sprachabschluß vergorenen Gefühle. Heute, ein Dutzend Jahre und kaum weniger Filmrisse und Milliarden abgestorbener Hirnzellen später, habe selbst ich begriffen, daß kein noch so hoher Alkoholpegel es vermochte, Männer in Menschen zu verwandeln – oder wenigstens in Mädchen, sanfte und einander zugewandte Wesen. Glasig klar, daß der Mannbarkeitsritus, den ich mit dreizehn noch für die Aufnahme in etwas hielt, beim ersten Mal nur der Verstoßung aus der Kindheit dient, und danach, in welchem Kreis auch immer, der wechselseitigen Bestätigung jenes Unvermögens zu Mitteilung, Vertrautheit, Bindung, zu dem ich nicht geschaffen bin und mit dem ich mich nie bescheiden könnte. Und trotzdem, cheers, hau weg den Scheiß, werde ich auch diesmal wieder mittun: von der Hoffnung auf Brüderlichkeit zwar geheilt, nicht aber frierend vor Nüchternheit von der Sehnsucht nach Berührung; und noch weniger von der Scheu, einem Fremden wie meinem Bruder weh zu tun. Also werde ich den immer größer werdenden Kloß im Hals, das Schweigeorgan von Adamsapfel, so lange mit Rotwein hinunterzuspülen versuchen, bis du endlich, lange nach Mitternacht und kurz bevor uns die vor Müdigkeit bissig werdende Serviererin sowieso an die Luft gesetzt hätte, im chinesischen Seidenmorgenrock, Rächer und Retter zugleich, in die Bodega stürmen, mir das Glas vom Munde reißen und mich (»Ich hab jetzt genug von deiner Sauferei – du verblödest mir ja noch völlig!«) packen und über die Straße schubsen wirst: »Wenn du kotzen mußt, erledige es bitte jetzt!« Dann erst, das entsetzte und peinlich berührte, mitleidige und neidische Gesicht des anderen vor Augen, werde ich zum ersten Mal, seit er mich angerufen hat vor einer Woche, einen Moment lang wieder ungefähr wissen, wer ich bin.

III

»Für mich sieht es eher aus wie ein ... e Oase!« Zwar weiß ich ganz gut, was du gemeint hast, als du heute morgen sagtest, nun sei es ja wohl an dir, mir *deine* Wüste zu zeigen, aber was ich sehe, muß jedem, der in einer nachkriegsdeutschen Neubausiedlung aufwuchs, anmuten wie das Para ... dies Wort habe ich gerade noch geschluckt. Wir kurven durch die grünen Hügel Hollywoods, folgen dem Auf und Ab von dunklen Schluchten, auf deren Sohlen sich noch Dickicht vom Sprühnebelwald der Küstenkordilleren hält, und sonnenverbrannten, von Erdrutschen bedrohten Hängen, bald roh aufgerissen, bald kultiviert: ein babylonisches Durcheinander von aus jeglichen wärmeren Gefilden in hängende Gärten verpflanzter Flora und Phantasiebehausungen aus den Versatzstücken aller Stilepochen, die über die Abstürze des niemals sicheren Geschmacks genauso kühn hinwegstelzen wie über die Abgründe des Geländes. Wenn du zu dieser Überfülle Wüste sagst, so mag das aus deinem Mund keine hochmütige Phrase, sondern die präzise Umschreibung einer subjektiven, für den Außenstehenden unsichtbaren Wahrheit sein. Wenn ich mich aber durch den Sinneseindruck, den ich hier und jetzt empfange, nicht augenblicklich abbringen ließe von dem als Knabe gefaßten Entschluß, alles an Kalifornien als unecht, banal und minderwertig zu verachten, wenn ich nicht sähe, röche, schmeckte, daß du mich heute endlich an ein Ende der Welt geführt hast, wo mit etwas künstlicher Berieselung nicht nur Zitronen, sondern auch Bananen und Passionsfrucht, Hibiskus und Vanille blühen – ich wäre dir besser nirgendwohin gefolgt und brav im Land der eifersüchtig gepflegten Vorurteile, eingefriedeten Gesinnungen und vorgartengroßen geistigen Heimaten geblieben. »Hatte ich damals also recht mit der Idee, daß da, wo die Verbannten wohnen, eigentlich Pfeffer wachsen müßte... Das war mal mein Haus!« Wüßte ich nicht, wie unversöhnlich du über diese Stadt wüten kannst, ich könnte schwören, aus deinem plötzlich beschleunigten Zungenschlag auch eine höhere Herzensfunktion herauszuhören, freudige Erregung, Rührung über ein Wiedersehen nach langer Zeit, sogar eine Art Stolz: Mit einem »Halt! Ein Stück zurück! Stopp! Da ist es!« stürzt du aus dem Wagen und über eine der Panoramastraßen auf ein mehr an einen Dschungel als an einen Garten erinnerndes Grundstück zu – in einem weniger trockenen Klima hätte man es für verwildert halten können. Am Zaun biegst du einen Zweig mit farnartig feinen Blättern zu uns herab und hältst ihn mir triumphierend vors Gesicht: »Siehst du die grünen Rispen – den Baum habe ich gepflanzt, bevor ich weggegangen bin!« Noch immer jederzeit bereit, durch dich, aus der Hand der ersten zweiten Person in meinem Leben, etwas Neues zu erfahren, begierig, einmal mehr eine weitere Variante des Dufts der in den letzten Jahren immer rascher geschrumpften Welt in die größer gewordene Nase zu bekommen, eine Spur jenes erotisch-exotischen Versprechens, die um so flüchtiger zu werden scheint, je haltloser man ihr hinterherjagt, schließe ich die Augen und vertraue mich der süßen Schärfe des Geruchs an, den ich mit »Pfeffer« assoziiere. Wirklich riechen kann ich allerdings nur dich – oder vielmehr das penetrante Teerosenöl deines indischen Sollen-die-Leute-ruhig-gucken-Parfums, mit dem du die säuerliche Erinnerung an letzte, nein, vorletzte Nacht, deren wüsteste Momente in meinem Gedächtnis zum Glück fehlen (»Weißt du überhaupt, daß du mich im Suff angekotzt hast?!«), gründlich, aber ziemlich ungnädig zugedeckt hast... Und auch wenn ich mich abwende und versuche, mich auf die schwarze Watte in meinem Kopf zu konzentrieren, ist da nur der Hauch eines homöopathisch verdünnten Mißklangs aus unspezifischem Chlorophyll und den sonst vielleicht betäubenden, mich heute aber erfrischenden Ruß-, Teer- und Benzinnoten des Vormittagsverkehrs der sommerlichen Metropole zu unseren Füßen, der wie Bienensummen zu uns heraufrauscht. In meiner Umnachtung verfestigt sich die Ahnung zur Gewißheit, daß wir beide irgendwo angekommen sind.

Als sie mir schließlich aufgehen, sind die Augen, durch die ich die Welt anschaue, deine: Klar und blau dehnt sich der Himmel über der unabsehbaren Ebene der Stadt, die so gar nichts von der braunen Backsteinblockeinöde Brooklyns hat, wo ihr die ersten Tage in der neuen Welt bei Verwandten zubrachtet. Weithin grün und blühend liegt Los Angeles vor dir ausgebreitet: Ein geometrisch gemusterter Flickenteppich aus Kolonien freistehender Holzhäuser, immer wieder unterbrochen von noch nicht parzellierten Plantagen mit sattgrünen Wipfeln (»Orangenhaine« kann deine Mutter vorerst nur in der Sprache des Romanzero seufzen...) und ausgedehnten Brachflächen, auf denen spitze Stahlskelettürme stehen und nervöse, motorgetriebene Riesenschaukelpferde abwechselnd aufschauen und auf dem nackten, ohne Bewässerung halmlos der Sonne ausgesetzten Wüstenboden äsen. Wenn er nicht so unansprechbar geworden wäre, seit ihr amerikanischen Boden betreten habt, könnte dir dein Vater, der sich doch mit allem auskennt, was Lärm und ölverschmierte Hände macht, den Sinn dieser seltsamen Gebilde bestimmt erklären. Von Horizont zu Horizont schneiden palmengesäumte Boulevards durchs Bild, entlang derer die Gebäude dichter stehen und sich hier und da mit Turm und Zinne sogar aufschwingen zu einer märchenhaften Zuckerbäcker- oder Zinnsoldatenburg von Lichtspiel-Theater oder Grand-Hotel. Automobile, die Marken kannst du auch nach einer vollen Woche in New

York noch immer nicht alle auf Anhieb unterscheiden, gleiten in der Ferne lautlos hin und her: meist ebensolche kastenförmigen Benzinkutschen wie auf dem Ku'damm, aber auch so aufregende Gefährte wie das rot-schwarz lackierte Kabriolett des jungen Mannes, der euch vom Zug abgeholt hat. Weil er keine Chauffeursuniform trägt, zögerten deine Eltern erst, als er erklärte, »Uncle Carl« habe ihn geschickt; dann aber sind sie doch eingestiegen, teils überrumpelt von dem für einen Bediensteten ziemlich unbotmäßigen, aber irgendwie unwiderstehlichen Grinsen, teils, um dem komischen oder vielmehr pathetischen Alten in Frack und Zylinder zu entgehen, der euch und die anderen Neuankömmlinge »im Namen der Gemeinde« in Empfang genommen hatte. Mitten auf dem Bahnsteig, in der prallen Sonne, dem purpurfarbenen Gesicht nach kurz vor einem Schlaganfall, hielt er seine endlos psalmodierende Rede: zu allem Überfluß im Dialekt, deine Mutter sagt dazu »Chalosches«, den du bisher nur gehört hast, wenn du zur Änderungsschneiderei mitdurftest, »in den Osten«, irgendwo zwischen Alexanderplatz und Ural. Du warst etwas erschrocken über die Heftigkeit, mit der sie verkündete (»Ich glaub, mich laust der Affe!«), daß sie auch in der neuen Welt nicht vorhat, sich »mit diesen Leuten« abzugeben, die sie zu Hause, in Wilmersdorf, doch auch nicht »Jidden« genannt hat; dann aber bist du doch froh gewesen, endlich dieses Kommerzienratspaar Koppel aus Hannover loszuwerden, deren Gejammer euch schon verfolgt hat, seit ihr in Hamburg an Bord gegangen seid... Während der flotten Fahrt hast du hin und her geschaut zwischen deinen Eltern und dich gewundert, daß sie lächelnd und mit geschlossenen Augen neben dir im Fond lehnte und sich den warmen Wind um die Nase wehen ließ, ohne sich im mindesten um ihre Frisur zu sorgen, wo dein Vater doch, eine Hand immer am Hut, kerzengerade auf dem Beifahrersitz saß und mit versteinerter

Miene vor sich hin sah. Just in diesem Augenblick ist vielleicht erstmals jenes Gefühl in dir erwacht, von dem du noch nicht wissen kannst, daß es dich (und alle, die um dich herum sind...) später einmal beherrschen wird: ehe es sich auswüchse zum Bewußtsein, daß du die Verantwortung für dich (und alle um dich herum...) trägst, einstweilen nur eine leise Ahnung, daß der behütete Teil deiner Kindheit in diesem Augenblick zu Ende geht. Vor dem Tor, das euer Fahrer irgendwann öffnete, müßt ihr trotz seines »But please, keep seated – we can drive up to the house!« ausgestiegen und einen Moment lang an den Abhang getreten sein, »um die Aussicht zu genießen«: Gut, daß dein Vater überhaupt einmal etwas sagte, dem es wahrscheinlich leichter fiel, zur Villa des amerikanischen »Onkels«, genaugenommen ein Vetter der Mutter seiner Frau, durch den Garten hinaufzuspazieren, als wäre dies nur ein sonntäglicher Höflichkeitsbesuch. Jedenfalls sehe ich es vor mir, wie du deinen Lockenkopf im Wechsel in ihre Taille schmiegst und an seine Hüfte lehnst, als wolltest du eine Brücke zwischen ihnen bilden, als hänge es nun allein von dir ab, ob die beiden im neuen Leben ankommen werden oder nicht.

Der aus Brocken des einheimischen Gesteins erbaute, selbst wie ein Stück Natur anmutende Bungalow, der gegen die hiesige Tradition nicht auf Selbstdarstellung aus ist, sondern im Gegenteil so sehr um Unsichtbarkeit bemüht scheint, daß ich ihn auch dann kaum im überwucherten Gelände ausmachen kann, als du den grünen Zweig vor meinen Augen in seine angestammte Höhe hast zurückschnellen lassen, liegt vom maurischen Palast dieses Filmmoguls zwar kaum mehr als zweihundert Schritte, aber gut zwanzig Jahre Arbeit und im Zweifel immer noch ein paar Millionen Dollar weit entfernt. »Wenn ich daran denke, was allein das Grundstück heute wert sein dürfte, und was die lieben Verwandten mir dafür bezahlt haben... Na, wenigstens haben sie es nicht verkommen lassen... Ein Stück Dschungel in der Wüste, das war mein Traum – kostet natürlich eine Menge Wasser – deshalb hab ich auch keinen blöden Pool gebaut...« – »Ich denke, du hast keine Angehörigen mehr außer deiner Mutter?« – »Für *sie* gibt es keine Familie mehr... aber ich fürchte, dafür habe ich um so mehr Mischpoche – das ist eine lange Geschichte...« Sollte es Vorfälle, gar Verletzungen in deinem arg ereignisreichen Leben geben, die du mir in der Vergangenheit nicht schon siebenunddreißigmal erzählt hast? Selbstverständlich, oder vielmehr *natürlich*, dringe ich nicht weiter in dich: ein reflexartiger, nicht vom Verstand gesteuerter Themenwechsel, den *ich* nie so liebenswürdig hinbekommen hätte wie dieses, dieses, dies *Es*, halb steinaltes Kind, halb neugeborenes Monster, das, den Hals nie voll, das Maul niemals gestopft, weniger in mir steckt als lasziv in mir herumlümmelt: »Futsch ist futsch – laß uns essen gehen!« Während ich dich aber unterhake und zum Auto zurückbugsiere, keimt in mir zum ersten Mal der Verdacht, daß mein Takt auf etwas so Unschmeichelhaftem wie Feigheit beruhen könnte: eine Berührungsangst, die sich ihrer selbst so sehr schämt, daß sie es vorzieht, als Gleichgültigkeit, Überdruß, ja Trägheit des Herzens aufzutreten. Warum sonst hätte ich sieben Jahre lang niemals die stillschweigende Übereinkunft in Frage gestellt, daß du, der sich doch sonst kaum freiwillig auch nur für Stunden von mir trennt, deine Reisen nach Kalifornien regelmäßig ohne mich unternimmst: Ich war wohl einfach froh darüber, durch diese abwegig begründeten Alleingänge (deine Mutter wolle von mir nichts wissen – als ob ich nicht hätte im Hotel warten können!) gar nicht erst in Versuchung zu kommen, auch nur die verführerisch naheliegende Erwägung anzustellen (von dort aus nur ein kleiner Ausflug mit dem Wagen, der Mühe keiner Ausflucht wert!), noch einmal eine Annäherung an meinen Vater zu versuchen. Ich hatte wohl schlicht Angst vor einer Begegnung, die, indem sie verlangte, mich ihr als Erwachsener zu stellen, vielleicht weniger meinen Mut als meine Großmut überfordert hätte... »Für jemanden, der noch gestern abend lieber sterben als essen wollte, bist du ja schon wieder ziemlich munter... Jetzt zeige ich dir erst mal eine andere Behausung – sonst denkst du mir am Ende noch, man residiere hier grundsätzlich in Villen!«

Da ist schon wieder dieser schnellere, beinahe schrille Tonfall; nur daß er diesmal statt euphorisch fast bedrohlich klingt, wie eine Warnung, daß ich meine Zunge fürs erste im Zaum halten soll. So rollen wir denn schweigend von den Hügeln der Glücklichen hinab in die vorgelagerten Niederungen des eigentlichen Hollywood, wo seit deiner Kindheit viel gebaut worden und alles heruntergekommen sein muß. Als wir hinter Mann's Chinese Theatre einen Parkplatz gefunden haben, traue ich mich noch nicht einmal zu fragen, ob es wirklich ratsam sei, in dieser amerikanischen Innenstadt auszusteigen. Insgeheim aber ist mir hier nichts geheuer, scheint mir doch alles bestens dazu geeignet, das neidgeborene Verlangen europäischer Bildungsreisender nach erhebend-empörenden Bildern der Armut, der Kulturlosigkeit und des Verfalls zu stillen – auch wenn in den desolaten Straßen mit den Fußstapfen darinnen auf Schritt und Tritt die abblätternden, hier und da sogar restaurierten Reste vom baulichen Talmi jenes goldenen Zeitalters durchschimmern, das hierzulande vielleicht gerade wegen der durchschaubaren Kulissenhaftigkeit seiner Träume bis in die fünfziger Jahre reichen konnte, ohne ins Braun-metallische zu kippen. Fast könnte man glauben, dieses Viertel verspräche sich ein Business davon, Typen wie mir ihre Vorurteile an jeder Straßenecke mit Genreszenen à la »Junkies dealen vor Junk-food-Dielen« wohlfeil, dienstfertig und prompt zu bestätigen: malerische Klischees, hinter denen kein noch so kritischer Röntgenblick ein wahrhaftigeres Abbild der Wirklichkeit erkennen kann, als das offen zutageliegende, bis auf die grinsenden Schädelknochen weggefaulte Antlitz der Realität. Und hier erst, beim Aufprall des authentischen Elends auf der Netzhaut, dem schmerzhaften Aufschlagen der Augen in der Gosse (»Säufer haben hier immer schon rumgelegen, aber so etwas gab es früher nicht!«), beginnt mir aufzugehen, was du für den Tag befürchtet haben mußt, an dem du mich an die Originalschauplätze deines früheren Lebens führen würdest: Nicht, daß der Set sich als zu schön oder zu häßlich für deine Beschreibungen erweisen würde, denn du hast ihn mir ja stets als zum Beschreiben zu häßlich und zu schön zugleich beschrieben. Ebensowenig dürften dich die unvermeidlichen Abweichungen der flachen, bloß sichtbaren Wirklichkeit von deinen plastischen Schilderungen der Wahrheit geschreckt haben, denn du weißt, daß ich im Zweifel ohnehin eher der eigenen Vorstellungskraft als den eigenen Augen traue. Angst machte dir nur diese eigensinnige und unberechenbare Kraft; Angst machte dir die Vorstellung, ich könnte in den vorgefundenen Kulissen eigene Einstellungen entwikkeln, womöglich einen eigenen Film, dessen Hauptperson dann nicht mehr eine Vaterfigur mit Überich-Qualitäten wäre, sondern ein zwar ziemlich schlaues, aber nur scheinbar starkes, letztlich wie alle Welt um Liebe bettelndes kleines Kind. Als ob ich Lust hätte, dich so zu sehen! Als ob ich die abgestoßenen Versatzstücke von Peter Cohns Kindheit vor der Nase haben müßte, um erstaunt zu durchschauen, was mir doch klar war, seit ich ihm zum ersten Mal in die Augen gesehen habe: daß dieser so unverschämt selbstsicher aus seiner Geschichte in die Welt blickende Herr eine Rolle für mich spielt. »Den bestimmt nicht gerade leichten

Part des ersten Menschen, zu dem ich aufschauen kann!« Schade, daß mir dieser Spruch nicht schon bei deiner Mutter eingefallen ist; und seltsam, wie schlecht du mich zu kennen scheinst, wenn du nicht spürst, daß ich dich zu meinem Helden mache, weil es mir so gefällt...

»Was für ein hübsches kleines Haus! Wenn erst unsere Möbel kommen, wird das bestimmt ganz gemütlich – Und der südländische Garten... Willkommen im Paradies!« – der sarkastische Unterton in der Stimme deiner Mutter täuscht dich keineswegs über ihre Entschlossenheit hinweg, das Beste aus eurer neuen Situation zu machen. Mag auch ihr Mann Vaterland und Muttersprache nachtrauern wie ein Kind, das, um nicht in Tränen auszubrechen, vor Trotz lieber gar nichts mehr herausbringt, sie hat sich längst damit getröstet, daß ihr Glück gehabt habt – doppeltes Glück: nicht nur Visa für Amerika erhalten zu haben, sondern dort auch noch Angehörige zu besitzen, die beim Neuanfang helfen werden. Ihr seid in Sicherheit und die Sonne scheint; Grund genug, dankbar zu sein und guter Dinge – und jedenfalls nicht auch noch dem Kleinen das Herz schwer zu machen. Zumal dank deiner Unbekümmertheit schon die Audienz bei Uncle Carl günstiger verlaufen ist, als der Umstand, daß er für so entfernte Verwandte wie euch hat bürgen müssen, hätte befürchten lassen können. Nach dem Kuß für deine Mama, die er zuletzt als kleines Mädchen gesehen hatte und nun offenbar nach seinem Geschmack verändert fand (»Wie schön du geworden bist – ganz die Mutter!«), war bei der Vorstellung ihrer »beiden Männer« eine gewisse Steifheit eingetreten: wie einen Schild hatte dein Vater dich vor sich hingestellt; jetzt tat er dir unwillkürlich weh, weil sich seine großen Hände auf deinen Schultern immer mehr verkrampften, dir schließlich fast den Hals abdrückten... Du aber machtest dich einfach los und bist auf den zierlichen älteren Herrn zugegangen, der trotz seines weißen Seidenanzugs so gar nicht dem vagen und unnahbaren Bild von Macht und Geld entsprach, das du dir aus den Gesprächen der Eltern über den »Filmzaren« gemacht hattest. Auf dich wirkte dieser freundliche Onkel mit der Nelke im Knopfloch beinahe schüchtern, so, als trüge er nur deshalb am hellen Vormittag perlenbestickte Gamaschen, um nicht die ungemütliche Eleganz seiner Sans-Souci-Salons zu stören – oder, damit die viel selbstbewußter wirkenden jungen Mitarbeiter, die ständig mit irgendwelchen Akten und Briefen hereinplatzten, ihn auch ja als ihren Boß erkannten. Weniger, weil du wußtest, wie wichtig er für deine Eltern war, als weil du seine Schwäche für Kinder spürtest, unter seiner Verkleidung jenes kindliche Gemüt, das seine Stärke, das Geheimnis seines Erfolgs als Produzent war, weil du dir also unerklärlicherweise sicher warst, leichtes Spiel bei ihm zu haben – setztest du dein engelhaftestes Lächeln auf, strecktest ihm die Hand hin und sprachst ihn an: »How do you do – machst du einen Film mit mir?« Unter hellem Lachen (»Donnerwetter – der Junge ist goldrichtig!«) und mit dem Versprechen, dir bald einmal seine Universal Studios zu zeigen, hat deren Gründer euch zur Tür gebracht: Als, da er Deutsch sprach, je länger, desto schwäbischer, sogar dein Vater etwas auftaute, hast du gewußt, daß nun alles gut wird: »Ich hab euch fürs erste etwas unten in der Stadt besorgen lassen... die Miete ist für vier Wochen bezahlt... Steve wird euch runterfahren... Wegen eines Jobs reden wir in den nächsten Tagen, lebt euch erst mal ein... und schickt mir den Jungen mal vorbei!« Wie sollte deine Mama nicht glücklich und mit dir zufrieden sein?

»Da ist die Hütte!« Warum zum Teufel hüte ich mich auch jetzt wieder davor auszusprechen, was ich denke: daß die

Obdachlosen, deren Pappkartons ein paar Straßen von hier so allgegenwärtig sind wie die Stände mit Souvenir-T-Shirts, ein solches weißes Puppenhäuschen für die Erfüllung ihrer Träume halten dürften? Und endlich macht mir der unsäglich widerwärtige Geschmack des mir auf der Zunge Liegenden bewußt, vor was ich mich nun schon den ganzen Morgen fürchte – und was du uns hast ersparen wollen, wenn du stets gezögert hast, mich in diese auf schwankendem Grund gebaute Stadt mitzunehmen: daß der Boden der gemeinsamen Gegenwart unter unseren Füßen aufreißt und genau zwischen uns plötzlich jene nie vergangene Vergangenheit klafft, die, wir können beide nichts daran ändern, dich zum Juden macht und mich zum Deutschen. Allein zu denken, wir müßten beide denken, daß mir nicht jede richtige oder zumindest ehrlich gemeinte Feststellung auch zukommt, weil sie aus meinem Munde falsch oder sogar böse klänge... Nichts weniger tröstlich, als daß du sofort spürst, daß ich getröstet werden möchte: »Ich weiß schon, daß Armut relativ ist, aber du mußt bedenken, in welchen Verhältnissen unsere Familie in Berlin gelebt hatte – für mich war das ja alles ein Abenteuer, aber für meine Eltern...« Das Klagelied über den Verlust der gelobten Stadt Berlin: wie oft muß deine Mutter es dir als Kind vorgesungen haben, daß es dir so zu Herzen ging; und auch ich kenne es längst in- und auswendig. Weil ja doch nichts Neues dabei herauskommt, stelle ich die Ohren für die Dauer dieses Gesangs auf Durchzug – und kann mir, von der vergeblichen Liebesmühe entbunden, mich ins heile, uneingeschränkt freudvolle, von keinerlei Schatten getrübte oder bedrohte Licht-Dasein deiner Eltern im tagaus, tagein Charleston tanzenden Berlin zu versetzen, um so besser vorstellen, wie ihr euch im Orange Grove Drive eingelebt habt. Hier also, in diesem ausgebleicht unter der Sonne herumstehenden Holzhaus, Treibgut auf einem Südseeriff, das du auf Anhieb zwischen Tausenden von seinesgleichen in der verbrannten Ebene wiedergefunden hast, begannst du, dich in die grünen Hügel hinaufzuträumen... Ich will weg. Oder ich will vielmehr nicht das Gefühl haben, daß ich nun hierbleiben und mich interessieren *muß*: wie der Junge, der sich, als er merkt, daß er festgehalten wird, aus den Armen des Mannes, den er eben erst dazu verführt hat, ihn zu umarmen, mit Gewalt freimacht – nur um, sobald er sich losgekämpft hat und nun verdutzt angeguckt wird, sogleich in sie zurückzusinken... Und so erfahre auch ich wieder das Wunder, das uns, dich und mich, in Menschen zurückverwandelt: hier, angesichts derselben, seltsam unveränderten drei Stufen, vor denen du auf dem vergilbten Photo aufgebaut bist, das dich in verschossenen kurzen Hosen und mit einem ausgefransten Strohhut zeigt; jetzt, beim Anblick der hölzernen Treppe, die zur Küchentür führt, wie auf dem Bild nur mit einem Fliegengitter verschlossen, hinter dem uns, vorsichtig schiebt es sich einen Spaltbreit auf, ein kleines hispanisches Mädchen gar nicht mißtrauisch mustert; in diesem Augenblick, ausgetretene graue Bretter vor Augen, die mich berühren, ja bestürzen, weil es sie wirklich gibt, weil ich nicht an sie glauben muß, sondern sie tatsächlich vor mir sehen kann und, wenn ich ein paar Schritte machte, sogar betreten könnte! Und das an und für sich betrachtet Gleichgültige, das für mich unweigerlich zum Abstoßenden würde, wenn es mir nahegehen müßte, verwandelt sich, da ich mich überwinde und selbst nahe genug herangehe, aus freien Stücken und dabei seltsamerweise entspannter, selbstverständlicher, ja vollkommener ich selber als je sonst, vor meinen Augen in das Anziehende. Freudig wie ein Gläubiger in seinen Tempel trete ich durch das Standbild des abgeblätterten Denkmals vor mir gleichsam hindurch, und hinein in die bunt bewegten Bilder aus dem Leben eines Jungen, die ich so sonst wohl nur sehen dürfte, wenn es meine Erinnerungen wären; und ich sehe alles genau so vor mir, wie es für dich damals gewesen ist.

Wie nach wochenlangem Warten zwischen Schrankkoffern endlich eure Möbel kamen, die klobigen dunklen Eichenmöbel aus der Aussteuer deiner Mutter, die nicht sie, sondern ihr konservativer Vater für sie ausgesucht hatte und die sie bei der Gelegenheit ganz gern losgeworden wäre, auf deren Verschiffung um die halbe Welt ihr Gatte aber bestanden hatte: nicht etwa, weil er, wie die Koppels, die zwei Straßen weiter einzogen, in den gedrechselten Füßen des Buffets ein paar Brillanten versteckt hätte, die Idee wäre ihm als gesetzestreuem Untertan nie gekommen, und nicht einmal, weil sie schließlich euch gehörten, sondern »weil es sich so gehört – und damit basta!« Wie diese wilhelminischen Prunkstücke von Herren-, Eß- und Schlafzimmer, für die in eurem Fertighaus mit seinen praktischen Einbauschränken natürlich nirgends Platz war, dann monatelang im Vorgarten an der Sonne bleichten, ohne daß ein gnädiger Regen sie verdorben hätte, bis deine Mutter sich ein Herz faßte und sie der neugegründeten »Blue Ribbon-Company«, Umzüge und Entrümpelungen, der Herren Koppel und Rothgiesser anvertraute. Wie man sich im Lauf der Zeit in der neuen Welt eingerichtet hat, indem man den alten Dünkel über Bord warf und begann, mit Leuten zu verkehren, die sich in der gleichen Lage befanden wie man selbst. Wie es auf jenen Kaffeekränzchen immer viel zu bereden gab, die die Damen reihum organisierten, um zur Freude der Kinder zu versuchen, einander mit ihren jeweiligen Spezialrezepten für gedeckte Apfel-, gebackene Käse- und, sie galt als Krönung, weil die Zutaten am schwierigsten zu beschaffen waren, Mohntorte! zu übertrumpfen. Wie es auf den Skatabenden mit Bier, Buletten und Kartoffelsalat zuging, bei denen du nur, wenn deine Eltern einluden, ein

Weilchen im Schlafanzug kiebizen durftest, um deinem Vater Glück zu bringen. Und, wie könnte ich mir diesen Gipfel der Geselligkeit nicht vorstellen, die Sonntagsausflüge mit Koppels Pritschenwagen, auf dessen offene Ladefläche einfach Stühle und Bänke gestellt wurden, so daß (»Hab mein Wagen vollgeladen«) die Cohns mit den Hesses, Wohlmanns, Hirschs und Liebecks in den Los Angeles National Forest fahren, unter den dunklen Mammut-Pinien, auf einem weichen Bett aus Nadeln, die Decken zum Picknick ausbreiten und »Oh, du schöner Westerwald!« anstimmen konnten... Dann brach in Europa Krieg aus. Kurz darauf starb Uncle Carl.

Der Tag, an dem auf der Zeitung, die du, wozu gingst du im zweiten Jahr auf die Junior High School, deinem Vater abends übersetzen mußtest, in furchteinflößend großen Lettern »WAR IN EUROPE« stand, brachte zunächst keine Veränderung in dein Leben – bis auf jene, daß du neben den Donnerstagen, an denen meist, aber zum Glück nicht immer, Landgerichtspräsident Landecker im schwarzen Gehrock vor der Tür stand, nun auch die Freitage fürchten mußtest: Das Aufschnappen der Verschlüsse seines speckigen Aktenköfferchens mit dem geprägten Adlerwappen, balanciert auf einem abgewetzten Knie des Beinkleids (»Aber bitte, treten Sie doch näher – Peterchen, bring dem Herrn Doktor ein Glas Wasser!«), hatte schon seit eurer Ankunft unweigerlich nach sich gezogen, daß es für den Rest der Woche wieder Leberwurst und Salami zum Abendbrot gab, mit denen dieser Unglücksrabe schon tagelang in der Hitze von Haus zu Haus marschiert war. Nun aber, seit Post aus Europa nur noch einmal wöchentlich kam, eben freitags, bedeutete das Scheppern, mit dem euer stets angetrunkener und doch nie vergnügter irischstämmiger Briefträger die auf einem Pfahl an der Straße stehende Blechröhre zuknallte, immer häufiger, daß du samstags nicht ins Kino durftest: weil es sich angesichts dessen, was deine Mutter (»Setz dich hin und hör zu – du mußt das wissen, Peter!«) dir am Abend vorzulesen hatte, die Stimme so zittrig und schroff wie die Sütterlinschrift ihrer Mutter, von selbst verbat, anschließend die Erlaubnis und den Vierteldollar Eintrittsgeld zu erbitten. Die Nachricht, daß Tante Hedwig abgeholt worden war (»Du weißt doch, meine Tante Hedwig, die wir in Dresden besucht haben!« Du erinnertest dich flüchtig an eine feucht küssende alte Frau, um so deutlicher aber an die Vitrine voll Porzellanfigürchen in ihrer Wohnung, von der du kreischend ferngehalten wurdest: »Um Gottes willen, Kind, laß den Jungen nicht an die Sammlung!«), den Brief mit den unheilkündenden bunten neuen Marken hast du eine Woche lang zurückgehalten, um wenigstens die Dietrich in »Destry Rides Again« zu sehen, nachdem du schon »Ninotschka« versäumt hattest – hinterher schämtest du dich dafür so sehr, daß dir Briefmarken- und Meißensammler bis heute unsympatisch sind...

Den tieferen Einschnitt markierte für dich hingegen jener Tag, der nur scheinbar wie gewöhnlich damit begann, daß Steve, der um die Ecke wohnte, morgens hupend vor dem Haus stand: diesmal nämlich wollte er, der sich im ungewohnten schwarzen Anzug sichtlich so unwohl fühlte wie du dich in deinem, nicht den Vater zur Arbeit, sondern die ganze Familie zu Uncle Carls Beerdigung mitnehmen. Erinnern kannst du dich vor allem an den anschließenden Empfang in der Villa, bei dem sich halb Hollywood sehen ließ, um den Pionier zu ehren und nebenbei herauszufinden, wie es mit dem Studio weitergehen würde: ein bei Canapés und Champagner zusehends zur Lustbarkeit degenerierendes Stelldichein der Stars und der noch verhätschelter wirkenden Männer im Hintergrund, das du aus gehöriger Distanz verfolgtest, dämmerte dir unter ihnen doch, daß die Träger der berühmtesten Gesichter aus dem Kino durchaus keine Übermenschen waren. Auch wenn dein Papa es dir vorab nicht ausdrücklich verboten hätte, wäre es dir doof vorgekommen, Philip Marlowe, zwei Köpfe kürzer als er, um ein Autogramm zu bitten – oder gar den schneidigsten Freibeuter der sieben Meere, diesen schmierigen Friseurtyp, der dir zuzwinkerte und nach deinem Namen fragte... Während du aber in den Salons deines schwäbischen Urgroßvetters, dessen feine Art offenbar nicht gerade branchentypisch gewesen war, von der Vorstellung Abschied nehmen mußtest, es gäbe jene bessere, edlere, schönere Welt der Filme irgendwo auch in Wirklichkeit, also auch dann noch, wenn die Lichter angehen – wurde dein Vater von einem gewinnend lächelnden Jungmanager in einen Nebenraum gebeten und gefeuert. Vielleicht war man die in miserablem Englisch gehaltenen Vorträge des vormaligen Entwicklungsingenieurs der AEG leid, der sich nicht daran gewöhnen konnte, seinen Beleuchterjob zu machen, ohne über die Vorteile deutscher Patente zu dozieren, vielleicht hielten die geschäftstüchtigen Erben eines deutschen Juden die Beschäftigung allzu vieler, wenn auch inzwischen naturalisierter Deutscher wegen der Lage in Europa, oder aber jene allzu vieler Juden angesichts der Stimmung in Amerika, für nicht opportun, vielleicht geschah es auch aus Mißgunst wegen der angehängten Testamentsklausel, die deine Ausbildung bis zum College-Abschluß sicherstellen sollte: Jedenfalls muß dein Vater (»Bianca! Peter! Wir gehen!«) für dich genau in diesem Moment aus der Sternenhöhe deines Kindheitshelden auf jenen Boden gestürzt sein, dem es schnuppe ist, daß ein aus der Bahn Geworfener in den Augen seines heranwachsenden Sohnes keine strahlende Figur macht, wenn er sich in fortgeschrittenem Alter noch einmal auf die Beine stellen soll.

»Nun komm schon, Florian – und werd mir bloß nicht sentimental! Was sollen denn die armen Leutchen denken, wenn du stundenlang vor ihrem Haus rumstehst und glotzt; wahrscheinlich ist die Polizei schon unterwegs; außerdem sterbe ich vor Hunger!« Wohl an keinem anderen Ort der Erde würdest du mich so barsch aus meinen Gedanken reißen – beinahe war es schon ein Tagtraum, gerade an der Kippe zwischen der nach innen gekehrten Anverwandlung des anderen und dem rückwärtsgewandten Sehnen nach dem Eigenen. Nirgendwo sonst legtest du solchen Wert darauf, daß ich zurückkomme in eine gedankenlose Gegenwart und Wirklichkeit, als in dieser »selbstvergessen vor sich hin schwitzenden Nirwana-City ohne Herkunft und Identität, ja selbst ohne Jahreszeiten...«, die dir so zuwider ist, daß du täglich von ihr redest. Immerhin hast du hier die längste zusammenhängende Zeit deines Lebens zugebracht, fast so viele Jahre, wie ich zähle: Kein Wunder, daß dich bis heute alles an eine halbe Kindheit und das wenige erinnert, was die durch Geburt verhängten Makel von deiner Jugend übrig ließen – oder daß vielmehr alles deinen Willen heraufbeschwört, dich um jeden Preis, auch den, erwachsen zu werden als halbes Kind, durch eiserne Arbeitsdisziplin von der durch diese Handicaps verursachten Angreifbarkeit zu befreien. Und nirgendwo sonst fiele es dir so leicht wie hier, an den ewigen Kindskopf in mir zu appellieren, der sowieso immer dabei ist, wenn einer wie du mit flatternden Haaren flieht: ohne überhaupt wissen zu wollen, wovor, wohin... Schließlich tauge ich zu kaum etwas besser als dazu, mit offenem Schiebedach (nur schade, daß du kein Cabrio geliehen hast), die Rechte (wie gut, daß die Wagen hierzulande Automatik haben) in deiner Linken, den Santa Monica Boulevard in Richtung Beverly Hills entlangzugondeln. Glück ist, sich in die hippeste Salatbar am Rodeo Drive einladen zu lassen – und auch ohne Nachfragen zu verstehen, daß der Satz »Die Straße da führt zum Friedhof...« keineswegs bedeutet, daß man abbiegen soll, damit du deinem Vater, wie es der Sitte deiner Vorväter wohl entspräche, einen Stein aufs Grab legen kannst. Schließlich hast du mir ja oft genug erzählt, wie er euch im Stich gelassen hat: bloß weil an Beschäftigung in seinem Beruf nicht zu denken war, weil man zwar ihn samt Frau und Kind, nicht aber sein Diplom eingebürgert hatte, und die Naturalwirtschaft der Emigranten zwar manche Aufgabe für einen gesunden Mann, etwa bei »Hirschs Deli« im Farmer's Market Kisten stapeln, aber selten besseren Lohn als unverkaufte Lebensmittel für drei Verrechnungsdollar bot: »Wer hat denn heutzutage schon Geld, mein Bester!« Dann bekam er die Chance, bei Dr. Ehrlich zu assistieren, einem Zahnarzt, der seinen Abschluß auch nicht anerkannt bekam, so daß er ohne Zulassung für Illegale praktizieren mußte. Gerade weil sein Geschäft außer an der Zahlungsschwäche der Kundschaft auch daran krankte, daß sich zwar die Ausrüstung, mangels Rezeptblock aber kein Lachgas zur Betäubung beschaffen ließ, hatte er Verwendung für einen Ringer vom Macabi-Sportbund, der die Patienten mit schierer Körperkraft im Behandlungsstuhl festhielt. Dein Vater aber, statt in dieser Lebensstellung aufzugehen, hat sie aus Angst, die Köpfe, die er beim Bohren und Ziehen zu fixieren hatte, zu zerquetschen, zermürbt vom Anblick hervorquellender Augen, nach wenigen Wochen geschmissen und um Auszahlung gebeten. Was er bekam (»Das ist gute Vorkriegsware!«), war eine Kiste Solinger Federmesser, die ein unbeugsamer Kraut wie er (»Soll ich etwa hausieren gehen!«) nicht einmal umsonst hätte losschlagen können, so daß es dir überlassen blieb, eine Probe deines Talents zu geben und sie an der Schule als »Original Nazi-Messer« zu verkloppen... Wie schlecht es ihm ging, spürtest du, seit er dich immer häufiger fürs Maulen über den allabendlichen Gemüsereis nicht mehr nur mit einem »Ganze Völkerstämme leben von Reis!« abspeiste, sondern dir gleich eine klebte: Als könnte er die nur allzu berechtigte Furcht vor seiner Kraft von Ehrlichs fremden, erwachsenen Patienten nicht mehr auf dich übertragen. Als er, bloß weil du losheultest, plötzlich selbst feuchte Augen bekam und, statt dafür gleich noch einmal hinzulangen (»Ein deutscher Junge weint nicht!«), anfing, etwas vom Dich-doch-liebhaben zu stammeln, bekamst du es mit der Angst zu tun. Und dann mußte sich deine Mutter, wozu hatte sie als Mädchen Handarbeiten gelernt, nachdem ihre letzte Brosche versetzt war, auch noch als Näherin in einer der Großschneidereien verdingen, wo man ständig Leute suchte, seit außer Traumkostümen für immer üppigere Ausstattungsfilme auch Uniformen für Marine-Offiziere zu liefern waren. Seine klirrende Entrüstung über diese letzte Kränkung klang für dich schon wie das endgültige Waffenstrecken: »Ich ertrage es nicht zu erleben, daß meine kleine Frau in der Fabrik steht!« Da er es auch nicht ändern konnte, bekam er Magenkrebs und starb. Glück ist, wenn zwei gleichzeitig vom selben schweigen. Don't worry, *ich* werde bestimmt nicht sentimental...

Schon sitzen wir, hinter Terrakottakübeln mit Orangenbäumchen, die uns vor den Blicken der auf dem Rodeo Drive im Schrittempo ihrer deutschen Cabrios vorüberrollenden Passanten weniger schützen als für sie rahmen, in Regiesesseln unter einer immergrünen Pergola; inmitten netter junger Menschen, die bestimmt von Kindheit an statt Haar Frisuren gehabt haben. Wie hingebungsvoll sie zum geschmack- und kalorienlosen Treibhaussalat ohne Dressing an Cola lights auf extra viel Eis nuckeln! Wie gut ihnen jenes Unangreifbarkeitsgefühl steht, das nur unter der klassenlosen Uniform der angesagten Jeansmarke getragene goldene Kreditkarten vermitteln können. Und wie wenig prächtig ihre Unterhaltung ausfällt, da sie doch Probleme zu bereden haben, die sie ihrer Mimik und Gestik nach unerträglich belasten müssen – laut und ausführlich, als wären sie allesamt ebenso schwerhörig wie schwer von Begriff. Links geht es um abgebrochene Fingernägel, rechts um die zermürbende Suche nach dem passenden Geschenk zu Mutters dritter Hochzeit, hinter deinem Rücken aber um Aerobicstunden. Wie schwierig doch das Dasein sein muß, wenn man es wirklich darauf anlegt, Abziehbildern zu ähneln; wie leicht es sich dagegen derjenige macht, der statt dessen darauf aus ist, sich von einem Abziehbild abzusetzen... »Do you have an ID?« Kann denn dieser wirklich hübsche Junge (»Hi! My name is Jeff and I am your waiter today!«) Gedanken lesen? Weiß er, der für hiesige Verhältnisse grazil gebaut ist, daß er dein oft gepredigtes Stereotyp vom südkalifornischen Sonnyboy als einem braungebrannten Hohlkörper, aufgeblasen von allzuviel Sport und rotem Fleisch, im Zweifel kunstblond und von Natur aus blöde..., auf das Anmutigste entkräftigt? Ist ihm bewußt, daß seine Haltung statt des zur Schau getragenen Stolzes darauf, zu *sein* (vorzugsweise jung, gesund, amerikanisch), etwas so Unwahrscheinliches ausdrückt wie eine angeborene Ahnung jenes schönen Konjunktivs des *Werdens*? Kann also dieser Knabe mit dem arglosen Gesicht, über das jetzt ein ganz bestimmt nicht vor dem Spiegel geübtes Lächeln fliegt (gefolgt, da es ihm vielleicht eine Spur zu mädchenhaft gerät, träum oder wach ich? von einer Röte!) wissen, was er in meinem Kopf auslöst? Oder steht mir die Idee, die mir beim Anblick seiner Pfirsichhaut kommt (ist es denn abwegig zu glauben, daß er sie verstehen könnte?), etwa schon ins Gesicht geschrieben wie bei einem geilen alten Sack? »Er will deinen Ausweis sehen, weil du Wein bestellt hast – offenbar glaubt er, du wärest noch keine einundzwanzig!« Womit der Tag denn endgültig gerettet wäre...

Nur daß ich nach der kleinen Pause, erfrischt vom freundlichen Woher-Wohin, das sich aus dem Vorzeigen eines deutschen Dokuments ergab (»Excuse me, Sir!« »But on the contrary, you made my day!«), schlagartig die Lust verliere, mich damit aufzuhalten, was du mir genüßlich zu erklären weißt: »Der Kleine gefällt dir wohl? Die Kellner in dieser Stadt waren schon immer Jungs vom Land, die irgendwie ins Show-Bizz wollen; wenn du ihm erzählst, wen wir heute abend besuchen, springt er dir mit offenen Beinen um den Hals!« Seltsam, wie dringend ich auf einmal weiter will... Also auf, zum langersehnten Besuch in das Museum von Mister Getty: Es erweist sich als nachgemachte altrömische Villa, von deren auf terrassierten Spannbetondecken über einer hangarartigen Garage für Touristenbusse hängenden Gärten ein Faltblatt in acht Sprachen verkündet, daß sie nicht weniger als viermal jährlich gerodet und neu angepflanzt werden. Dagegen entpuppt sich die im Innern ausgestellte Antikensammlung als ein zu spät und zu schnell, mit sehr viel mehr Geld als Geschmack zusammengekauftes Sammelsurium von Objekten zumeist jener Qualität, die noch zu kaufen waren, weil sie in der Vergangenheit kein europäischer Fürst haben wollte. Sinnlos, über die Echtheit von etwas nachzudenken, das so oder so nicht schön ist. Auch der bei der gemeinsamen Eroberung jeder neuen Stadt obligatorische Gang ins Museum hat heute also nicht die gewohnte Wirkung, mich ein paar Augenblicke lang mit der Banalität des Schönen im heutigen Leben zu versöhnen – und mich zudem nebenbei, in den säkularen Tempeln der neuen Welt zumindest, mit der Chronik von »Cohn et Cie., Art Ancien S.R.L.« vertraut zu machen: »Das kommt von mir, und das da, und das auch!« Hier, wo die sonst überall zwischen New York und San Francisco bei Museumsleuten geschätzte Unbestechlichkeit deines Geschmacks dir die besten Geschäfte bislang verdorben hat, vermag mich nichts auf den Olymp zu erheben: jenen kahlen Gipfel der Glückseligkeit, wo noch etwas vom Hochmut des Anfangs, der heiteren Gleichgültigkeit allem Menschlichen gegenüber herrscht oder den Sehenden doch zumindest als kalter klarer Hauch von Geist aus manchen alten Steinen anweht. Allerdings müssen wir heute auch nicht »Kontakte pflegen« und in vollgekramten Kuratorenbüros bei dünnem Instantkaffee den immergleichen Klatsch über neuaufgetauchte Stücke und -erlassene Gesetze, nie dagewesene Preise und altbekannte Schmuggelrouten austauschen. Ganz im Gegenteil sollten wir versuchen, unerkannt zu bleiben, um das erst kürzlich aus den trüben Quellen der weniger skrupulösen Konkurrenz aufgetauchte Prunkstück dieser Sammlung ungestört in Augenschein zu nehmen: Der berühmt-berüchtigte Getty-Kouros ist in voller marmorner Überlebensgröße noch lebloser als auf den veröffentlichten Fotos, nicht tot, sondern nie lebendig gewesen; eine zwar bis auf das falsche Lächeln in allen stilistischen Details korrekte, aber von keinem bildnerischen Eros wachgeküßte Karikatur, die mich (wie könnte sich der puer eternus diesen Kalauer verkneifen...) eher an den Bastard einer Rotbunten mit einem schlachtreifen Brauereiklepper denken läßt als an eine jener Jünglingsstatuen, die ich liebe. Ja, so etwas in echt hätte ich schon ganz gern neben dem Bett stehen, seit du vor Jahren den ruinösen Einfall gehabt hast, meine Steinsammelwut mit einem schildkrötengestaltigen Schiefer-Schminktäfelchen aus dem prädynastischen Ägypten in ungeahnte Dimensionen umzulenken. Vielleicht bilde ich mir ja ein, in solchen Steinjünglingen etwas von mir selber zu erkennen: Grabsteine, die nur den kinderlos im Kampf Gestorbenen von ihren Liebhabern gestiftet wurden – nicht, um der Geliebten als der Bürger zu gedenken, die sie erst hätten werden müssen, sondern um sie, den Blick nicht Menschen, sondern Göttern zugewandt, als leidenschaftslose Steine, an denen weder Liebe noch Lebenserfahrung kratzt, nein, nicht sie, nur ihre archaische Jugendlichkeit für die Ewigkeit zu bewahren. Dein Urteil fällt wie immer schneller und witziger aus als meines: »Falls der echt sein sollte, wäre mir eine gute Fälschung lieber!« Und plötzlich ist da wieder dieser Stich, der mich nun schon seit langem piesackt und nur während der Ablenkungen der letzten Tage vorübergehend in Ruhe gelassen hat: Die von Mal zu Mal peinlichere Einsicht, daß ich inzwischen zu alt bin, um jung zu sterben; der brennende Wunsch, aus meiner ewig heilen Haut zu fahren. Kann ich, ohne mich zu verstellen, denn wirklich nichts anderes sein als dieser jugendliche Virtuose virtueller Lebensweisen, der, genau gleich weit entfernt von jenen Tröstungen, die das richtige Leben von kleinem Tod zu kleinem Tod bereithält, wie vom Triumph über das Leben, den für einen wahren Liebhaber wie dich die Kunst bedeutet, nur er ist, wenn er nicht er sein will? Wäre es nicht ein Gebot der Tugend, vor der Wirklichkeit wirklich zu bestehen? Muß ich, schön, sobald mich jemand liebt, unsterblich, solange ich nie richtig gelebt und nie einen anderen Kampf gekannt habe, als den darum zu gefallen, bis ans Ende der Zeit aufgehen in den Empfindungen und Erfahrungen, Vorstellungen und Projektionen einer anderen Person? »Duu... Du willst doch heute bestimmt Siesta machen – ich meine, nach allem, was ich dir in den letzten Tagen zugemutet habe... Ich würde dann ein bißchen allein losziehen!«

Nachdem ich dich (»Also pünktlich um sechs bei meiner Mutter!«) am Hotel abgesetzt habe, steuere ich schnurstracks jenen Abschnitt des Santa Monica Boulevards an, der, beflaggt wie die Champs-Élysées bei Staatsbesuchen mit der Regenbogenfahne der gay-rights-Bewegung, mir schon vormittags im Vorüberfahren aufgefallen ist und eindeutig mehr als nur meine Aufmerksamkeit erregt hat.

Kaum dort angekommen, vergeht mir aber auch schon die Lust, tatsächlich auszusteigen und mich umzusehen. Oder vielmehr ergreift mich wieder jene Scheu, die nichts mit Scham und auch nicht vordringlich mit Schüchternheit zu tun hat, eher mit Stolz, der Sehnsucht eines Heidenkinds nach dem Dahinterliegenden, Nicht-Offensichtlichen, Eigentlichen, die mich bis heute davor schützt, mich wie ein Volljähriger zu benehmen – und die mich auch in Paris um die entsprechenden, dort allerdings auf den ersten Blick gar nicht erkennbaren Gegenden bisher stets einen Bogen machen ließ. Vielleicht ist es ja auch bloß Heidenangst; jedenfalls bin ich heilfroh, daß ich, wie ich erst jetzt feststelle, wieder einmal nichts Bares einstecken habe und also die beste Ausrede besitze, all diese Bars, Clubs und Cafés rechts und links liegenzulassen. Fast bin ich ebenso erleichtert wie heute vormittag, als es mir (»Ich hab doch keinen Hut dabei!«) erspart blieb, den schmucken Art-Deco-Pavillon drei Blocks weiter östlich zu betreten (in Deutschland hätte ich ihn für eine Schulaula gehalten), an dem zwar zum Glück angeschrieben stand, daß ihn kein Mann barhäuptig betreten darf, aber doch nicht, daß irgendein Peter Cohn dort einmal Bar-Mizwa gefeiert hat... Hauptsache, nicht dazugehören: wie der Junge, der nur während der einen Wochenstunde unverdroschen auf dem Schulhof herumsitzen konnte, in der die anderen Religionsunterricht hatten... Um nur ja außen vor zu bleiben, wo auch immer, schließe ich nun sogar das Schiebedach und stelle statt dessen die Klimaanlage an. So läßt es sich unbehelligt durchs Meer der Straßen kreuzen – fast so, als läge man am hellen Nachmittag in Zimmer 4047 des Flughafen-Sheraton von Anchorage hinter zugezogenen Vorhängen vor der Glotze und zappte sich, die freie Hand in einem Papp-Putzeimer Popcorn, durch ungezählte alte Folgen von ›Einsatz in Manhattan‹ oder ›Straßen von San Francisco‹, die, japanisch, kantonesisch, russisch oder koreanisch synchronisiert, merkwürdig neu aussehen. Jeder Blick durch die Windschutzscheibe ergibt hier ein graphisch perfektes, weil buntes und weithin leeres Bild. Jeder blau-gelb gestrichene Flachbau mit der Inschrift ›Laundrette Odessa‹, jeder unter spindeldürre und sehr nackte Palmstämme geduckte ›Viet-Nam Take Away Saigon – hablamos español‹ aber erzählt eine Geschichte; zum Glück geht mich keine davon etwas an. Nicht auszudenken, was geschähe, wenn mir alles, was ich sehe, auch etwas bedeuten würde – bei der bloßen Vorstellung tritt mir kalter Schweiß auf die Stirn: jeder Anblick, ob nun Plakat oder Gebäude, jeder Schrift- und Straßenzug eine entschlüsselbare Chiffre für gelebtes Leben, die Stadt ein ohne jedes Siegel vor mir aufgeschlagenes Buch des großen Scheiterns und Erwartens, des kleinen Sich-Einrichtens und Gelingens aus Abermillionen Biographien; Zeichen des Werdens und Vergehens wie Sand am Meer; und ich, außerstande, die Welt nach subjektiven Kriterien zu sieben, nurmehr Körnchen im Treibsand der Zeit – statt vielleicht Sandkorn in ihrem Getriebe... Panisch, wie ich es zuletzt mit dreizehn war, als ich, allein mit mir und dem Schutzengel jener Jahre unterwegs in der Mohave, einmal auf meine eigene Spur im Staub traf, schlage ich, als ich zum xten Mal am Farmer's Market vorüberkomme, den Weg nach Westen ein, zum Meer, zum Strand: anders als damals erschrocken, gerade weil ich überall um mich herum nur noch Spuren von anderen erkenne. Woraus folgt, daß auch diese Stadt das Gegenteil von einer Wüste ist...

Da Mutter Cohn erst viel später mit mir rechnet, halte ich mich in Santa Monica zunächst an die Adresse, die ich ihrem Sohn unter den Glubschaugen des Getty-Kouros entlockt habe: »Warum bist du denn scharf darauf, daß ich die alten Geschichten ausgrabe – das archäologische Interesse müßte dir nach der Bekanntschaft mit unserem falschen Freund hier doch erst einmal vergangen sein!« – »Deshalb ja – schließlich bist du im Vergleich zu dem da fast eine klassische Antiquität...« Nicht daß ich sie unbedingt aufsuchen wollte, aber irgendwie hätte ich den Takt, nicht nachzuhaken, sobald ich spürte, daß es ihm peinlich war, sie zu verraten, als Bruch in unserer Vertrautheit empfunden. Das dazugehörige Gebäude erweist sich (wenn auch weniger kompliziert als meine Skrupel...) jedoch als längst nicht so schlicht, wie ich es mir nach diesem Geziere ausgemalt hätte: ein ganz normaler moderner Wohnblock, gar nicht unansehnlich, nur laut gelegen an einer Hauptverkehrsstraße zwischen Küste und Down-Town, die sich die Patriziertochter, als durch den Verlust des Gatten und Ernährers die bisher verpönten materialistischen Instinkte in ihr wach wurden, wohl wegen der großspurigen Bezeichnung »Boulevard« ausgesucht hatte. »Lieber ein Loch in der richtigen Gegend als etwas Größeres in der falschen – merk dir das gut, Peter!« Hierhin also, sie kann es trotzdem nur als weitere Station des gesellschaftlichen Abstiegs empfunden haben, mußte sie mit ihrem Jungen ziehen, nachdem die beim Tod eines Familienvaters zunächst Trost und sogar Geld spendende Gemeinde sich ein paar Wochen nach der Beerdigung wieder in eine Horde von Gläubigern verwandelt hatte. Schließlich hatten die anderen auch nichts zu verschenken, und so begannen sie bald damit, ihr alles an beweglicher Habe aus dem Haus zu tragen, was nicht unmittelbar lebensnotwendig war: Das Radio, das ihrem Mann noch die letzten Lebenstage mit den immer gleichlautenden Meldungen vom Siegeszug der deutschen Truppen vergällt hatte, geduldig vom Sohn gedolmetscht, während sie sich manchmal fragte, ob ihn wirklich nur die Angst und der Abscheu vor den Nazis oder nicht doch auch ein bißchen die Verletztheit des Weltkriegsfreiwilligen quälte, diesmal nicht mitmarschieren zu dürfen für sein Vaterland – was heißt marschieren, reiten: »Ich war Leutnant der Kavallerie, mein Sohn! Du ahnst ja nicht, was das für unsereins bedeutet hat.« Jedenfalls hatte sie ihre liebe Mühe, dem Jungen klarzumachen, daß das Eiserne Kreuz, das er nach der Beerdigung des Vaters bei dessen Sachen gefunden hatte, kein gutes Erinnerungsstück war und in die Mülltonne gehörte... Nein, um den Röhrenrundfunkempfänger von der AEG tat es ihr ganz bestimmt nicht leid, der, kaum daß sein stolzer Mitentwickler von Schmerzen und Sorgen erlöst war, die Sondermeldung von Hitlers erster Niederlage, vom Verlust einer ganzen Armee an der Wolga brachte; am liebsten hätte sie ihn zerhackt... Worum sie gekämpft hatte, wenn auch vergeblich, war die Nähmaschine, mit der sie sich vielleicht als Schneiderin hätte selbständig machen können: in der Erinnerung des kleinen Jungen, der in Berlin oft unter das gußeiserne Gestell gekrochen ist, um, die Hände auf den Lettern des Markennamens in der Tretplatte, mit dem altertümlichen Mechanismus aus Pleuelstange und Schwungrad Dampflok zu spielen, wahrhaftig eine »Veritas« aus der Fabrik meines Urgroßvaters. Genau dasselbe Modell steht bis heute bei meiner Oma. Genau so habe ich als Kind damit gespielt. Vielleicht bin ich ja ein material girl und Muttersöhnchen, das an Rockschößen und Dingen hängt, aber wenn ich mir vorstelle, wie man Frau Cohn, die meine Großmutter sein könnte, die letzten Habseligkeiten eines Tages, die Miete war seit Monaten überfällig, auf die Straße gestellt, dann aber, Herr Koppel (»Mir eine Ehre, gnä Frau!«) brauchte kaum eine halbe Fuhre zum Selbstkostenpreis anzubieten, gnädigerweise doch in die neue Wohnung verfrachtet hat – dann weiß ich, daß ich hierhergekommen bin, weil mich diese Geschichte etwas angeht.

Wie leicht hätte es mein Fahrrad sein können, das, unbenutzt, also nie wirklich besessen, vom ersten Kondolenzbesucher eingetrieben wurde – eigentlich mehr ein Traum von einem Fahrrad, der ebensogut mein Traum von einer normalen Jugend hätte sein können und nun, wie zuvor der meines Vaters von einem Vaterland, der meiner Mutter von einer armen, aber amerikanischen Familie, die sie mit einem Kostümatelier durchbrächte, hätte dran glauben müssen. Und bestimmt wäre es auch mir nicht schwergefallen, dem Vater gegenüber so zu tun, als hoffte ich immer noch auf dieses blöde, seit mehreren Geburtstagen versprochene und doch nie erschwinglich gewesene Fahrrad, wenn er es (»Diesmal kriegst du es bestimmt – Bar-Mizwa feiert man nur einmal!«) wieder einmal ankündigte: weil auch ich geahnt hätte, daß ihn, der nie sonderlich religiös gewesen war, nun, aus dem Krankenhaus, wo er sich ein Magengeschwür hätte herausnehmen lassen wollen, nach drei Tagen als unheilbar entlassen, nur noch der Wunsch am Leben hielt, durchzuhalten bis zu diesem Fest, damit ich wenigstens zum Mann geworden wäre, bevor ich für ihn Kaddisch sagen müßte. Ja, ich spüre das Grauen beim Gedanken, er könnte vorher sterben, wenn er spürte, daß ich den festen Kinderglauben an seine väterliche Allmacht längst verloren hatte. Und wer weiß, wie schnell ich erwachsen geworden wäre, wenn ich meinen Vater, zwei Zentner bei lebendigem Leib verwesendes Männerfleisch, an meiner Mutter Statt (»Ich schaff das einfach nicht – du bist doch jetzt schon groß, mein Liebling!«) monatelang hätte füttern, waschen, windeln müssen; oder wie gründlich ich von meiner Vatersehnsucht geheilt worden wäre, wenn ich als Dreizehnjähriger erlebt hätte, daß sich mein Vater vor mir schämt, weil er merkt, wie sehr es mich ekelt, seinen bei allem sonstigen Verfall bis zuletzt riesenhaften Penis anzufassen. Jedenfalls muß es ein sehr wirksamer Abschied von der Kindheit sein, wenn man am Morgen seines Jünglingsfests wach wird, neben dem Vater, weil man in der Ehebetthälfte der Mutter schläft, die (»Ich kann nicht ertragen, ihn leiden zu sehen!«) selbst ins Kinderzimmer gezogen ist und es ihrem »Großen« überlassen hat, Nachtwache bei dem Sterbenden zu halten und ihm alle paar Stunden Morphium zu spritzen. Zum Mann geworden ist man wohl, wenn man beschämt hochschreckt, weil man die Morgendosis verschlafen hat, obwohl man weiß, daß er sich lieber vor Schmerz die Zunge abgebissen hätte, als den Sohn (»Der Junge braucht schließlich auch seinen Schlaf!«) zu wecken; wenn man merkt, daß man aus den verschatteten, tief im Schädel liegenden Augen des binnen weniger Monate zum Skelett Abgezehrten mit einem Ausdruck von solcher Zärtlichkeit angesehen wird, wie man ihn zuvor nicht einmal von der Mutter kannte: »Guck mal aus dem Fenster!« Oder vielmehr hört man wohl endgültig auf, Kind zu sein, wessen auch immer, wenn man seinem Vater daraufhin lange Zeit den Rücken zukehrt, nicht, weil man sich von dem seltsam unwirklichen Anblick des mit einer bunten Schleife am Lenker im Vorgarten herumstehenden Drahtdings nicht hätte losreißen können, sondern weil man sich nicht mit Augen zu ihm umdrehen will, deren feuchten Glanz er kaum für einen Ausdruck der Freude halten kann; wenn man also abwartet, bis die Wirkung des Nervengifts einsetzt und das unregelmäßig rasselnde, manchmal minutenlang aussetzende Atmen, das einen in den letzten Wochen bis in die Träume hinein verfolgt hat, gleichmäßiger und leiser wird – und sich nichts sehnlicher dabei wünscht, als daß es endlich ganz aufhören möge.

Nur, daß ich nichts Derartiges erlebt habe: weil ich nun mal nicht Peter, überhaupt kein Cohn bin, eher schon ein Pan – oder vielmehr ein ewiger Hirtenknabe, der sein Leben lang darauf wartet, daß ihm ein Göttervater die Flötentöne beibringt... Nur, daß ich hier vor einem Ende der dreißiger Jahre, ein Vierteljahrhundert vor meiner Geburt erbauten Mietshaus stehe, das ich, Abdrücke der Maserungen von Holzverschalungen im orange-rosafarben gestrichenen Beton vor Augen, trotzdem nur an der vierstelligen Hausnummer, den Ventilatorenkästen über jedem zweiten Fenster, den blühenden Strelitzien in den Kübeln rechts und links des Eingangs und der berühmten stählernen Feuertreppe von einem alltäglichen Anblick aus meiner eigenen Kindheit unterscheiden kann. Und so empfinde ich bei diesem Anblick vor allem die narzißtische Kränkung des Eromenos, der zum ersten Mal wirklich begreift, daß die Jugend seines Erasten nicht in grauer Vorzeit spielte, sondern genauso wie seine eigene in jener noch längst nicht abgeschlossenen, unentrinnbaren, festgefahrenen Moderne, hinter die es kein Zurück gibt zu den Göttern, über die es nicht hinausgeht zu den Sternen. Läßt sich Schrecklicheres denken, als daß ich, auch ich wie irgend jemand sonst, nun, da dieser nicht einmal sonderlich erschreckende, nur eben tödliche Gedanke in mir Platz gegriffen und die unverwundbare Gedankenlosigkeit verdrängt hat, in nicht mehr allzuferner Zukunft ergrauen werde? Daß ich die Abendröte meiner Zwischenzeit nicht mehr erleben werde, in der der Mythos von der ewigen Jugend nicht mehr zu glauben und noch nicht technisch umzusetzen war... Weil ich nun einmal der bin, der ich bin, ertappe ich mich prompt dabei, daß ich mir wünsche, Pierre stünde jetzt neben mir und erklärte mir dieses gesichtslose Gebäude (»Dort war mein Fenster; und gleich darüber wohnten Rosens...«) als den unverwechselbaren Ort seiner wunderbaren Jahre: Immerhin hatte er sein Zimmer, in der neuen Wohnung roch es nun nicht mehr nach Desinfektionsmittel und Verwesung, und dann gab es da ja noch Richard »Richy« Rosen. Dieses an der südlichen Sonne früh gereifte Adoptivkind eines älteren Ehepaars aus Köln, blond und blauäugig wie frisch dem Lebensborn entsprungen, war schon fast fünfzehn und besuchte, Schwarm aller Mädchen in der Nachbarschaft, die nächsthöhere Stufe der neuen Schule. Trotzdem hatte er im ersten Augenblick Freundschaft mit Pete geschlossen, bestand darauf, ihm morgens die Schulbücher zu tragen, investierte sein Taschengeld in Drops und Candy-Bars für den Jüngeren und verpaßte dem pickligen Klassentyrann Hank Conners, der ihn als »Sissy« hänselte, seit er einmal vor dem Baseball-Training die gräßlichen rohseidenen Unterhosen mit dem gestickten Monogramm gesehen hatte, von denen Petes fürsorgliche Mom zu dessen Leidwesen gleich sechs Dutzend in zunehmenden Größen aus Deutschland mitgebracht hatte, auf dem Nachhauseweg eine derartige Tracht, daß ihm niemand mehr zu nahe kam. Nachmittags nahm er ihn mit an den Strand, lachte ihn dort aber nicht aus, weil er nie ins Wasser gehen wollte und lieber in seinem Whitman las, als den Mädchen nachzugucken, sondern lachte ihn vielmehr strahlend an, wenn er triefend vor ihm stand, sich die Haare ausschüttelte wie ein Hund und sich dann neben ihn in den Sand fallen ließ. So daß Peter (»Paß doch auf!«) das täglich dicker werdende Buch (»Was liest'n da... Gedichte?«) doch lieber zur Seite legte (»Davon verstehst du nichts!«) und statt dessen Richie anschaute, der zum Glück mit geschlossenen Augen dalag (»Woher willst'n das wissen – lies doch mal eins vor!«): seinen vom vielen Schwimmen zugleich durchgebildeten und glattgeschliffenen Körper und das von der nassen Baumwollbadehose zunächst mehr enthüllte als verborgene Geheimnis, das, je mehr die Sonne ihre Wirkung tat und es dem Blick entzog, zugleich immer größer wurde, bis es unter dem schwarzen Stoff im Rhythmus des kräftigen Pulses zwischen seinen Rippen pochte. Spätestens als der Angestarrte blinzelte (»Ich weiß genau, was du denkst; ich bin aber nicht simpel; vielleicht verstehe ich mehr als du!«), befiel Peter ein nie gekanntes Herzflimmern, das er zunächst der Scham darüber zuschrieb, daß der andere so viel weiter war als er selbst. Ehe er auch nur begriffen hätte, daß er den Nachbarsjungen begehrte, geschweige denn hätte lernen können, sich dafür schuldig zu fühlen, gar daran zu leiden – da stahl dieser sich auch schon Nacht für Nacht über die Feuertreppe in sein Bett... Könnte ich etwas anderes als Neid empfinden?

Natürlich lassen sich derart reine und elementare, hellgelb wie gediegen Schwefel aufflammende Gefühle immer nur für kurze Zeit unvermengt aufrechterhalten – um so schwerer, wenn derjenige, der sie auslöst, gar nicht anwesend ist. Und so versinke ich schon auf dem Weg zum Santa Monica State Beach wieder in die ziemlich trübe, weder ganz lautere noch völlig falsche Mischung aus Mitleid und Mißgunst, die ich für L.A. übrighätte, wenn ich Pierre nie begegnet wäre. Tatsächlich macht die Promenade mit ihrer eher zum Parken als zum Spazierengehen einladenden Aspaltdecke den denkbar trostlosesten Eindruck – nicht, weil sie verlassen daläge, sondern gerade weil auf den mit mehrfarbigen Linien abgeteilten, von keinem Baum und keiner Bank gesäumten, durch entsprechende Piktogramme für Jogger, Skater, Biker reservierten Bahnen knochenbrecherisch reger Verkehr herrscht. Selbst auf der vierten, offenbar neu hinzugekommenen mit dem Symbol eines Gehenden steht der Schlendernde sofort einem mit groteskem Hüftschwung Sturmschritt watschelnden »Walker« im Wege – zweifellos die nächste Welle, die demnächst so unfehlbar nach Europa schwappen wird, als läge London, nicht Tokio, gegenüber... Könnte man sich irgendwo gestrandeter vorkommen als unter Heerscharen blicklos hin und her flitzender, mit Ohrstöpseln gegeneinander abgeschotteter Roboter im grellbunten Aerobic-Dress, die sich auf den zweiten Blick als Greisinnen und Greise erweisen, die verbissen darum kämpfen, sich in zehn Jahren noch immer so quälen zu können? Und auch am Strand kann das Auslaufmodell von Müßiggängern aus der alten Welt zwar das Hemd ablegen, aber doch nicht aus seiner Haut: Undenkbar, hier je dazuzugehören – allein deshalb, weil man selbst so viel weißer und schlanker ist als selbst die Schlankeren der Weißen um einen herum; noch mit Mitte zwanzig mehr Jüngling als die Schuljungs in einem Land, wo mit Frühling, Herbst und Winter auch alle anderen Lebensalter als das des jungen Erwachsenen abgeschafft sind. Seltsam nur, daß sich eine derart körperfixierte Kultur zugleich der Nacktheit so sehr schämt, daß keine junge Frau mit bloßen Brüsten, kein junger Mann in engen Badehosen herumläuft, der Mensch hier also nicht nur auf den Leib im Zenit seiner Entwicklung, sondern der Leib auch auf den gestählten, waffentauglichen Teil reduziert wird – ganz so, als existierte er unabhängig vom nicht trainierbaren, nie restlos zu beherrschenden, verwundbar machenden Geschlecht. Gäbe es, bei der bloßen Vorstellung kommt mir einer hoch, einen unamerikanischeren Umtrieb, als mich jetzt nackt auszuziehen und als träumender Hyazinth in den Sand zu räkeln? Was dies Land so öde macht, ist das Fehlen alles Androgynen – oder vielmehr, da dies Manko durch die drei prompt vorübertänzelnden Tunten mit offensiv offensichtlichem Gebaren, megaschrillen Sonnenbrillen und einem Ghetto-Blaster, aus dem Michael Jackson dröhnt, ja nicht im mindesten gebessert wird, eher das Fehlen jeglicher Ambivalenz. Da ich keine Lust habe herauszufinden, wie es in kalifornischen Korrektions-Anstalten zugeht, verkneife ich mir aber den Körpereinsatz, um den Zusammenhang zwischen aggressiver Dynamik und ästhetischer Desensibilisierung zu manifestieren, der, wenn er mir auch durch die dürren Begriffsfinger rinnt, ohnedies mit Händen zu greifen ist – derart, daß sich hier sogar die Möwen die arrogant-elegante Attitüde der Herrscher über Wind und Wellen sparen und statt dessen als grauganSgroßes, braungesprenkeltes Ungeziefer plump und dumm vor der See herumhüpfen. Und sogar die See scheint hier ebenso unfarben zu sein wie sie, nicht nur nicht Spiegel des Himmels, sondern erst recht nicht irgendeiner Seele, vielmehr viel Meer, Metapher für nichts, als jede Menge H_2O mit mäßig viel NaCl und eher wenigen Fäkalien. Woran oder an wem immer es liegen mag, die Chemie zwischen hier und mir stimmt einfach nicht – was keine Trotzreaktion bei mir auslösen müßte, verdürben die in dieser Metropole der Gedächtnis- und Traditionslosigkeit geborenen Lebensentwürfe, Erlösung light, nicht weltweit den Geschmack... Gleich kommt mir die reaktionäre Galle hoch und vergiftet mir am Ende das Bewußtsein so, daß ich, der Abendlandretter von der traurigen Gestalt, noch die gutgebauten Surfer in der Brandung zu kreuzenden Kanonenbooten der Kolonialmacht FUN zurechtphantasiere... Da schlage ich dann doch lieber die Augen nieder und, da ich kein Buch dabeihabe, den Weg entlang der Küstenstraße ein, um mich mit einem Spaziergang in jene kurze, aus heutiger Sicht beinahe tröstliche Epoche des nackten Überlebens der Emigranten zu versetzen, da das Leben hierzulande einen für Europäer faßbaren Sinn besaß. Allerdings scheint diese Zeit, dem einzigen einheimischen Nichtautofahrer nach zu urteilen, den ich unterwegs antreffe, am Villenviertel Pacific Palisades spurlos vorübergegangen zu sein: Der Gärtner, der gerade dabei ist, zwei vertrocknete Blätter mit einem Gerät vor sich her zu blasen, das mehr Lärm macht als die vom benachbarten L.A. International aufsteigenden Jets, zögert keine Sekunde, das Ding abzustellen, die Ohrschützer abzunehmen und mir Fremdem freundlich Auskunft zu erteilen: »Who the fuck is Thomas Mann?«

P.s Sinn für Schönheit, diese seit jeher in ihm angelegte, durch die Erfahrungen der letzten Jahre nur vorübergehend abgestumpfte Fähigkeit zu sehen, mit bloßem Auge, daß es einen Gott gibt, entflammte jetzt, einmal entzündet, zu einem unbedingten Verlangen, das allein von Richies Körper auf Dauer nicht befriedigt werden konnte (sowenig wie von Johnnies oder Basils...) und nach Führung, Halt, nachhaltigerer Nahrung verlangte. Für weniger glücklich veranlagte Naturen hätte nun eine Periode der Verwirrung, der verzehrenden Sehnsucht nach dem Unbekannten, ein langes, am Ende vielleicht ins Nichts führende Ausprobieren von Neigungen und Vorbildern beginnen können. P. aber fand, ohne je bewußt danach gesucht zu haben, noch bevor er hätte sagen können, was, ja, daß ihm etwas fehlte, in der wenig anmutigen, aber um so beeindruckenderen Gestalt des Siegfried Eichlaub seinen wie eigens für ihn bereitgehaltenen Zugang in die Welt der Kunst. Dieser in der klatschsüchtigen Kunstwelt der Emigranten eher berüchtigte als berühmte Schauspieler hatte die Rolle seines Lebens gefunden und war nie mehr aus ihr gefallen, jedenfalls nicht, sobald sich ihm ein Publikum bot, seit er einmal unter Reinhardt den Falstaff spielen durfte; zu Lebzeiten von P.s Vater hatte er seltsamerweise als »kein Umgang« gegolten, obschon er immerhin nicht aus Hannover stammte und seiner Mutter bereits aus ihren Berliner Bohemeetagen bekannt war. Als sie ihren Sohn jedoch einmal morgens unter Richard überraschte, gab sie es kommentarlos auf, ihm zu verbieten, Herrn Eichlaub in der windschiefen Bretterbude unmittelbar am Pazifik zu besuchen, die dieser mit seinem jungen Freund, einem Freiherrn Friedrich von Gardewitz, bewohnte. Hollywood hätte in Kriegszeiten einen Alten mit schwerem deutschen Akzent zwar brauchen können, aber doch nur, wenn er auch die zu seinem Tonfall passende Nazifresse besessen hätte; sein »jiddisches Ponem«, jenes nicht einmal traurige, nur sorgenvolle Clownsgesicht taugte höchstens für seine parodistische Lieblingsnummer: unter verzweifeltem Augenrollen und Fuchteln der beringten Hände mit Gott zu hadern. Und so mußte er sich mit privaten Kabarettabenden für die zwei bis drei Dutzend Heimwehkranken über Wasser halten, die er in sein Wohnzimmer pferchen konnte, wo nur die ältesten Damen auf wackeligen Stühlen sitzen konnten, während alle anderen stehen mußten, im Dreiviertelkreis um ihn herum. Einen Band Klabund, Tucholsky, Morgenstern oder Kästner in der Linken, lehnte er gegen den Schreibtisch und gab, unterstützt durch das quäkende Grammophon, einen gnadenlos chargierenden Alleinunterhalter, bald derbe polternd, bald zuckrig zum Zahnausziehen wie die von »Fräulein Fritz« aus kalifornischem Riesling und karibischem Rum gerührte Bowle, die in dem Dollar Eintrittspreis enthalten war. Wie auch die Zugabe, die zu P.s Beschämung stets darin bestand, daß Siggie (»Die Herrschaften wollen mich entschuldigen...«) nach verdächtig langer Abwesenheit stachelbeerbeinig und kugelbäuchig wie er war, im kurzen Cocktailkleid die Walldoff vom Plattenteller auferstehen und vor seine Gäste treten ließ – die sich nun keineswegs königlich amüsierten, sondern vielmehr unter Tränen in ihre Hymne »Es gibt nur ein Berlin, und das ist mein Berlin!« einstimmten... So peinlich ihm diese Auftritte waren, so sehr liebte P. es, allein zu Siggie zu kommen, nach der Schule, um die Handzeichnungen und Holzschnitte, Lithographien und Inkunabeln von Meister MZ bis Käthe Kollwitz aus den Beständen jener Flüchtlinge anzusehen, die niemals auf Eichlaubs Soireen gingen, weil sie mit allem Deutschen brechen wollten: eine stetig anwachsende Sammlung, die Siggie mit jenen Gagen zusammenkaufte, die Fritz, der sich, auf einem Gestüt aufgewachsen, darauf verstand (»Was man nicht im Kopfe hat, das hat man gerechterweise in den Beinen...«), spektakulär vom Pferd zu fallen, als Stuntman für Kavallerieschlachtszenen verdiente. Was immer P.s Mutter, Richy oder der arme Fritz vermuten mochten, hat Siggie, wenn er ihm seine Kupferstiche zeigte, P. nie mit einem anderen Körperteil berührt als mit seiner scheuen Seele...

Das notwendige Gegengewicht zu Eichlaubs Einfluß, dem P. sich nicht weniger gern unterworfen hatte, bildete ab dem Spätsommer 1944 seine »große Oma« – den wenigen Photos nach zu urteilen, die er damals mit Siggies Leica-Box gemacht und später nicht vernichtet hat, weil sie ausnahmsweise einmal keine nackten Knaben zeigten, tatsächlich ein Panzerkreuzer von einer Frau. Auch auf noch so flehentliches Drängen ihrer Tochter hin hatte sie eigentlich gar nicht nachkommen wollen. Trotz all dem, was sie in dürren Worten aus Deutschland zurückschrieb, war sie entschlossen, in Berlin auszuhalten: erst bei den Geschäften der Familie, nachdem diese aber geplündert worden waren, zur Pflege ihres Mannes, der nicht mehr reisen konnte, seit er in jener Novembernacht einen Herzinfarkt erlitten hatte. Später, nach seinem Tod, sah sie keinen Sinn mehr darin, ihr eigenes Leben zu retten. Kurz vor Kriegsausbruch war sie von doch noch auswandernden Bekannten fast gegen ihren Willen mitgenommen worden, hatte sich in New York aber standhaft geweigert, an die Westküste weiterzufahren, und statt dessen jahrelang in einer Kammer an der Upper Westside gesessen und vor sich hingestarrt. Erst die Nachricht vom Tod ihres Schwiegersohnes vermochte sie ins Leben zurückzuholen: Sie beschloß, »Peters Erziehung in die Hand zu nehmen!« Nicht daß P. sich danach gesehnt hätte – oder nicht gewußt, wie die Freiheiten auszunutzen waren, deren er sich erfreute, seit seine Mutter ihre wenig überzeugenden Versuche, die früher immer zugunsten ihres Engelchens unterlaufene starke Hand des Gatten nachzuahmen, nach wenigen Monaten entnervt aufgegeben und statt dessen begonnen hatte, sich nach Ersatz umzusehen: »Gott weiß, daß ich keinen anderen je so lieben werde wie deinen Vater, aber das Leben geht weiter, Peter!« Statt mit seiner kleinen Mama bekam P. es nun also mit ihrer »Jaaah, Mutter!« oder »Ich bitte dich, Mutter!« zu tun: Weil ihre Jüngste, »dieses Frauenzimmer«, das sich die Lippen rot malte, es dank ihres Talents für Straß und Strapse und dank eines Verehrers aus der Tingeltangelbranche (»Du wirst dich doch nicht mit diesem unmöglichen Galizier einlassen!«) zur Kostümbildnerin gebracht hatte, konnte sie eine schäbige Pension mit Meerblick an der Beach Road beziehen. Heute ist das spanisch-viktorianische Hotel Sorrento durch einen Luxuswohnblock ersetzt, spurlos verschwunden wie die Baracke an den Pacific Palisades, auf deren Seegrundstück längst irgendein Showstar seine Strandvilla geklotzt hat, ohne zu ahnen, daß dort früher einmal ein Siggie mit seinem Fritz hauste. Dorthin hätten P.s Oma im übrigen »keine zehn Pferde« gebracht. Auch wenn P. sich ihrer regelmäßig schämte, liebte er es doch auch, sie zum Spaziergang abzuholen: sie im bodenlangen schwarzen Kleid, unter dessen Saum die Spitzen schwarzer Schnürstiefelchen vorguckten, in der einen schwarzen Spitzenhandschuhhand eine riesige schwarze Tasche, eine andere am schwarzen Schleierhut, an dem der Seewind zerrte, eine dritte (»SO reicht man einer Dame den Arm! Merk dir das!«) bei ihm untergehakt und eine vierte (»Hast du keinen Kamm? Was sollen denn die Leute denken!«) in seinem Haar, den Kopf stets stolz erhoben und dabei unablässig geschüttelt über die Sitten in der neuen Welt (»Daß hier kein Herr den Hut zieht – unerhört! Alles Antisemiten!«). P. dagegen (»Komm weiter Oma – die Leute gucken sich ja schon um...«) zokkelte mit eingezogenem Kopf neben ihr, die zu allem Überfluß, laut news-reel standen die US-Boys kurz vor Köln, ihr Lebtag nichts anderes als lauteres Hochdeutsch gesprochen hat: »Wie bitte? Halte dich gerade und sprich klar und deutlich, Junge!« Als sie Jahre später der Schlag traf, hatte sie es nicht nur geschafft, alle Welt um sie herum mit den Grundlagen des Deutschen vertraut zu machen: von den Zimmermädchen im Hotel, die zu lernen hatten, daß es sich beim Inhalt der Flasche unter ihrem Bett (die im übrigen zu übersehen war...) keinesfalls um Brandy handelte (»Werde ich Branntwein trinken wie ein Kutscher!«), über die Köche und Kellner, die nun wußten, daß potatoes Kartoffeln heißen und mit Petersilie zu bestreuen sind, bis zum Obsthändler auf der Promenade, an dessen Stand sie nur stehenblieb (»Nimm doch diesen gräßlichen Gummi aus dem Mund und iß etwas Gesundes, Junge!«), sofern der obstinate Kerl bereit war, ihr statt seines albernen Peinäppel »A-na-nas« nachzusprechen, wie es sich gehörte. Auch ihrem Enkel hatte sie das Rückgrat soweit gestärkt, daß er sein Leben lang gefeit blieb gegen die Verführungen der kalifornischen Kultur: jenen lächerlichen Entwurf des Daseins als Gelegenheit zum Glücklichsein, statt dazuzulernen, sein Unglück mit Würde zu ertragen. Ihr Unglück, nach ihrem Tod vertraute seine Mutter P. den wahren Grund für ihre Weigerung an, ihrer Familie nach Los Angeles zu folgen, hatte bereits damit begonnen, daß sie sich als Mädchen in ihren Cousin Carl verliebte: eine Mesalliance, die diesen zwang, sein Glück in Amerika zu machen, während die Familie für sie einen hartnäckigen Junggesellen auftrieb, der mit ihr zwar ebensowenig seelen- wie blutsverwandt war, aber seine Pflicht tat und drei Kinder mit ihr zeugte...

»Ja, jetzt lachen wir, aber so lustig war es damals alles nicht!« Deine Mutter sieht heute viel besser aus als vor drei Tagen und hat sich sorgfältig ankleiden und zurechtmachen lassen, um uns diesmal statt im Bett im Wohnzimmer zu empfangen: Jetzt sitzt sie uns in den abgeschabten Stromlinienformsesseln gegenüber, die ihr zweiter verstorbener Ehemann angeschafft hat, kichert wie ein Teenie, sie würde vermutlich »Backfisch« sagen, über die Familienanekdoten von der Unvernunft ihrer altmodischen Mutter, klaubt, da Nancy gerade nicht hinsieht, rasch ein zweites, beim Zustand ihrer Bauchspeicheldrüse schon lebensgefährliches Stück Marzipan aus der Schachtel, die vor ihr auf dem Nierentisch liegt, streicht, während sie sich die süße Masse auf der Zunge zergehen läßt, das rotsilberne Alupapierchen glatt und scheint dabei die Energie für etwas zu sammeln, das ihr sichtlich schwerfällt: »Du kannst doch hoffentlich verstehen, warum ich dich nie kennenlernen wollte? Ich meine, mit Peters... unglückseliger Veranlagung hatte ich mich ja mit der Zeit abgefunden, aber daß es dann ausgerechnet ein Deutscher sein mußte...« Daß sie mir nach der auch für mich überraschenden, gewiß mehr ihrer Hinfälligkeit als meiner Eignung als Schwiegersohn geschuldeten Instant-Versöhnung noch einmal kräftig auf den Zahn fühlen würde, war zu erwarten, aber was um Himmels willen soll ich darauf antworten? Was erst auf den Satz, den sie sofort anschließt, weil sie wohl selbst merkt, daß sich darauf im Ernst nichts sagen läßt: »Aber jetzt sehe ich, daß er glücklich ist – und wenn die jungen Leute in Deutschland heute so wie du sind...« Hoffentlich besteht sie nicht auf einer Antwort, zwingt mich nicht zur Aufrichtigkeit, die aus meinem Mund eine üble rhetorische Verdrehung wäre, weil sie das Opfer zwänge, das Kindeskind der Tätergeneration über die Tat hinwegzutrösten, über den Geschichtsschatten einer Schuld, aus dem es durch seine nachgerade obszöne, ihm untätig zugefallene Unschuld sowenig entkommen kann, wie diese irgend etwas ungeschehen macht. Zum Glück gibt sie sich zufrieden mit einem gequälten Lächeln und erspart uns den einzigen Satz, der mir zu sagen übrigbliebe: »Für die jungen Deutschen von heute kann ich nicht sprechen, aber was mich betrifft, so müssen Sie mir bitte glauben, daß ich noch niemals das Bedürfnis hatte, jüdische Menschen zu ermorden!« – Scheiße. Nein, ich weiß nicht lückenlos genau, was die Eltern meiner Eltern in der Nazizeit getan haben. Ich habe mich nie getraut zu fragen. Der historistische Silberleuchter auf der spindelbeinigen Etagere, in der im übrigen, ihr zweiter Gatte duldete um sich nichts Deutsches, nur etliche Jahrgänge Reader's Digest stehen, ist, an und für sich betrachtet, Plunder – in jedem Antiquitätengeschäft verständigten wir uns darüber mit einem Seitenblick; wie schön einfach doch das Leben wird, wenn wir es nur ästhetisch sehen... Nach einer Ewigkeit blöden Schweigens kommst du mir doch noch zu Hilfe: »Der gute Florian würde mich zwar manchmal gern erwürgen, aber zum Antisemiten gemacht habe ich ihn bisher wohl nicht!« Sie lacht: »Du meinst, wer dich jahrelang erträgt, ohne zum Judenhasser zu werden, muß immun sein? – Entschuldige Florian, aber ich habe erlebt, wie sich unsere besten Freunde über Nacht von uns abgewendet haben... Und, wie geht es weiter mit euch? Wahrscheinlich wollt ihr doch nach Berlin ziehen, jetzt, da es wieder eine richtige Stadt wird?« Was soll das denn nun bedeuten? Du hast die Toskana und die Provence ausprobiert, bist einmal ein halbes Jahr in einem spanischen Kloster hängengeblieben, wo du nur übernachten wolltest, ein anderes Mal als einziger Passagier auf einem Stückgutfrachter unterwegs von Lissabon nach Genua, von Hafen zu Hafen weniger besorgt, spätestens ab Accra froh darüber, daß die nicht festgelegte Route schließlich über das Kap der guten Hoffnung und durch den Suezkanal führte. Du hast Wohnungen in Paris, London und New York besessen, für eine Weile sogar in Zürich – warum um alles in der Welt sollte es dich noch nach Berlin ziehen?

Es dauert einen Moment, bis ich begreife, daß sie mich weder durch die Großmut beschämen möchte, die in der bloßen Erwähnung dieser Möglichkeit liegt, noch den vergleichsweise winzigen wunden Punkt in mir berühren, von dem ich selbst vor einer Sekunde noch nichts ahnte, sondern einfach ihre eigene Sehnsucht auf uns projiziert: »Früher wäre mir der Gedanke unerträglich gewesen, aber jetzt... Wer weiß, wenn ich nicht so klapprig wäre, käme ich euch dort vielleicht sogar einmal besuchen... Jedenfalls will ich, daß du heute endlich das Bild mitnimmst, Peter – du weißt schon, das Portrait vom Rabbi Abraham Jakob, was der Urgroßvater deines Urgroßvaters war! Ich habe ja bis zuletzt gehofft, daß du mir doch noch einen Enkel schenkst, dem du es weitervererben könntest... Sorg wenigstens dafür, daß es in ein Museum kommt! Und sag nicht wieder, daß es noch bis zum nächsten Mal Zeit hat – wir wissen beide, daß das nicht stimmt!«

IV

Sechs Wochen nachdem wir fluchtartig aus Los Angeles abgereist sind, sitzen wir in einem Straßencafé am Ku'damm und lassen uns die späte Junimorgensonne auf die Augenlider scheinen. Fürs erste überzeugt, daß vor uns alles rosig aussieht, projizieren wir im Gespräch noch einmal die gestern nachmittag in der Galerie der Romantik gesehenen Gemälde ins Dunkel hinter den Augenhöhlen. Weil die Mark Brandenburg nun mal kein Kalifornien ist, nippen wir an einem natürlich nicht frisch gepreßten Orangensaft, den man uns nach einer Stunde ohne Eis, dafür mit Plastikstrohhalmen auf den Tisch geknallt hat – schließlich brummt am Vortag der deutsch-deutschen Währungsunion der gesamtberliner Bär vom Erleben-Sie-Geschichte-live-Tourismus. Dafür können wir um so besser das fröhliche Geknatter jener PKW Trabant genießen, die also nicht nur auf Satellitenfernsehbildern zum Augenreiben, sondern, sobald man die geröteten Augen aufmacht, auch in einer noch weniger glaubhaften Wirklichkeit die Kaufstraßen des Westens zum Willkomm der neuen Zeit mit Fahnen (Frühling läßt sein blaues Band...) aromatischer Kohlenwasserstoffe beflaggen – weniger bitter als ekelerregend süß. Also doch: Berlin! Natürlich sind wir nicht zum ersten Mal hier, haben die schizophrene Alte mit der bestialischen Vergangenheit und den deiner Meinung nach bis heute besten Klangkörpern des Universums im Laufe der Jahre vielmehr regelmäßig besucht – öfter als es die spärlichen Geschäfte mit der Handvoll Sammler alter Kunst erfordert hätten, die sich den Luxus leisten konnte, in einem vom internationalen Kapital abgeschnittenen Rentner- und Studentenasyl zu leben. Beide schienen wir regelrecht dankbar zu sein für jeden Anlaß zu dem Abenteuerausflug – Trennung nach Staatsangehörigkeit am S-Bahnhof Friedrichstraße (Westalliierter zehn Sekunden, BRD-Bürger zwei Stunden) und Wiedervereinigung vor dem Pergamonaltar inklusive. Schon bei diesen früheren Besuchen habe ich manchmal gespürt, wie dich Kindheitsgefühle heimsuchten; wenn ich dich darauf ansprach, hast du sie jedoch stets schroff von dir gewiesen, fast als schämtest du dich dafür, daß du nach all den Jahren noch immer an deinem Geburtsort hingst. Es war ja auch nicht schwer, mir vorzustellen, daß du an ihm hingst wie ein davongekommenes Kind mit der versengten Haut an einem rotglühenden Eisen: nicht an der Kahlschlagarchitektur des amnesieseligen Wiederaufbaus rund um die Gedächtniskirche, wo dich nur noch das Elefantentor des Zoos an die rauhe Hand deines Kindermädchens erinnern konnte, schon gar nicht an der Nachkriegsarmseligkeit der einstmals eleganten Straße in Wilmersdorf, wo dein Geburtshaus gestanden hatte, wohl aber am unveränderten Moddergeruch von Wannsee und Grunewald im November oder der Braunkohlenfeuerung bei einem Atelierbesuch in Pankow. Einmal, wir machten für Freunde aus Paris den Fremdenführer, kam es mir sogar so vor, als mischte sich etwas so gar nicht zu dir Passendes, geradezu Miefiges wie Lokalpatriotismus in dein Bemühen, ihnen die verwüstete Kapitale der Barbaren als den nicht totzukriegenden Mythos hinter dem nach all den Jahren noch immer nach schwelendem Menschenfleisch riechenden Trümmerfeld ans Herz zu legen, das sie für jeden Betrachter mit Geschmack bis heute ist. Kein Wunder, daß ihnen die Teilung in einen geschichtsträchtigen, aber ruinierten Osten und einen gesichtslosen, sanierten Westen, allen »Mon Dieu – quelle horreur!«s beim Glotzen auf die Mauer zum Trotz, Genugtuung zu verschaffen schien... oder vielmehr nahm sie ihnen eine weniger vorgeschobene als unter der Maske hochnäsiger Anteilnahme versteckte Angst. Niemals aber hätte ich erwartet, eines Tages aus deinem Mund den Satz zu hören, den du, ohne nachvollziehbaren Zusammenhang zu Caspar David Friedrich, gestern sehr leise in den heiteren Himmel über dem Charlottenburger Schloß gesagt hast: »Weißt du, Florian – Berlin ist ja doch der einzige Ort auf der Erde, wo ich mich ein bißchen zu Hause fühle!« Irgend etwas Neues, Aufbruch, Veränderung, liegt in der Luft...

Was mir stinkt, sobald ich wieder daran denke, ist allerdings eine ganz andere Geschichte – oder vielmehr das abrupte Ende, das du ihr bereiten mußtest, nachdem du selbst sie eingefädelt hattest: Ich in meiner Harmlosigkeit hatte es ja für eine Ausrede gehalten, einen mir nur allzu leicht nachvollziehbaren Fluchtreflex vor den großen, am Ende unbeherrschbaren Gefühlen, als du jenen letzten Besuch bei deiner Mutter just in dem Moment mit einem raschen Blick zur Uhr abbrachst, da sie das in Packpapier eingeschlagene Vorväterporträt, das Nancy unter den seit Ewigkeiten nicht mehr benutzten Damasttischtüchern hatte hervorkramen müssen, feierlich in deine Hände legte: »Sorry, Mom, aber wir haben noch eine Verabredung vor dem Dinner!« Und so war ich einigermaßen überrascht, daß du nun nicht etwa ins Hotel wolltest, um dich mit mir (»Nimm mal lieber einen Schauer!« – der Anglizismus ist dir einfach nicht auszutreiben...) über diesen Abschied, den unabweislichen Gedanken an den Tod hinwegzutrösten. Statt dessen dirigiertest du mich quicklebendig und vergnügt, mit einem Ausdruck ähnlich der ansteckenden Vorfreude des Schenkenden, wie ich sie früher an dir kannte, wenn du mir etwas Neues zeigen wolltest, die Akropolis etwa oder die Pyramiden, nur verstohlener und unter offenbar echtem Zeitdruck nach West-Hollywood: zu jenem Abschnitt des Santa Monica Boulevards, den ich noch nicht einmal allein, während deines Mittagsschlafs, hatte erkunden wollen und den so bald und mit dir wiederzusehen das letzte war, was ich erwartet hätte. Schließlich wußte ich doch, daß du es verabscheust, dich unter solche Menschen zu mischen, die dich statt als Außenseiter als einen der Ihren betrachten könnten – so sehr, daß trotz meiner wiederholten Bitte (und obschon du niemals anstehst, jüdischen Kunden gegenüber zu betonen, wie schön du die Moschee über dem Opferfelsen findest...) keine unserer Studienreisen zu den kunsthistorisch relevanten Stätten zwischen Kairo und Athen uns je über Jerusalem geführt hat: »Nach Israel kannst du fahren, wenn ich tot bin: Dann weiß ich wenigstens, daß du trauerst – als Deutschem bleibt dir dort gar nichts anderes übrig... Die Vorstellung ist zwar tröstlich, mon ange, aber solange ich lebe, habe ich dich lieber heiter!«

Zu meiner Beruhigung hast du dann jedoch, kaum waren wir unweit der geheimnisvollen Adresse ausgestiegen, die dir jemand auf die Rückseite einer Restaurantrechnung gekrakelt hatte, tatsächlich wie gewohnt verkündet, daß du dich »unter Juden und Schwulen nun mal nicht wohl« fühlst: deine alte Gleichsetzung von Jerusalem und San Francisco, die mir, so richtig sie das Fremdsein im Rest der Welt beschreiben mag, trotzdem immer vermessen vorkam, die ich diesmal aber unwidersprochen lassen mußte, weil du losstürmtest, als liefest du vor etwas davon. Wollte ich dich auf dem allein an diesem Abschnitt der -zig Kilometer langen Magistrale überlaufenen Bürgersteig nicht verlieren, im Gewühl der hundertfach geklonten Prototypen Schnauzer, Queen und Ledermann, die einem Unikat wie dir (ein Clown, der statt einer Maske sein Gesicht zur Schau trug!) mißtrauisch bis haßerfüllt hinterherstarrten, mußte ich hinter dir herhasten wie ein ungläubiger Neuankömmling durch Haifa. Und es gefiel mir! So stark ich dein Unbehagen an diesen ohne Stigma nur noch stinknormalen, also fremden Leuten spürte, Hinz und Kunz Arm in Arm auf der Straße, sosehr ich deinen Widerwillen dagegen wahrnahm, von jedem Buchladen, Waschsalon oder Reisebüro, jeder Kneipe oder Bankfiliale, von den Türschildern aller Anwaltskanzleien und Arztpraxen suggeriert zu bekommen, du gehörtest hier hin und dazu, du wärest unter deinesgleichen, du hättest so etwas wie Volk und Heimat – so wenig wollte ich das Befreiungsgefühl missen, das ich selbst empfand: Sich einmal in der Atmosphäre kleinbürgerlicher Wohlanständigkeit, im feuchtwarmen Nest von Borniertheit, Klatsch, Ressentiment, also in aller Öffentlichkeit nicht verstellen müssen – und sich trotzdem so sicher dabei fühlen, wie man sich in einem Ghetto fühlen kann! Erfüllt von der Lust, unter freiem Himmel und fremden Menschen einmal nicht in jenem von Kindheit an zur zweiten Haut gewordenen, normalerweise so wenig wie die Brille auf der Nase zu spürenden Krötenschild aus Angst, Verhaltenheit, Anpassung an die Verhaltensweisen der anderen herumzukriechen, holte ich dich ein und hakte mich bei dir unter: ohne mir viel dabei zu denken oder etwas anderes damit zu bezwecken, als diesen Glücksmoment mit dir zu teilen; mit einer Geste, wie sie mir sonst selbst vor Freunden niemals unterläuft und die du in jedem mediterranen Land als unverfänglich zugelassen hättest. »Nun fang du bitte nicht auch noch an mit diesem Exhibitionismus – wir haben doch mit diesen mediocren Typen nichts gemein!« Wie rosenblattzart doch die Haut unter der dicken gelben Hornschicht ist; daß man im Innern ein Leben lang der Zwölfjährige bleibt, der zum ersten Mal schweinerosa dabei anläuft, wenn ihn jemand »schwule Sau« ruft... Und daß du obendrein auch noch recht haben mußtest, sah ich doch die empörten Blicke der ja nicht etwa nur gleichgeschlechtlichen, sondern auch gleichgekleideten und -frisierten, auf gleiche Art gehenden, sich zu uns umdrehenden, schlecht über uns sprechenden, sprich: gleichaltrigen! Paare, die sich offensichtlich an unserer Heterogenität stießen. Was blieb mir übrig, als mich von dir loszumachen – und mich im selben Moment dafür zu verachten? Bevor mir die Spucke wiederkam, dich zu fragen, was zum Kuckuck Ihro allerdurchlauchtigste Pompösität dann hier verloren hatten, warst du (»Hier muß es sein!«) schon irgendwo eingetreten – nicht in eine düstere Spelunke voller Qualm und zwielichtiger Gestalten, sondern in ein helles, freundlich, heiter, eben: gay anmutendes Café mit elf Sorten Kräutertee im Angebot und Bücherregalen an den Wänden: »Na, das sieht ja sogar ganz nett aus; hoffentlich ist er auch gekommen... Entschuldige bitte wegen eben, aber ich bin nun einmal in einer anderen Zeit aufgewachsen; ich meine, ich finde es natürlich schön, daß ihr heute so offen sein könnt, aber ich werde das nicht mehr lernen!« Und, ehe ich fragen konnte, wer dieser *er* war: »Da sitzt er ja – du erinnerst dich an Jeff?«

Er war nervös. Seine schlanke Linie verdankte er wahrscheinlich der appetitzügelnden Wirkung von im Übermaß genossener Lektüre – jedenfalls hatte sie, oder vielmehr das, was sein Bemühen, uns zur Begrüßung durch auswendig gelernte Zeilen eines larmoyanten Jack-Kerouac-Nachahmers zu beeindrucken, mit seinem glatten, nur als Projektionsfläche für die Sehnsucht nach dem Unverbildeten derart verführerischen Gesicht anstellte, die nämliche Wirkung auch auf mich. »Jetzt nicht mehr!« schoß es mir durch den Kopf: Daß ich den hübschen Bistro-Boy von heute mittag nicht hätte wiedersehen dürfen, um mich für den Rest meines Lebens an ihn zu erinnern; weil Erinnerungen nur zustande kommen, indem man erst nicht allzu genau hinsieht und dann fast alles wieder vergißt. »Sei doch nicht so feindselig – bist du Idiot etwa eifersüchtig?« Der arme Kerl, hier nur ein allein am Naturholztisch schmachtender Jüngling unter vielen, von denen ich mir ausnahmslos vorzustellen bereit war, daß sie ihre Ergüsse lieber als in rosa Kleenex auf das harte Recyclingpapier der Kladden für creative-writing-Kurse schmierten, mußte sich aus Angst, dich zu verpassen, den Gang zum Klo schon stundenlang verkniffen haben. Kaum daß wir uns zu ihm gesetzt hatten, konntest du mir also im Telegrammstil verklickern, was du schon mittags, in ebenso gedrängten neunzig Sekunden hinter meinem Rükken, über ihn in Erfahrung gebracht hattest: Daß Jeff tatsächlich erst vor vierzehn Tagen, am Morgen nach einer High-School-Abschlußparty in Durango, Colorado, die ihm endgültig klarmachte, daß er (»Du kannst dir denken, warum...«) dort nicht bleiben konnte, seinen Rucksack gepackt hatte, um sein Glück in Hollywood zu versuchen. Wie das Leben in einer fernsehgerechten Stadt so spielt, die davon lebt, das naive Abbild ihrer Wirklichkeit weltweit als Weltbild zu verkaufen, habe er dort (»Kein Wunder, so wie er aussieht!«) prompt den begehrten Job im Promi-Beisel bekommen und seither stündlich darauf gewartet, daß irgendein berühmter Regisseur vorbeikommt, um ihn zu entdecken... Kurz: »Wenn wir uns nicht ein bißchen um ihn kümmern, kommt er hier schneller unter die Räder, als er bis drei zählen kann!« – »Bist du sicher, daß er das kann?« Da kam er schon wieder, auf den für einen all-american-boy viel zu sinnlichen Lippen dieses scheue, unwillkürliche, nichts verkaufen wollende, nicht zweifellos von sich überzeugte, durch schmerzliche Erfahrungen gebrochene, eher europäisch, eisern ironisch anmutende Lächeln, wie es kein Drehbuch für den hiesigen, heilig-hölzernen Typ jugendlicher Helden vorsah, und um das es schade gewesen wäre: Nein, ich war nicht eifersüchtig. Schließlich war ich es gewohnt, daß sich eine bestimmte Sorte Jungs von der Wärme und Stärke angezogen fühlt, die du ausstrahlst; und ich hatte es nie erlebt, daß du ihre zwar schmeichelhaften, aber auch schnell nervenden, deinen Jagdtrieb unterlaufenden Offerten jemals ausgenutzt hättest – ganz gewiß nicht vor meiner Nase. Nein, es kränkte mich nur für ihn, daß er sich dir, drei Tage im Job und schon ganz Kellner, wie auf einem Edelstahltablett anbot: Du, dessen war ich mir sicher, wolltest diesem hoffnungslos optimistischen Greenhorn nur etwas voranhelfen, als du, ehe ich vom Pinkeln zurückgekommen war, schnell deine glänzenden Kontakte durchscheinen und dann fallen ließest, daß es möglich sei, ihn gleich heute abend einem alten Freund, von Beruf Werbefilmproduzent, vorzustellen; er aber, mochte er zehnmal aus Colorado kommen, konnte doch unmöglich so naiv sein, diese hintergedankenlose Fürsorglichkeit eines wirklich naiven Glückstyrannen für wahrscheinlich oder wenigstens möglich zu halten. Wie also wenn nicht als Andeutung einer Gegenleistung war es wohl gemeint, als er dir daraufhin ausgerechnet diesen Treffpunkt vorgeschlagen hatte? Oder war ich am Ende neidisch?? »So let's go, boys!«

Eigentlich wurde es dann ganz nett: Dein »Ron-ist-eher-bieder-also-unterhalt-dich-nett-mit-seiner-Frau-und-versuch-dich-nicht-zu-betrinken«-Kunde vom ersten Abend hatte sich noch als ein aufgeräumter Rechtsanwalt mit angeheirateter Vorzimmerdame und Kinderphotos auf allen Beistelltischchen entpuppt, der nach einer qualvollen Stunde Martini-Dry (»So you are from Germany – how interesting!«) zur Erledigung seiner obskuren kleinen Obsession mit Amuletten aus Schwarzafrika (er nannte sie »Fetische«, weil sie das wohl für ihn waren) eine halbe Minute lang mit dir in seinem dunklen Studierzimmer verschwunden war – Geld gegen Ware, unbesehen unter der Hand wie zwischen Junkie und Dealer. Für den Rest des Abends hatte er in einem jener Restaurants, wo zum zerkochten Juwelenbarsch mit Thousand-Island-Sausse eine Hawaiifolkloregruppe spielt, von der glücklichen Vereinigung meiner »brave compatriots« geschwärmt (»you must be very proud!«), als versuchte er dadurch irgendwem zu beweisen, daß er kein Problem mit deinem Begleiter hatte... Der Abend mit Ron und Rita also war eher zäh verlaufen, bei Herman ließ es sich dagegen lässig an – Jeffs Wort war »cool«: Cool war die gelandete Untertasse von einem Bungalow in Bel Air und jedes Detail ihres von den Bauhaus-Sesseln bis zu den Warhols an den Wänden kühl, mit künstlicher Kargheit gestylten Interieurs, cool die Installation aus tausend sorgsam auf dem Boden der Wohnhalle ausgelegten Eierbriketts und das von der Terrasse ins Haus hineinreichende, unter der Panoramascheibe hindurchtauchende Schwimmbecken. Der hagere graue Mann in alten Jeans hingegen, der uns mit jener amerikanischen Instant-Wärme willkommen hieß, die zum Staunen des eher auf Distanz bedachten, sich angesichts dieser Herzens-High-Tech aber rückständig vorkommenden Europäers, ohne erkennbare Voraussetzung oder Energiequelle tatsächlich wärmt, also auch echt sein muß, war dessen jungem Landsmann ein förmlich hackenklickend korrektes »My honour, Sir!« wert. Wahrscheinlich wollte er ihm gleich zeigen, daß er auf seine provinzielle Herkunft samt konservativer Kinderstube stolz war, die ihn zwar auch nicht davon abhielt, dessen »Make your self at home!« wörtlich zu nehmen und die Turnschuhe auf den Tisch zu legen, wohl aber das angebotene Glas Weißwein zurückweisen ließ wie einen unsittlichen Antrag – so empört (»I never drink alcohol, Sir!«), daß ich mich fragte, wie er wohl reagieren würde, wenn wir ihn zu bestimmten Nachbarn in der Provence mitgenommen hätten, wo man ihn freundlich, aber ohne falsche Scham, aus rein ästhetischen Motiven ermuntert hätte, nackt in den Pool zu springen: in der altväterlichen Überzeugung, auch ein nach Gottes Tod geborenes Menschenkind könne noch wissen, daß es nicht nur mehr, sondern etwas anderes sei als sein Körper, dessen objektive Schönheit es folglich vorzeigen kann, ohne sich etwas zu vergeben, ja selbst, ohne etwas von sich zu enthüllen... Ich jedenfalls konnte mir in diesem Ambiente wenig Schöneres, gewiß keine größere Lust vorstellen als die, nichts als vollkommener Körper, namenloses Lustobjekt zu sein... »Und das ist also der sagenhafte Florian, von dem ich schon gedacht habe, er sei nur eine Ausgeburt deiner Phantasie, so viel hast du mir von ihm erzählt, ohne ihn mir je vorzustellen – ich fürchte, dafür bin ich dir böse, Peter!«

Statt sich also um dein kleines Gastgeschenk zu kümmern, das nach wie vor unausgepackt und eher einsilbig dabeisaß, interessierte sich unser Gastgeber für mich – oder vielmehr für uns beide, dich und mich, jenes von außen betrachtet ja fraglos etwas sonderbare, unwahrscheinliche, jedenfalls äußerst ungleiche Paar, von dessen ersten Begegnungen du ihm damals in langen transatlantischen Telefonaten brühwarm berichtet haben mußtest: um dein Glück mit jemandem zu teilen, dem du im Gegensatz zu deinen neuen Freunden im müden und zynischen Europa die Sensibilität zutrautest, dich nicht aus jener faulen Feigheit, in die sich sogenannte Vernunft allzuoft falsch übersetzt, statt auf die Chancen auf die Risiken hinzuweisen. Herman war der einzige, der dich damals weder kameradschaftlich vor dir, noch, das waren die Schlimmsten, tuntenhaft vor mir gewarnt, sondern dir im Gegenteil Mut gemacht hat, deinem Gefühl zu folgen: »Ist das tatsächlich schon sieben Jahre her... Wie wunderbar!« Diese Dauerhaftigkeit, die Jeff ein ehrfurchtsvolles, mindestens ebenso sehnsüchtiges wie entsetztes »Great!« abnötigte, erstaunte nun aber auch Herman: und zwar offenbar weniger, weil du mich, als vielmehr, weil ich dich so lange ausgehalten hatte. Schließlich kannte er dich schon seit dem College und war außerdem, wie ich jetzt erst beiläufig im Gespräch erfuhr, früher einmal dein »Partner« – was immer das bedeuten mochte (und ich konnte mir gut vorstellen, wie er, der ja noch immer etwas Jungenhaftes hatte, mit zwanzig ausgesehen haben mußte...). Jedenfalls war die Gelegenheit günstig, einmal etwas Genaueres über jenen eher kleinen, etwas pummeligen und ganz leicht schielenden jungen Mann mit dem unwiderstehlichen Selbstbewußtsein und der quecksilbrigen Auffassungsgabe zu erfahren, der nach ein paar Semestern business-school die Geduld verlor und sich die testamentarisch verfügte Studienhilfe seines Ahnen mit der guten Nase für kommende Dinge auszahlen ließ, um zusammen mit einem älteren Kommilitonen das erste Studio zu gründen, das sich aufs brandneue Feld der Fernsehwerbespots spezialisierte. Fast war es, als könnte ich durch Hermans Augen, die deinen an Klarheit beinahe ebenbürtig und überdies von noch tieferem Blau waren, nicht gleißender Silberton südlicher Sommerhimmel, sondern farbsatte Saugkraft von Niveadosen, einmal einen anderen, älteren wenn auch kaum kälteren Blick auf dich werfen: Pete Cohn, der damals zum Gewinner wurde – dank der Verwandtschaft mit einem zum amerikanischen Mythos aufgestiegenen Filmpionier, dank angeborenen Glücks, vor allem aber wohl dank seiner gerade um so viel aus der Norm verrückten Weise, in die Welt zu sehen, daß alles, was er anschaute, in seinen Augen eine Aura des Verklärten, des Besonderen und Niedagewesenen bekam – und wäre es Tomatensuppe, Magermilchpulver oder Corned beef. Was du auch anfaßtest, gimme five!, es wurde dir unter der Hand zu purem Gold – oder vielmehr zu schön fetten Schecks: Freibriefe für den schwulen Judenjungen! nicht selten ausgestellt mit selbst durch extra dicke Zigarren in roten Boßgesichtern kaum zu unterdrückendem Zähneknirschen... Schade, daß du mir von diesen euphorischen, ja heroischen Jahren immer nur in groben Zügen, meist anhand der Umzüge von einem Haus ins nächstgrößere erzählt hast, nie aber von den doch oft komischen oder dramatischen Details eures Gewerbes, die Herman so farbig auszumalen wußte. Fast scheint es, als schämtest du dich ihrer – oder, was nun tatsächlich eine Schande wäre, als befürchtetest du, ich könnte geringer von dir denken, wenn ich wüßte, daß du dich nicht seit eh und je alltäglich mit altägyptischen Bronzekatzen, sondern in jungen Jahren auch einmal mit Konservendosen beschäftigt hast. »Laß doch die alten Geschichten, Herm! Und gib lieber den Jungs etwas zu essen – sonst fallen sie uns noch übereinander her...«

Obwohl davon vor dir natürlich keine (beziehungsweise nur die...) Rede sein konnte, wich Jeff uns in den folgenden Tagen nicht mehr von der Seite: Verständlicherweise wollte er durch die Nähe zu dir den persönlichen Kontakt zu dem vielbeschäftigten Produzenten aufrechterhalten, der zwar gleich am nächsten Morgen nach New York abgereist war, Jeff aber auf dein Drängen hin an jenem Abend doch noch genauer angeschaut (»Für food ist er nicht sportlich genug und fast zu niedlich, aber für Pickelcreme suchen wir manchmal solche Babypogesichter«) und ihm dann seine Telefonnummer gegeben hatte – eine elfstellige Zahlenkombination, die er (»Probeaufnahmen!«) sofort als Chiffre für die Chance zur Karriere vor einer anderen als einer Pornofilmkamera begriff. Zur Verblüffung seines neuen Kumpels (»Ryan, right?«), der in seiner europäischen Arroganz dazu neigte, Intelligenz mit Eloquenz zu verwechseln und folglich Menschen mit zweistelligem Wortschatz für unterbelichtet zu halten, hatte er sie nach nur einmaligem Hören abgespeichert, ohne sie auch nur einmal nachgesprochen zu haben: Alle halbe Stunde versuchte er von einem öffentlichen Fernsprecher aus sein Glück, ohne daß ihn oder die Sekretärin, die ihn immer wieder vertrösten mußte, darüber je die Engelsgeduld verlassen hätte... Und so zogen wir zu dritt weiter durch dein Erinnerungsmuseum von L. A., vorbei an den vom Format her größer, dabei aber auch immer äußerlicher werdenden Prospekten deiner späteren amerikanischen Jahre, jene zwar nicht falschen, aber doppelgesichtigen Fünfziger: auf der Zahlseite geprägt vom rauschhaften geschäftlichen Erfolg und dem Versuch, diesen als Sammler junger Kunst und informeller Gastgeber in geistiges Leben umzumünzen, auf der Kopfseite aber von der schleichenden, deinen eigenen Anspruch an dich selbst erst aufweichenden, dann auslöschenden Anpassung an das unbeschwerte kalifornische Lebensgefühl. Zweifellos war es ungerecht, wenn ich den schließlich von dir, aus deiner späteren Sicht übernommenen kritischen Blick auf den unkritischen Überflieger von damals nun selber auf ihn anwandte, der die immer schrilleren Mißtöne der Hexenjagd gegen »unamerikanische Elemente« auch dann noch als Ausrutscher eines im Prinzip gerechten Systems überhörte, als die älteren Emigranten schon scharenweise aus dem Land geekelt waren. Und dennoch ertappte ich mich beim Anblick deines Namenszugs unter den Stiftern des Los Angeles County Museum of Art, verewigt auf schillerndem Labradorgranit, wie er in Europa nur noch für Bankfassaden verwendet wird, doch bei einem gewissen ungeduldigen Überdruß. Was mich überkam, ähnelte der abnehmenden Begeisterung in Altmeistersammlungen, wo sich mein Schritt regelmäßig in den Sälen nach der Renaissance, spätestens nach dem Manierismus, Richtung Ausgang beschleunigt: als ob deine Großzügigkeit gegen ein Land, dem du nichts weniger als das Leben verdankst, irgendwie unangemessen wäre. Als ob der schöne neue Musentempel, nur einer von einem Dutzend in der dank Hitlers zur Kulturmetropole aufgestiegenen Fata Morgana, etwas dafür könnte, daß ich bei seinem Anblick daran denken muß, was mein Heimatland verloren hat. Oder als sei es vielmehr seine Schuld, wenn mir der Eindruck aufstößt, daß er gerade nicht mehr an die finstere Zeit zu denken scheint, da hier die Ausgestoßenen der alten Welt versammelt waren, sondern im Gegenteil von einer besseren, heitereren, sorgloseren zu träumen... Der absolute Tiefpunkt war das noch von den spanischen Kolonialherren im spätbarocken Stil erbaute Kloster in den nach irgendwelchen Heiligen benannten Bergen, wo du dich damals hast taufen lassen – nicht, was ich verstanden hätte, aus taktischer Anpassung an Konventionen, sondern weil du wirklich tief gerührt warst (in Wahrheit bist du es bis heute!) von der Milde und Güte solch frömmelnder Cretins, die dereinst in ihrem Paradiese sogar mit Juden und Schwulen zusammenleben möchten... Weil wir uns in dieser Frage ja doch nie einig werden konnten, habe ich die Galle, die mir vor diesem Konvent hochkam, still geschluckt und es Jeff überlassen, dich bei deinem Plausch mit den noch immer dort lebenden Brüdern zu begleiten, die du in meinem Alter fast jedes Wochenende besucht hast: Jeff, der sich (lieber bi als nie...) Gott wohl als Option offenhalten wollte und am Goldkettchen auf der glatten braunen Brust, die er selbst zu »skinny« fand, neben dem unvermeidlichen Amethystkristall auch ein Kreuz als Talisman trug... Dagegen war der viktorianische Kitsch in der Huntington Library geradezu erholsam – um so mehr, als du Jeff und mich (»Ich geh schon mal vor ins Café!«) im umliegenden botanischen Park sogar einmal für ein Viertelstündchen uns selber überlassen hast – wenn auch sinnigerweise erst vor dem die Phantasie beflügelnden, aber nicht gerade zum Lagern einladenden Kakteengarten...

Und dein Spiel ging auf! Plötzlich hatte mich etwas gekratzt, ein winziger, nichtswürdiger Stachel, der mir unbemerkt unter die Haut gegangen sein mußte, aber bald eine schmerzhafte Schwellung hervorrief und zu vereitern drohte, weil es mir nicht gelang, ihn auszudrücken. Wie ein bleiches Kind, dem die Mutter eines schönen Sommertags die Bücher wegnimmt, damit es an die frische Luft geht, bekam ich tatsächlich Appetit, die alten Geschichten einmal hinter mir zu lassen und herauszutreten aus der ehrwürdigen, gegen das zehrende Licht von heute hermetisch abgeschlossenen Galerie deiner nie verbleichenden oder nachdunkelnden Erinnerungsbilder. Ich, Florian, hatte auf etwas Lust: ein paar Tage lang *meine* Zeit zu genießen und mich für einen kurzen Urlaub von mir selbst der Illusion hinzugeben, ich könnte so wenig krumm und lahm vom Gewicht der Geschichte wie irgendein junger Amerikaner durchs Leben schlurfen, um Schnappschüsse zum eigenen Andenken zu machen: Jeff und Florian beim Gruseln auf der Universal-Studios-Tour, Jeff und Florian beim Sentimentalwerden am Grabe von James Dean, Jeff und Florian beim Mal-eben-zum-Duschen-und-T-Shirt-Wechseln-im-Golden-Star-Motel-North-Hollywood-Vorbeifahren, etc. ... Gerade noch rechtzeitig, um mich vor einem Hautkontakt mit der Gegenwart zu bewahren, holte deine Vergangenheit uns ein. Nüchtern betrachtet, war es ein Streifenwagen der Highway-Patrol, dessen Besatzung, so martialisch die beiden Kerle in ihren braunen Uniformen auch auftraten, sich als korrekt und nett erwies und es, sobald sie sich, handgreiflich, aber nicht grob, davon überzeugt hatte, daß wir weder Waffen noch Drogen bei uns trugen, mit der bußgeldlosen Belehrung bewenden ließ, daß ein kalifornischer Freeway keine deutsche Autobahn sei und folglich auch ich mich an das Speed-Limit 65 mph zu halten hätte – »Have a nice day, Sir!« Ein ungebranntes Kind wie ich mochte die aus Krimiserien sattsam bekannte Situation, Beine breit, Hände auf dem Dach, trotz der ab und zu gelesenen Berichte von auf Schwarze einprügelnden Cops, die mir (ich weiß, ich weiß...) während des Abgetastetwerdens auch einfielen, eher als kitzlig denn furchteinflößend erfahren; du aber mußtest natürlich hysterisch werden. Besessen oder doch eher verfolgt wie du bist, der sich die Geister der Vergangenheit sonst dadurch vom Leibe hält, daß er sie, wenn schon nicht im ererbten Gedächtnis, so doch wenigstens beim Erzählen der selbst erlebten Geschichten zusammenschrumpfen läßt zur Schnurre, mußte ein läppischer Vorfall wie dieser gerade jene bösen Erinnerungen in dir wecken, die du bisher stets verschwiegen hattest: doppelt stumm gemacht von einer doppelten Scham, der sie zum einen viel zu persönlich, zum anderen aber vergleichsweise unbedeutend schienen. Noch Stunden nachdem wir den peinlich berührten Jeff in seiner lausigen Unterkunft abgesetzt und uns ins Hotel geflüchtet hatten, zittertest du am ganzen Leib, ohne daß ich dich irgendwie zu trösten oder wenigstens zu beruhigen vermochte – bis endlich, das allerdings war noch schwerer zu ertragen, unter Tränen etwas aus dir hervorbrach, das zu allem Überfluß auch noch klang wie eine Beichte.

»Sag mal, redest du nicht mehr mit mir? Du denkst doch nicht immer noch an diesen doofen Jungen?« Der Orangensaftersatz ist längst ausgetrunken, und die elektrische Wandzeitung am Ku'damm-Eck zeigt zum dritten Mal die Gewinnzahlen der Glücksspirale. Wären meine Gedanken tatsächlich um Jeffs hübsches Gesicht gekreist, könnte ich dich jetzt angrinsen (»Wie kommst du denn *da*rauf!«) und mit dir noch einmal den neckischen Dialog aufführen, der uns nun schon in der sechsten Woche leidlich amüsiert: Du: »Ich hätte dir die Erfahrung ja gegönnt, aber du hast nicht viel verpaßt; diese kalifornischen Jungs sind im Grunde genau wie das dortige Obst und Gemüse: prall und appetitlich anzuschauen, aber ohne irgendeinen Duft oder Geschmack!« Und darauf ich: »Dann geht einem wenigstens nichts ab, wenn man die Klarsichtfolie mitißt!« Was mir die Laune zu dem schalen Scherz verdirbt, ist, daß ich noch immer an dich denken muß – oder vielmehr an jenen wie ein mißhandelter Säugling vor sich hin wimmernden Mann, den ich bis zu der durchwachten Nacht im Beverly-Hilton nicht kannte und dem ich nie wieder begegnen will: sein Mund nur noch klaffender Wundrand, der, statt vor gerechtem Zorn, vor Angst, Scham und Scham bebend hervorstößt, woher die so überraschend aufgerissene Narbe stammt, die er, statt sie stolz vorzuzeigen, stets versteckt hat: »Versprich mir, daß du niemandem davon erzählst!« Frisch wie am ersten Tag quoll es unstillbar aus dir hervor: wie du, aufgeschreckt durch einen anonymen Warn-Anruf, nachts durch dein Haus hastest, um Tagebücher, Briefe, vor allem Photos zu vernichten, auf denen außer nackten Toms und Harrys im Hintergrund dummerweise auch abstrakte Gemälde zu erkennen sind, anhand deren man den Tatort identifizieren könnte – und mithin dich als den Unhold, der sich an allzu konkreten Schönheiten erfreute; wie du, nur mit Schlafanzug und Handschellen bekleidet und doch nicht vor Kälte zitternd, in deinem Corbusier-Sessel kauerst und den Polizisten zuguckst, die pünktlich um sechs Uhr morgens Sturm geklingelt haben und nun mit spitzen Fingern (»Please be careful, gentlemen – this is art!«) die Kohlezeichnung eines knienden Knaben von Georg Kolbe als Beweismaterial sichern, die Siggie dir zum Abschied vor seiner Rückkehr nach Berlin oder, um genau zu sein, vor seiner Übersiedlung in die Hauptstadt der DDR geschenkt hat; wie deine Mutter (»Wie konntest du mir das antun!«) in großer Toilette zu dir ins Gefängnis rauscht, um zu verkünden, daß sie nur froh sei, daß dein Vater all dies nicht mehr erleben müsse; wie Herman es nach achteinhalb Tagen endlich schafft, dich gegen eine Kaution rauszuholen, für die du auch hättest morden können – und für die du ihm dann als Sicherheit deine Gesellschaftsanteile und die Sammlung der Pariser Schule regelrecht aufnötigen mußt, weil du entschlossen bist, um jeden Preis freizubleiben und dich abzusetzen, ohne abzuwarten, was bei der Verhandlung herauskommt; wie einer jener Vettern dritten Grades, die du vor deiner Mutter nicht zur Familie rechnen darfst, Carl IV., froh über die günstige Gelegenheit, die Sache mit deinem Vater damals wiedergutzumachen, mit einem bis auf dein einmontiertes Photo echten mexikanischen Paß und einem Koffer voll Bargeld in dein Haus kommt, um es dir zu einem unter den gegebenen Umständen anständigen Preis abzukaufen; wie du schließlich als Señor Mandel, der mit seinem alten Buick Verwandte in Nordkalifornien besucht hat, bei San Diego deine Heimat, erst zwanzig Jahre später solltest du sie als französischer Staatsbürger wieder betreten, in Richtung Tijuana, Mexico-Stadt, Paris verläßt... Du mußt all das in dieser Nacht ein dutzend Mal ausgepackt haben. Was immer ich sagte oder tat, ich schaffte es nicht, dich aus den zwanghaften Wiederholungen zu befreien, und so blieb uns am Ende nichts anderes übrig, als auch deine Flucht zu wiederholen: mitten in der Nacht zu packen und zum Flughafen zu fahren, um das Morgengrauen und das erste Flugzeug nach Europa abzuwarten. »Sorry – ich dachte nur gerade, daß ich manchmal gern an einem Ort wäre, wo du noch nie warst und zu dem dir gar nichts einfällt!« Was sich von Berlin offensichtlich nicht behaupten läßt...

Wenn ich allein wäre, könnte ich mich jetzt stundenlang an einen geistesabwesend zerkauten Plastikstrohhalm klammern und der Frage nachhängen, wie es kommt, daß ich das

Leben in der Gegenwart nie richtig fassen zu können scheine und mir meist erst beim Erinnern klar wird, was ich eigentlich erlebt oder vielmehr versäumt habe. Dein Wirklichkeitssinn aber zwingt mich, den saumseligen Tagtraum von einer anderen, offeneren, was weiß ich, weniger widerwärtigen Welt, der daraus folgte, gar nicht erst einreißen zu lassen, jeden Gedanken an, sagen wir: New-Berlin, Pennsylvania, zu vergessen und mich statt dessen dem zu stellen, was du »unsere Pflicht« nennst. Immerhin führt sie uns in einen Stadtteil, der in deiner Kindheit noch ein endloser Rübenacker war – und wo sich selbst unser Taxifahrer nicht auskennt, der seit dem problemlosen Passieren einer provisorisch geteerten neuen Bresche in der Mauer unablässig türkische Musik abdudelt, als wäre die ein Abwehrzauber gegen das bedrohliche Fremde im allgemeinen und die Zerrüttung der Stoßdämpfer seines Mercedes im besonderen: »Sindse sicher, dett die Adresse stimmt? Na, ick wart malieba, hier jibts ja sonst nüscht mehr zurück!« Während dich die Fahrt also zur Abwechslung in eine Gegend führt, zu der dir (»Good God!«) statt Authentischem nur Betroffenheitsbekundungen über die Lippen kommen, fühle ich mich mit wachsender Entfernung von der Innenstadt auf beklemmende Weise immer heimischer – wenn der ästhetische Vergleich zwischen Berlin-Hellersdorf und der zehn Jahre älteren Trabantenstadt von Frankfurt/Main, in der ich aufgewachsen bin, auch eher zugunsten des sozialistischen Wohnungsbauprogramms ausfällt: So hilflos der Versuch auch ist, den im baum- und strauchlosen Ödland dastehenden Plattenbauten durch serienmäßig gegossene Details wie Erker oder Blendziegel jenen Anschein von Heimeligkeit zu geben, den die West-Architekten der siebziger Jahre als reaktionären Kitsch betrachtet hätten, so nimmt ihre Klapprigkeit diesen Wohnmaschinen doch das monströse, das auftrumpfend Menschenverachtende der wie für tausend Jahre gebauten Ghettos des sozialen Wohnungsbaus. Außerdem hält sich die Gebäudehöhe meist an überkommene Proportionen, so daß ein Sprung aus der vorletzten Etage hier mit Glück sogar zu überleben wäre – bei meinem Schulfreund Thomas war es, kurz bevor er siebzehn wurde, leider die zwölfte... Da ich keine Neigung dazu spüre, mich mit Schwundrissen in ungenügend witterungsbeständigen Fugendichtungspolymeren, pardon, -plasten, abzugeben, fällt mir beim Aussteigen vor der gesuchten Nummer zuerst die Sauberkeit ins Auge, die wohltuende Abwesenheit von abgefackelten Papierkörben, haßerfüllten Schmierereien und vollgekotzten Ecken: gekränkt darüber, daß mein Magen sich nicht umdrehen muß, schließe ich als gelernter Westler daraus auf einen Mangel an Revolte, auf ein dumpfes Sich-Fügen auch der Jungen in die Zucht und Ordnung, die in den fertiggestellten und bezogenen, nicht nach der Wende als Rohbau liegengelassenen Wohnobjekten herrscht. Ach, die Jungen: da hocken sie wie frisch gebadet in Turnhosen und Unterhemden auf dem Rand eines Betonbeckens, in dem kein Wasser steht noch springt, und schauen mit klaren, neugierigen Augen weder scheu noch frech zu uns herüber, ohne zu pöbeln und zu feixen. Wie doch ein bißchen Unterdrückung, nein, eine gewisse Unterwerfung die Jugend gleich noch mal so schön macht... »Wenn du dich mal für einen Augenblick losreißen und auf die Klingelschildchen gucken könntest – ich hab keine Brille dabei!« Irgendwo in der nur von ein paar slawischen Einsprengseln aufgelockerten Monokultur deutscher Familiennamen muß auch das Pseudonym F. Müller stehen, als der Freiherr von Gardewitz in der DDR auf Anraten der Obrigkeit mit Rücksicht auf seine reaktionären Vorfahren gelebt hat – gern und gut gelebt hat, wie er stets betont, wenn wir ihn im Kranzler treffen: Ein Rentner, dessen Sehnsucht nach der Welt da draußen sich wohl schon bevor er wieder reisen durfte auf eine vernünftige Tasse Kaffee und, dies allerdings war auch für Westgeld nicht zu haben, ein Stück Herrentorte wie damals unter den Linden beschränkte. ›A rose by any other name‹ schien er nach dessen Tod nur noch in den Erinnerungen an seinen Siggie zu leben, dem nach der Rückkehr aus dem gemeinsamen Exil noch ein Jahrzehnt als Sprachlehrer in seiner Vaterstadt beschieden war. Bevor mein Zeigefinger bei dem unscheinbaren Namen für ein langes und, trotz aller erzwungenen Bewegung, beschauliches Leben liegenbleibt, steht auch schon einer der Nachwuchsleichtathleten bei uns, der sich an den ehemaligen Pferdepfleger der Rennbahn Hoppegarten gut erinnert: vermutlich, warum sonst bekäme er wohl rote Ohren, als du nach ihm fragst, weil er ihn des öfteren in seiner Einraumwohnung besucht hat, um überschüssigen Samen gegen eine Dose West-Cola und die Wahrheit über Amerika zu tauschen... »Der olle Fritz? Den hat schon ewig keiner mehr gesehen!«

Genau das haben wir befürchtet; das Ausbleiben der sonst jeden zweiten Montag aufgegebenen Ansichtskarten mit Motiven wie »Licht- und Luftbad Müggelsee« und den zopfigen Reformzeitfloskeln von Freundesliebe, mittels derer der greise Wandervogel mangels Telefons seine verbliebenen Kontakte zum Rest der Welt pflegt, ist schließlich der Hauptgrund für unseren Ausflug nach Berlin. Zumindest hast du es in Paris so herumerzählt, weil die Gelegenheit günstig ist, dem melanesischen Zufallsfund aus der Mohave, vorgestern endlich via Antwerpen eingetroffen, aber noch keinem der Südseekunstsammler in der Kundenkartei angeboten, eine weniger surreale, allseits vorurteilskonforme Legende zu verpassen: ein erstes Schnäppchen aus dem Ausverkauf des Ostens, den auch in Frankreich seit Monaten jede anständige Zeitung ankündigt... »So etwas passiert nur bei Ihnen – bei uns kann es das gar nicht geben!« Die blondierte Blockwartin mit den messerscharfen Lippen, die nach kurzer Zeit (»Was geht hier vor?«) bei der blauweißen Traube unbekümmert Auskunft gebender bis drauflosflirtender Halbwüchsiger um den anders, artfremd, jedenfalls nach Klassenfeind aussehenden Herrn samt jungem Adlatus aufgetaucht ist, findet die Sorge abwegig, ein Mitglied der sozialistischen Hausgemeinschaft könnte seit geraumer Zeit tot in seiner Wohnung liegen. Trotzdem sieht sie sich unter dem feindseligen Murren der Jungs genötigt, ihre seit dem Herbst erschütterte Autorität gerade dadurch zu erneuern, daß sie den bürokratischen Widerstand (»Sind Sie denn überhaupt verwandt? Da könnte ja jeder kommen!«) aufgibt und statt dessen mit ihrem Generalschlüssel das Symbol und Werkzeug der nach wie vor in ihrer Hand liegenden Macht zückt: »Also gut, wir können ja mal nachsehen – aber ihr bleibt unten!« Das wie die ganze halbe Stadt stechend süßlich nach verwesender menschlicher Lebenszeit riechende Zimmer in der obersten Etage, das sie uns kurz darauf öffnet, muß, der tabaksaftfarbenen Rußschicht auf der Fensterbank nach zu schließen, schon seit Monaten verwaist sein und untermauert so die eher enttäuscht als gleichgültig achselzuckende Erklärung der Schließerin »Jetzt hauen doch alle ab...« In der mit Siggies Büchern, Siggies Grammophon, Siggies Schellackplatten, mit Siggies Schreibtisch und Siggies Lieblingssessel vollgestopften Zelle des Lebenslangen ist von einer Leiche keine Spur. Ebensowenig sticht mir auf den ersten Blick irgendein Rest der Graphiksammlung ins Auge, den du für die beiden noch nicht im Laufe der Jahrzehnte Blatt für Blatt am staatlichen Kunsthandel vorbei zu Geld gemacht hättest. Also sagen wir der verhärmten Genossin, Adieu meinend, »Auf Wiedersehen«, den Pionieren mit den großen Augen, auf bald im wilden Westen denkend, »Tschüs« und steigen, erleichtert, daß uns die befürchtete unmittelbare Begegnung mit der Vergänglichkeit erspart blieb, in unsere schwäbisch-türkische Zeitmaschine: »Zurück zum Zoo?« – »Nur weg!« Während du aber laut darüber nachdenkst, wo Fritz bloß geblieben sein mag und ob man nicht Vermißtenanzeige erstatten müßte, hänge ich den Hellersdorfer Jungen nach: mindestens zwei, fast nicht mehr auszumachen zwischen glänzenden Fernwärmerohren und Erdhaufen voller wilder Wolfsmilch, sehen uns noch immer hinterher und wären, wenn ich mich nicht sehr täusche, liebend gern mitgenommen worden. Und natürlich denke ich, den Kopf zur Heckscheibe verdreht, dabei an mich – oder vielmehr an den verwirrten Zauberlehrling aus der Limesstadt, der, kaum daß er sich zwischen Sorbonne und Hôtel Drouot halbwegs zurechtgefunden hatte, seinen Meister fragen mußte, ob es nicht auch um Paris herum Trabantenstädte gebe: »Doch, sicher – wieso, willst du mal durchfahren und winken?«

Einstweilen schwimmen wir auf der Frankfurter Allee stadteinwärts: unser Taxi ein argwöhnisch beäugter Blechhai im Sardinenkollektiv der ihrer ersehnten Vereinigung mit den Raubfischen entgegentuppernden Kunststoffbüchsen, wir zwei taktvoll aneinander vorbeischweigende Goldfische im eigenen Saft... Ab dem Frankfurter Tor jedoch kommen wir unverhofft gleichzeitig ins Schwärmen: über die Stalinallee, die, unbeschadet ihres schlechten Zustands und ihrer zu befürchtenden Umbenennung in ›Ludwig-Erhard-Mittelweg‹ oder so, als das einzige im deutschen Wiederaufbau steingewordene Pathos für die Zukunft bezeugen kann, daß es zu jeder Zeit möglich ist, menschenwürdig zu bauen. Nämlich für Wesen, die mehr sein wollen als ein Ver- und Entsorgungsproblem; die so hochmütig sind, sich, kaum daß sie zu fressen haben, ein Denkmal ihrer Erhabenheit über das Schicksal und der Demut vor ihrem Gott zu setzen – oder setzen zu lassen, was den nachgeborenen Betrachter so wenig kümmern muß wie die Frage, wer unter welchen Bedingungen und zu welchem Lohn die Tempel Griechenlands erbaute. Wenigstens einmal, für drei Einfallstraßenkilometer, keine fünf Minuten lang, dem kleinmütigen Terror der unbeschönigten Notdurft entgehen! Womit wir auch schon beim Alexanderplatz wären – dessen Einöde wir immerhin so erhoben von einem Neuanfang erreichen, der in diesem Teil der Stadt eben nicht Zusammenbruch, sondern Befreiung und Auftrag zur Errichtung des Paradieses war, daß du Mut faßt, nicht gleich wieder auf kürzestem Weg ins Kempinski zu flüchten. Statt in den geschmacklosen, aber komfortablen Plüsch der Restauration beorderst du den ohnehin besorgt zwischen Taxameter und Rückspiegel hin- und herblickenden Fahrer, zwei Stunden in der Fremde unterwegs, ohne einen Döner oder wenigstens eine Rindswurst gerochen zu haben: »Zum Prenzlauer Berg!« Eigentlich hast du bei unserem letzten Besuch in Brentwood den Zettel mit der Adresse im Berliner Norden genausowenig annehmen wollen wie das etwas nachgedunkelte, aber gut gemalte bürgerliche Portrait aus dem späten achtzehnten Jahrhundert, mit dem sich zur Zeit dein kongenialer neapolitanischer Restaurator in der Rue du Cherche Midi befaßt. Dann aber hast du deiner Mutter doch versprochen (»Guck mal, ob da noch etwas steht – Nancy muß dich doch eine Menge kosten!«), dich um das Mietshaus zu kümmern, das ihr Vater schon Monate vor der Novembernacht, in der man ihm die Schaufenster, die Rippen und die Zähne einschlug, zu einem Spottpreis an einen als arisch eingestuften Proleten von Sattlermeister und Parteigenossen abtreten mußte. Auch wenn du immer noch so tust, als käme es nicht sehr willkommen, hat es dich doch sichtlich gewurmt, wie sich die guten Menschen vom runden Tisch monatelang live im Fernsehen über die gerechte Aufteilung eines Volksvermögens stritten, das neben Schulden und Ruinen auch noch aus Diebesgut bestand: Nazibeute, die nach dem absehbaren Ende dieser letzten, jähen Wende des Jahrhunderts vielleicht doch zurückerstattet wird – wenn schon nicht aus Rechtsempfinden, dann wenigstens (hoch die Jüdisch-Amerikanische Weltverschwörung!) mit Rücksicht auf die öffentliche Meinung in den Staaten... Außerdem benötigt man in Stadtteilen wie diesem offenbar alles erhältliche Kapital, um sie nach der sozialistischen Substanzaufzehrung vor dem endgültigen Verfall zu retten. Immerhin aber blieben die Straßenzüge, weder vom Krieg noch vom Wiederaufbau zerstört, seit deiner Kindheit unverändert, so daß du dich (»Die nächste rechts!«) auf Anhieb wieder auskennst.

Hierher also führten die Spaziergänge mit deinem Opa, der sich zwischen Gänsebraten und Kaffee von seiner Frau (»Stopf das Kind nicht wieder mit Eis voll – es gibt nachher Kuchen! Und sieh mal in der Kastanienallee nach dem rechten!«) mit dir an die frische Luft schicken ließ – heilfroh, für eine Weile der Familie zu entgehen, die sich sonntags außer nach hohen Feiertagen in seiner Wohnung am Tiergarten zu versammeln pflegte. Wenn ihr nicht gleich mit der Straßenbahn fuhrt, stützte sich der zierliche, zerbrechlich anmutende Herr beim Gehen statt auf seinen Stock lieber auf deine Schulter, den nachtblauen Samt jenes Matrosenanzugs mit Spitzenkragen, den er, unter der Woche kundiger Berater der Berliner Damenwelt in Sachen französische Seidendessous, dir zum Sonntagsstaat bestimmt hatte – während du das Ding mit dem silbernen Eidechsenknauf tragen durftest... Natürlich fuhr er lieber zu den Linden, schlenderte vom Pariser Platz zum Schloß, zog zwar ab und zu den Hut, blieb aber ebenso ungern wie du (»Und das ist der Enkel? Nein, wie putzig!«) für ein Pläuschchen stehen, sondern nahm im Vorbeigehen die Parade der aktuellen Toiletten ab, von denen er immer viel zu sagen wußte – du verstandest nur Mohair, Bouclé, Satin, Moiré, Chiffon, Jacquard, Tüll... Ins Stocken kam seine Rede erst auf der Brücke mit den Marmorkriegern, um vor den nackten Schönheiten in den Museen am Lustgarten vollends zu verstummen. Alle drei, vier Wochen jedoch wurde es unumgänglich, dem Drängen seiner auch schon zu seinen Lebzeiten stets schwarzgekleideten ›Madam‹ nachzugeben und endlich den hausväterlichen Pflichten als Besorger der Familiengeschäfte nachzukommen – zu denen neben den beiden Miederwarenhäusern in den feineren Bezirken eben auch jenes als Mitgift in die Ehe eingebrachte Mietshaus zählte, vor dessen schon lange nicht mehr abbröckelnder, vielmehr brockenweise auf dem Gehweg herumliegender Gründerzeitfassade wir jetzt stehen: »Bist du sicher, daß du diese Bruchbude am Hals haben möchtest?« Im dunklen Treppenhaus zwischen den offenbar seit Jahrzehnten verrammelten Ladenlokalen scheint der proletarische Geruch nach Braunkohlenbriketts und Weißkohlsuppe unverfälscht erhalten, den ich bisher höchstens vom schulschwänzerischen Streunen durch die anrüchigen Viertel am Frankfurter Hauptbahnhof, von dort aber auch nur in einer exotischen, durch Knoblauch, Kräuter und Gewürze veredelten Spielart, also strenggenommen nur aus Büchern kannte, höchstens, daß er noch reiner wurde, seit mit der Sattlerwerkstatt im ersten Hinterhaus auch die mildernde Ledernote verschwand... Drei Exemplare eines abrißsicher auf die Wand über den verbeulten Briefkästen geleimten Schreibens des/der VEB-Wohnungswirtschaft-GmbH i. G. kündigen den Werten Mietern die Umstellung auf D-Mark an. Eine alte Frau, nein, ein bis auf den Bierbauch schmaler Fünfziger in kurzen Hosen kommt herein, schlurft blicklos an uns vorüber – ich ertappe mich bei dem Kontrollblick, ob er nicht doch Stützstrümpfe in den Pantoffeln trägt. Einen klirrenden schlammfarbenen Nylonbeutel in der Hand, beginnt er die lackierte Holztreppe hinaufzusteigen, erster, zweiter, dritter Stock, dann polterndes Abgesetztwerden von etwas Schwerem, Schlüsselbundklimpern, Türenschlagen und wieder Stille. Hier also, hinter dieser Tür im Erdgeschoß, wohnte Meister Hippe.

Gemocht hattest du den dünnen Mann mit dem fettigen, straff nach hinten gekämmten Strohhaar nie, der auch sonntags immer mit dem grauen Kittel und der Laune eines Handwerkers herumlief, der seit dem Wegbleiben der Kavallerieoffiziere, erst recht aber seit dem Siegeszug des Automobils im zivilen Leben froh sein mußte über den Nebenverdienst als Hausmeister. Ohne mehr als den Nachnamen von ihm zu wissen, machte dir sein für einen Erwachsenen zu klein geratenes Gesicht mit der fliehenden Stirn angst – um so mehr, je unterwürfiger er den »Lieben Herrn Cohn!« begrüßte. Verabscheut hast du ihn aber erst, seitdem ihr einmal etwas früher als gewohnt zu ihm gekommen wart und dein Opa die stählerne Spazierstockspitze vergeblich auf den Porzellanknopf der neuen elektrischen Wohnungsklingel gesetzt hatte, woraufhin ihr durch das ansehnliche, den Anschein des Bürgerlichen wahrende Vorderhaus in den Hof getreten seid: der lauten Stimme aus der »Sattlerei Hippe – Maßanfertigung u. Reparatur von Lederwaren aller Art« entgegen. »Halten Sie die Schnauze, Sie alter Mann!«: Das Gekreisch eines Dreikäsehochs genügte, um das Unheil aufzuhalten. Schlagartig verstummte der ausgewachsene Mann, der bis zu jenem Augenblick, da dein Opa die Tür zu seiner Werkstatt aufstieß, mit einer Reitpeitsche in der erhobenen Hand auf ein heulendes kleines Mädchen eingeschrien hatte – es war dasselbe doof bezopfte Ding, das sich sonst immer hinter der Schürze der verweinten Frau versteckte, die dich in der Küche mit grüner Faßbrause versorgte, während die Herren in Hippes guter Stube bei Weinbrand und den Zigarren deines Opas über Abrechnungen saßen. Du selbst warst am meisten überrascht, daß der Kerl nun tatsächlich die Schnauze hielt, dich anglotzte wie ein Bernhardiner, dem ein Zwergpinscher den Knochen weggeschnappt hat, und die Arme baumeln ließ. Auch wenn du dich am nächsten Sonntag auf Anordnung deines Vaters bei dem Herrn Hausmeister (»Ich soll das abgeben!«) mit einem Napfkuchen in der Hand entschuldigen mußtest, den deine Mama zur Strafe dafür hatte backen müssen, daß sie deine Ungezogenheit auch noch zum Lachen fand, so steht die Szene doch ohne Zweifel am Beginn deines Bewußtseins von dir selbst. Eigentlich bräuchtest du mir angesichts des einzigen Orts deiner Kindheit, den wir in Berlin je haben wiederfinden können, am Originalschauplatz des Lehrstücks sozusagen, nun nicht noch einmal zu erklären, daß es entschlossenes Handeln ist, was das eigene Schicksal bestimmt; und notfalls auch das der anderen; nicht zu vergessen den pünktlichen Auf- und Untergang der Sonne. »Ganz schön finster, der Kasten – komm, laß uns gehen!«

Dann geht wieder einmal alles sehr schnell: verfolgt vom Tuckern eines mit Standgas kriechenden Mercedes-Diesel, machen wir ein paar Schritte durch das Viertel. Wenn ich allein wäre, könnte ich jetzt stundenlang flanieren und mich dabei in Überlegungen der Art ergehen, ob es sich bei dem halbwüchsigen Punker-Pärchen, das vor uns aus einer Altbauruine mit schwarz-, rot- und violettgefärbten Bettüchern wie in Kreuzberg tritt, um Ausreißer aus Cottbus oder um solche aus Wanne-Eickel handelt: Er zieht einen zitternden gelben Mischlingswelpen an einer grünen Wäscheleine hinter sich her, sie trägt auf der Schulter eine weiße Ratte, die mir interessiert dabei zusieht, wie ich den schmaleren der beiden kettenbehängten Hintern in den grau-rosa gestreiften Stoffhosen betrachte. Ob diejenigen wirklich freier, vielleicht sogar glücklicher sind, die bei »Kiez« weniger an einen Dichter der englischen Romantik als an ein Leben ohne Badewanne, Bevormundung und Arbeit denken? Und ob es wohl fünf oder zehn Jahre dauert, bis sich diese Gegend, wo schon überall aus leerstehenden Geschäften provisorische Sperrmüllcafés auf die extrabreiten, unkrautbestandenen Bürgersteige wuchern, zu einem urgemütlichen Gutmenschenquartier herausgemacht haben wird? Es braucht nicht allzuviel Phantasie, sich die Läden für Biowein und Rohmilchkäse aus Südfrankreich vorzustellen, die lustigen Sprüche à la »Miethaie zu Fischstäbchen« an den frischverputzten Mietskasernen. Die Wohnungen jedenfalls, drangvoll eng nur für gründerzeitliche Großfamilien, dürften für den postindustriellen Durchschnittshaushalt des ganz gut bezahlten Angestellten, jung, alleinstehend, erlebnisorientiert, geradezu ideal sein... Du aber, statt dich wenigstens an dem Blütenduft zu erfreuen, mit dem uns die vierzigjährigen Linden am Kollwitzplatz begrüßen, scheinst dich, den Blick auf das vom Frost aufgeworfene Pflaster geheftet (»Wie mich alle anglotzen!« – dabei wirkt hier alles ausgestorben, die Leute dürften im Westen sein), immer geräuschvoller atmend und rascher gehend, von Schritt zu Schritt mehr zu verkrampfen. Vor dem Tor zu einem »Haus der Volkssolidarität«, in dessen Hof ein backsteinerner neoromanischer Sakralbau mit hebräischer Inschrift zu sehen ist, bleibst du stehen: »Erkennst du das wieder?« – »Quatsch – wenn wir jemals in der Synagoge waren, dann in der Fasanenstraße!« Eingeholt von der durch keine Erzählanstrengung zu bannenden Geschichte, vom auch ohne eigene Erinnerung überall in dieser Stadt anwesenden Schatten der Angst, kannst du nicht mehr weiter und fängst an zu husten: hustest, als müßtest du ersticken, hustest, ohne daß ich dich mit einem Wort, einem Handauflegen, einer Berührung zu beruhigen vermöchte. Also winke ich dem Taxi, bringe dich ins Hotel, besorge einen Leihwagen und fahre mit dir an die See, bemüht, dich von Ortsschildern wie Oranienburg und Sachsenhausen durch Gespräche über die sehr deutsche Schönheit dunkler Kiefernwälder abzulenken.

Auf Anraten der beiden netten Medizinstudentinnen, die wir auf erstaunlich guten, ihrer Auskunft nach vor allem für dunkelblaue Volvos unterhaltenen Straßen von Pankow nach Rügen mitgenommen haben, steigen wir, wenn schon, denn schon, im Binzer Kurhaus ab: kein Sanatorium für Lungenkranke, sondern das erste Bade-Hotel am Platze, in dem sich die sanitäre Luxusausstattung der Kaiserzeit (ein Badezimmer mit WC pro Etage! Fließend kalt Wasser in jedem Zimmer!) mit der Sprelacartbehaglichkeit des privilegierten VEB-Wismut-Ferienheims zu einem deutschen Gesamtkunstwerk verbindet. Sein Hüter in Gestalt eines Portiers, der meine Bitte um Hilfe mit dem Gepäck für eine konterrevolutionäre Provokation hält, hat sich offenbar vorfristig auf die Marktwirtschaft umgestellt, indem er die ihm anvertrauten dreiteiligen Schaumgummimatratzen bereits heute für DM 140,– pro Stück und Nacht vermietet – schließlich war er neulich selber mal auf Sylt und weiß, was die Hotels dort kosten. Sollen die anderen sich vom Westen blenden lassen, er wird sich von einem Typen, der so, so… kosmopolitisch aussieht wie du, trotzdem aber in akzentfreiem Deutsch darauf besteht, ein Doppelzimmer mit einem jungen Mann zu teilen, den er in der Kommandosprache der NATO zurückpfeift, und der sich dann zu allem Überfluß mit einem Reisepaß der französischen Republik ausweist, bestimmt nicht übers Ohr hauen lassen: »Frühstück von sieben bis neun. Das Leitungswasser nicht trinken!« Nein, natürlich kann er mir kein Mineralwasser in Flaschen geben – sieht er etwa aus wie ein Kellner? Nein, natürlich gibt es keinen Zimmerservice – da werde ich mich schon in den Speisesaal bemühen müssen. Nein, natürlich ist es nicht erlaubt, Flaschen oder Gläser aus dem Speisesaal mitzunehmen! Ja, natürlich ist die Kaufhalle um diese Zeit schon geschlossen – schließlich haben die Frauen auch Familie! Nein, natürlich hat er keine Idee, was wir nachts trinken könnten – warum glaube ich bloß, daß das sein Problem sei? Weil du wohl fürchtest, daß ich ihm das halbe Pfund von Schlüsselanhänger auf den Kopf haue, und mich auf englisch bittest, Verständnis für ihn aufzubringen, schlucke ich mein »Danke, für die Lektion, daß es wirklich nur *ein* deutsches Volk gibt...« Also bemühen wir uns in den Speisesaal und nehmen dort an einem der Bürotische mit den safrangelben, genau um fünf Zentimeter über den Rand fallenden Fransendecken und den Trockenblumengarnituren Platz und ein nostalgisches Würzfleisch zu uns – tatsächlich ohne zuvor vom Oberkellner darüber belehrt worden zu sein, daß es hier noch immer üblich sei, plaziert zu werden. Ganz im Gegenteil geht er mit der neuen Zeit und kann nicht begreifen, daß wir nicht den Toast-Hawaii probieren wollen, den die Speisekarte zweifellos erst verzeichnet, seit das Reklamelogo von Beck's Bier sie ziert. Bis wir sicher sind, daß wir durchschlafen werden bis zum Frühstückskaffee, spülen wir mit bulgarischem Rotwein nach und gehen dann zu Bett – angesichts von Farbe und Geruch der Flüssigkeit, die aus dem Hahn über dem fleckigen und mehrfach notdürftig mit gilbendem Kitt geflickten Becken tropft, ungewaschen, nicht aber ohne zuvor ans offene Fenster getreten zu sein, um den Blick über die Promenade auf die mondbeschienene Ostsee zu genießen...

Ich muß träumen – schließlich ist es der alte Traum; vielleicht aber auch einer jener Träume, die dem Träumenden schon beim ersten Mal voraussetzungslos vertraut erscheinen: gute Freunde wie das Blutrauschen zwischen den Ohren oder das Pochen im Geschlecht... Ich sitze im Wald; oder ich liege vielmehr halb, drei Schritte vom Ufer zwischen Meer und Waldrand, die Beine lang von mir gestreckt, den nach hinten gelehnten Oberkörper mit den Unterarmen abgestützt und die Hände in verdorrte Kiefernnadeln und grobe Sandkörner gegraben; eine Art Mulch, der mir als ebenso ungenaue wie unangenehme Erinnerung ans In-einem-Ameisenhaufen-Wühlen oder an sonst etwas von jenen Dingen, die ich als Knabe nie getan habe, durch die Finger rinnt. Mir ist heiß. Dabei müßte mich auf meiner feuchtkühlen Unterlage und im Halbschatten der Bäume, den die Sonne auch dann nur hier und da durchdringt, wenn sie einmal eine Lücke in der Wolkendecke findet, eher frösteln – und tatsächlich überläuft mich Gänsehaut, als ich mich dazu durchringe, nach Schuhen und Socken, die schon neben mir im schweren Sand liegen, auch noch das Hemd auszuziehen. Ich ahne nur dunkel, wie ich in diesen Traum hineingeraten bin – und doch habe ich keineswegs vergessen, daß uns kurz nach dem Hellwerden der Gestank von brennendem Müll geweckt hat, der mit jenen schwefelgelben Schwaden an der Hotelfassade hochzog, die beim Pavillon auf der Promenade aus dem Untergrund entwichen, als Fanal des neuen Tags in einen Himmel stiegen, der bis sieben sogar himmelblau war, und dann mit dem Südwind Richtung Schweden wehten. Auch kann ich mich entsinnen, daß wir, einmal wach, beschlossen, die Gunst der frühen Morgenstunde und des besonderen Datums zu nützen, um uns in Ruhe, vor oder wenigstens während des Sturms auf die wenigen Binzer Banken, vor denen längst Urlauberschlangen standen, an den Schönheiten der Insel zu erfreuen: geschnitzte Holzveranden an den beinahe russisch anmutenden Sommerhäusern aus einer wenn schon nicht besseren, so doch weniger grobschlächtigen alten Zeit, bewaldete Steilküsten und Strände unter Schleifkalkfelsen, die statt beach-life Stille bieten – wohltuend altmodisch wie das Wort »Sommerfrische«. Am besten aber gefiel mir wohl, daß nichts davon in deinen Kindheitserinnerungen vorkam, habe ich es doch geschafft, dir weiszumachen, daß Heringsdorf auf Usedom seit dem Kriegsende in Polen liegt... Gegen Mittag muß uns dann der Hunger vom Königsstuhl vertrieben haben, aus den Höhen der Betrachtung über Zusammenhänge wie jenen zwischen romantischer Natursehnsucht und dem KdF-Bad Prora in die Niederungen der allein durch die Ausgabe neuen Geldes noch nicht beseitigten Notwendigkeit, nach etwas halbwegs Eßbarem anzustehen. Angesichts des unveränderten Speisezettels der HO-Gaststätten entschieden wir uns für die rollende Pizzeria eines aus Kiel angereisten Sarden – und kamen in der Schlange beinahe zufällig hinter einer sächsisch sprechenden Familie mit einem halbwüchsigen Sohn zu stehen, auf dessen in knappes rotes Elastan verpackter Kruppe alle ästhetischen Diskurse kulminierten. So weit, so schön.

Welchen Wunders es aber bedurfte, um mich in meine jetzige Lage zu bringen, ist mir auf das Traumhafteste verschleiert: Keinesfalls kann es mir eingefallen sein, dem Jungen mit dem nicht eigentlich hübschen Eichhörnchengesicht einfach hinterherzugehen, der sich, ein Haufen Sommersprossen unter widerborstigem rotblonden Haar, mehrfach verstohlen zu den Fremden umgedreht hat, die da hinter seinem Rücken etwas redeten, das er, ohne ein Wort zu verstehen, wohl mit dem übersinnlich sicheren Gespür seines Alters für alles Geschlechtliche auf sich bezog, also nur allzu genau verstand. Außerdem weiß ich, daß wir mit unserem

Lunch sofort weggegangen sind, um ihn unter den neuen Test-the-West-Sonnenschirmen auf der Terrasse des Kurhauses zu uns zu nehmen, während er mit seinen Eltern und einem zum Haareziehen reizenden Schwesterchen beim Imbiß zurückblieb, um die erste mit D-Mark erstandene, nach Oregano duftende Krusta im Stehen zu genießen. Als ich eine knappe Stunde später, du hattest dich nach dem Sieg im Wortgefecht mit einer seit heute um Umsatz und Gewinn besorgten Servierkraft endlich zur Siesta zurückgezogen, wie zufällig und absichtslos dorthin zurückgeeilt bin, waren die vier natürlich längst verschwunden. Im Grunde wäre es mir recht gewesen, wenn die Episode ihr absehbares Ende damit gefunden hätte, daß ich, von allen Ahnungen möglicher Absichten befreit, auf der Promenade stadtauswärts schlenderte, die sich nach wenigen hundert Metern in einen schattigen Wanderweg zwischen Strand und Wald verwandelte – kein anderes Ziel vor Augen, als mich irgendwann, nämlich genau dort, wo kein aus dem Leim gegangener Leib mehr zu sehen und kein Kinderlachen mehr zu hören ist, hinfallen zu lassen und, eine Kiefernnadel zwischen den Zähnen, dies und das zu träumen. Kaum aber hatte ich mich hingesetzt in den so merkwürdig mulmig zwischen den Zehen hindurchquellenden Sand, wurde etwas wirklich, was ich nie zu träumen gewagt hätte: Jene Familie tauchte am Ufer auf und stapfte, beladen mit Schaufeln, Schnorcheln, Luftmatratzen an mir vorüber – allen voran der Stammhalter in der Badehose vom letzten Sommer, der so tat, als sähe er durch mich hindurch, dann sein Schwesterchen, das mich um so herausfordernder anstarrte, schließlich die mir freundlich zunickenden Eltern. Wahrscheinlich fand ich sie deshalb sofort sympathisch, weil sie mich in ihrem studiert alternativen Habitus an jene Erwachsenen erinnerten, die mir in der eigenen Kindheit auf die Nerven gingen, weil sie also der Einsicht entgegenwirkten, daß ich für ihren Sohnemann, der kein Kind mehr war und doch fast meines sein konnte, zur älteren Generation gehören mußte. Auf dessen unnötig lautes »Hier ist wirklich keine Sau mehr!« hin, in dem der verlegene Stolz beim Ausprobieren einer gerade erst in den Keller gerutschten Stimme mitschwang, deren ungewohnter Klang ihn selbst fast zu erschrecken schien, mich Sau aber würgen machte vor verschluckter, hinuntergezwungener Zärtlichkeit, hielt der Troß wenige Meter neben mir an und warf seine Packen ab. Schon schmiß der Junge (»Mußt du das so zusammenknüllen, Tobi!«) seiner vor ihm im Sand sitzenden Mama das geringelte, offenbar eingelaufene Polo-Hemd zu (sie sagt bestimmt noch Hemdchen...), das bereits vorhin meinen Blick auf die Grübchen beiderseits der Lendenwirbel und durch den über dem Steißbein nicht anliegenden Badehosenbund gelenkt hatte. Schon wandte er sich augenrollend, aber ohne mit den Wimpern zu zucken, er träumt ebensowenig wie ich, von ihr ab und unvermittelt mir zu, legte, wie um den beunruhigenden Kontrast noch zu betonen, die fast ausgewachsenen Männerhände auf die Kinderhüften, sah mir eine Weile undurchsichtig, abweisend oder Aufmerksamkeit heischend ins Gesicht, und streifte endlich die gespannte Kunststoffhülle ab – nicht tierhaft unbeholfen wie eine Eidechse die zu eng gewordene Haut, sondern mit ihm selbst sichtlich bewußter, beinahe schlüpfriger Eleganz. Spätestens in diesem Moment hätte ich, wenn schon nicht die Augen auf-, dann um so schneller den Blick niederschlagen, aufspringen und mich, ohne hastig dabei zu wirken oder mich gar noch einmal umzusehen, entfernen sollen.

Einen einzigen Augenblick später mußte ich sitzenbleiben: Die Symptome, die der von Angst und Scham vergiftete Pfeil hervorruft, Schweißausbrüche, Schüttelfrost, Herzrasen und Magenkrämpfe, ähneln dem allergischen Schock nach einem Vipernbiß. An allen Gliedern zitternd und gelähmt, untersteht dem Getroffenen, der zwar gebannt, aber nichts weniger als verzaubert, vielmehr durch die Selbsterkenntnis, die der Gesichtsverlust ermöglicht, im denkbar ungetrübtesten Bewußtsein seiner Lage ist, nur noch der Verstand: Totengleich kalt wie seine Hände und Füße versucht er, endlich Klarheit darüber zu gewinnen, was um der Hölle auf Erden willen an etwas so Unvollkommenem, in jeder Hinsicht Fragwürdigem wie einem Dreizehn-, Vierzehnjährigen dran ist. Die Art sich hinzufläzen kann es ja kaum sein, nicht die Anmut, mit der er abwechselnd an den Nägeln kaut, in einem Superman-Heftchen blättert und an den Pikkeln auf der Stirn herumdrückt, ganz zu schweigen von den nöligen »Nö«s und »kein Bock!«, mit denen er die Eltern abspeist. Was also ist es, das einen stets beherrschten jungen Schnösel in einen idiotischen Fleischklops zu verwandeln vermag, hilflos den eigenen Trieben ausgeliefert wie ein Säugling? Oder was ist es vielmehr, das aus mir, da ich zum ersten Mal im Leben nicht begehre, von einem Stärkeren beherrscht zu werden, sondern einen Schwächeren zu besitzen, ein Monstrum macht: einen erwachsenen Mann? So ergebnislos dies panische Denken auch ist, hat die Bewegung der grauen Zellen, unterstützt vom erotischen Anti-Reiz der madenhaften Nackichkeit des kleinen Mädchens und der sich krampfhaft natürlich gebenden Blöße der Eltern, immerhin eine Stabilisierung auf hohem Erregungsniveau bewirkt. Und doch gibt es keinerlei Gewöhnung an das blitzartig im gesamten Organismus verteilte Sehnsuchtsgift, von dem sich zwar mit Gewißheit sagen läßt, daß es beim Anblick des scharf gegen den Bauch begrenzten Eichhornjungenfells durch die Augen eingedrungen ist, nicht aber, ob es tatsächlich aus diesem und nicht vielmehr aus dem ganzen, perfekt unfertigen, eben schönen, also in seinem eigentlichen Wesen weder mit Blicken noch mit Wörtern zu fassenden Knabenkörper stammte. Ehe ich auch nur hätte versuchen können, der Herausforderung zu genügen und zur Abwechslung einmal mein eigener Herr über mich zu werden, haben es seine Leute geschafft, mich noch tiefer in die unhaltbare Situation zu verwickeln: Nach einer Stunde, während der sie vergebens versucht hatten, ihren faul auf dem Bauch liegenden Sprößling (»Was ist denn heute mit dir los, Tobias – wozu haben wir das Zeug denn mitgeschleppt?«) zum Schwimmen, Tauchen, Frisbeewerfen zu überreden (»Also wir gehen jetzt baden – paß wenigstens auf, wenn die Kleine ins Wasser will!«), haben sie mich mit ihm allein gelassen – zu allem Überfluß, nicht ohne mir im Vorübergehen einen besorgten Blick wie »Sie haben doch ein Auge auf die beiden?« zuzuwerfen... Natürlich ließ der kleine Arsch sie nicht einmal hundert Meter weit in das nur sehr sachte tiefer werdende Wasser waten, bevor er sich auf den Rücken gedreht und den zwar erwartbaren, an seinem Körper aber monströs anmutenden Grund für seine vermeintliche Lustlosigkeit vorgezeigt hat – mit einem unverschämten Grinsen, das nun offen mir galt, und ohne Scheu vor seiner Schwester, die, glühend vor Stolz auf ihren großen Bruder, neben ihm hockte und sich die Sache genau ansah. Ich habe die Augen geschlossen und sofort wieder aufgemacht, und endlich wenigstens so viel begriffen: daß ich nicht zu retten bin.

Inzwischen werden die Schatten schon wieder länger. Und ich hänge hier noch immer fest, wälze (»To be ass or not to be ass...«) den Namen für meine namenlose, durch kein Benennen, Aussprechen oder Beschreiben zu bannende Erschütterung im Kopf hin und her, dazu alle erdenklichen Ansätze zu Sätzen, mit denen ein französischer Tourist ein unverfängliches Gespräch beginnen könnte. Ab und zu öffne ich sogar den Mund, nur um ihn, weil ich ja selbst am besten weiß, daß nichts herauskommen kann und darf, sofort wieder um so fester zu verschließen, sobald ich merke, daß ich etwas murmeln möchte, das wie ein verräterisch weiches »touch you!«, »I want to touch you!« klingen könnte... Also scharre ich berstend vor Geduld durch den immer kälter werdenden Sandgrus und werfe als Übersprungshandlung mangels glattgeschliffener Masse eingebildete Kiesel übers Wasser – und dabei, nackt, bloßgestellt und zur Steinigung freigegeben, schuldbewußte, mich selber schuldig sprechende Seitenblicke auf meine Nachbarn, die längst wieder vollzählig sind und bald zum Abendbrot aufbrechen dürften. Sobald sie ihren Kram gepackt und sich auf den Heimweg gemacht haben, vorneweg die Eltern, die zum Abschied wieder nicken, zuletzt Tobias, der sich nicht noch einmal umdrehen wird, bevor sein Umriß sich beinahe aufgelöst hat im flach einfallenden Gegenlicht einer Sonne, die gar nicht daran denkt, unterzugehen, werde ich mir mit zwei, drei Handgriffen Erleichterung verschaffen. Dann aber, weil der Herd des statt gelöschten nur noch mehr angefachten Brandes ja nicht in den außen anhängenden Organen, sondern im innersten, durch nichts manipulierbaren, den Überzeugungen der Vernunft und selbst den Einflüsterungen der Angst absolut unzugänglichen Kern liegt, werde ich, *ich!*, wie aus meinem Körper herausgetreten, der nur ein Panzer aus Tarnverhalten war, aufstehen und meinem Unstern folgen – statt dem hergelaufenen Bürschchen, hinter dem ich lächerlicherweise her bin, so klar wie niemals zuvor *mich*, eine im Licht keiner anderen Betrachtungsweise verschwimmende Vorstellung von mir selbst vor Augen.

Gleich werde ich den vieren hinterherstürzen, werde sie nach kurzer Zeit auch eingeholt haben und ihnen dann so dicht auf den Fersen bleiben wie möglich, ohne von ihnen entdeckt zu werden – anfangs in der Deckung dünner Fichten-, sogar Birkenstämme, bald aber auch hinter so soliden Gegenständen verborgen wie hinfälligen Greisinnen im Schlepptau von Rauhhaardackelrüden oder einem auf dem Fußweg parkenden Porsche mit nordfriesischem Kennzeichen. Als Mischung aus Flitzer und Beschützer, erfaßt von einem Jagdfieber, das mich selbst zum Freiwild macht, werde ich sie verfolgen – an der zum Glück mit etwas totem Winkel von der Promenade aufragenden Kurhausterrasse vorbei bis zur Pforte eines am anderen Ende des Strandwegs in den Küstenwald geklotzten FDGB-Ferienheims. Wie ein Köter zwischen Tonnen voll abgenagter Knochen werde ich mich vor dem Plattenbau-Objekt herumdrücken, in das Massen vergnügter Werktätiger mit gutem Seeluftappetit an mir vorbei zur Essensausgabe strömen – bis ich mich nach einer guten Stunde gerade noch rechtzeitig in die Büsche schlagen kann, um nicht Herrn und Frau Naturfreund zu begegnen: Offenbar haben sie nicht wie manche hastigeren Esser vor, sich ins Binzer Nachtleben zu stürzen, sondern wollen ihren Urlaubstag vielmehr gemütlich, ohne nervenden Nachwuchs im Anhang, mit einem Verdauungsspaziergang am Meer entlang beschließen. Sobald ich sicher bin, daß sie so bald nicht wiederkommen, werde ich mich hineinwagen in das Gebäude, dessen nüchterne, aber gar nicht unfreundliche, keinesfalls bösartige, eher wohlmeinend belehrende, vom Ich zum Wir erziehende, im Grunde nur vernünftige, nur eben ziemlich trockene, nur eben völlig humorlose, nur eben totalitäre Atmosphäre mich an die Schullandheimaufenthalte meiner Kindheit erinnern wird – so sehr, daß ich, für alle, denen ich begegne, auf den ersten Blick, an jedem Wort, das ich nicht sage, jeder Art den Kopf zu halten, so tief ich ihn auch senke, als der ewig schwer erziehbare Außenseiter und Klassenfeind zu erkennen sein und nur unter Atemnot zum Tischtenniskeller finden werde. Kaum, daß ich den Anlaß meiner Verwirrung tatsächlich beim Ringelpiez angetroffen habe, der, sosehr auch sein rotglühendes Gesicht für mich hervorsticht, in seinem auf Zuwachs gekauften Trainingsanzug nur einen geringen Rang unter den Altersgenossen zu bekleiden scheint, werde ich über meine Unerschrockenheit erschrecken und sofort wieder hinausstürzen – noch bevor er, völlig in Anspruch genommen vom wilden Spiel, mich in der Tür erkennen kann. In den folgenden anderthalb Stunden werde ich vor der Pforte auf und ab tigern, im Kopf das trotzige, aber kein bißchen tröstliche Karussell von »Wahre deine Würde!«, »Was hätte geschehen können, wenn...« und »Feige Sau!« – und bei all dem doch im stillen, je länger, desto zuversichtlicher, hoffen, daß Tobias mich unter orangefarbenen Wimpern hindurch sehr wohl erkannt hat und nur einen günstigen Moment abwartet, um unauffällig nachzukommen... Kurz nach Sonnenuntergang wird sich mit der Rückkehr seiner Eltern auch diese bange Erwartung zerschlagen: ohne daß ich sie hätte kommen sehen und mich in Deckung bringen können (»Trinken wir noch einen Wein?« – »Aber erst stecke ich mal den Tobi ins Bett, sonst ist er morgen wieder so knatschig!«), werden sie plötzlich direkt an mir vorbeischlendern, ohne mich Schatten im Dunkel auszumachen. Und natürlich werde ich spätestens in diesem Moment, dem ersten, da ich davon-, aber dem letzten, da ich glimpflich heimzukommen hoffen kann, an den Mann denken, der seit Stunden schwer atmend und mit Herzrasen auf dem Bett des stockfinsteren, säuerlich riechenden Kurhauszimmers liegen und mit den aufgerissenen, sich selbst am meisten ängstigenden Augen eines gestürzten Gußeisentyrannen zur Decke starren wird: so steif, daß sich sogar die volkseigenen Sprungfedern unter ihm vor Schreck mucksmäuschenstill verhalten. Und trotzdem werde ich, als leuchtete die Blöße, die ich mir gebe, als sichtbare körperliche Nacktheit durch die Nacht, noch so lange in meinem Versteck ausharren, bis auch die letzten Fenster in den oberen Stockwerken dunkel geworden sind und es endgültig zu spät ist, die nächste Katastrophe zu verhindern. Dann aber, weit nach Mitternacht, werde ich durchatmen wie befreit und mich, seltsam erleichtert, trollen...

V

Das war's: ungefähr seit Mitte des vorletzten jener zum Mitsingen anstiftenden Songs aus den Sixties, damals in diesem Sendegebiet verdächtig, mit denen die Stimme der DDR heute um so beschwingter den neuen Tag begrüßt, hat der Motor in rasch kürzer werdenden Abständen sekundenschlafartig ausgesetzt; jetzt rollt mit seinem letzten Husten der Wagen auf der Standspur aus. Keinen Meter neben mir donnert eine ununterbrochene Kette offenbar leerer Lastzüge auf dem Heimweg von den neuen Märkten mit hundert und mehr Sachen vorbei. Wie um das peinliche Indiz meiner nach sechs fern der Plattensammlung meiner Schwester verbrachten Jahren bei erster Gelegenheit bis zur Stimmbanderschöpfung ausgekosteten Nostalgie für Dylan, Cohen und Co. zu verwischen, lasse ich den Sendersuchlauf sich bis zum Cool-Jazz-Gedudel im Mitsommernachtsprogramm von NDR 4 vortasten: als schämte ich mich vor dem unbekannten Angestellten der Firma Hertz, der, Wende hin oder her, bestimmt manche bürokratische Hürde zu überwinden haben wird, bevor er den verwaisten Gegenstand des im Handschuhfach liegenden Leihvertrags, auf den auch eine noch so verunsicherte Volkspolizei ziemlich schnell aufmerksam werden müßte, zurück nach Westberlin überführen können wird. Dann schalte ich ab. Bei Standlicht sollte die Batterie bis in den hellen Vormittag durchhalten. Richtig dunkel war es in den letzten Stunden ohnehin nicht. Außerdem dämmert es schon. Ich lege den Automatikwahlhebel auf P, ziehe den Zündschlüssel ab, lasse das Lenkschloß einrasten, löse den Sicherheitsgurt, hebe, nicht ohne mir dabei die Stirn am Rückspiegel zu stoßen, das taubgesessene Gesäß über die Mittelkonsole, steige durch die Beifahrertür aus, schließe hinter mir ab, spiele mit dem Gedanken, den Schlüssel wegzuschleudern, entscheide mich dafür, ihn einzustecken, blicke mich nach Zeugen um, beginne, weil da niemand ist, den durch keine Leitplanke gesicherten Hang ins Unterholz hinabzusteigen, verfange mich in irgendeinem Strauch (meine Hände hielten ihn gern für eine Hasel), scheuche ein paar größere Vögel auf (was spricht, sobald sie fort sind, noch dagegen, an brütende Rebhühner zu glauben), gerate ins Straucheln, stürze, befinde mich, gerade lange genug, es zu genießen, kurz genug, um mich nicht ernstlich zu beunruhigen, für jene perfekt genutzte Zeit, die zwischen zwei Herzschlägen vergeht, beinahe im freien Fall... und komme wie erwartet weich und wohlbehalten jenseits eines mehr Gülle als Wasser führenden Grabens zu liegen: frei.

Das muß es sein: das Gesicht im Morgengrauen aus dem fetten Boden der Magdeburger Börde heben, erste Umrisse einer Überlandleitung und zweier Hochsilos am Horizont im Auge, im Ohr das Dröhnen und Heulen des Verkehrs, im Mund auch nach dreimaligem Ausspucken noch jede Menge von dem Dreck, der mir endlich einmal das Maul gestopft hat, und im Magen nichts; so muß das richtige Leben schmecken... Weil ich ja sowieso nicht weiterweiß und es zum Glück außerdem Sommer ist, die Erde trocken, die Luft eher angenehm frisch als kühl, bleibe ich noch ein Weilchen liegen – erstaunt und dankbar, daß es mir noch möglich ist, mich wie ein Ausreißer zu fühlen. Als ich das letzte Mal unerlaubterweise die Transitstrecke durch die DDR verlassen habe, war ich fünfzehn und mit meiner Schwester auf dem Rückweg vom heißen Berliner Sommer: im bordeaux-metallic-farbenen Ascona Berolina eines noch vom Kirchentag berauschten Religionslehrers aus Bad Homburg, den wir im Stau vorm Übergang Dreilinden geentert hatten. Während der Fahrt durch jenes abstrakte Kürzel für Gefangenschaft,

Gefahr und Vater, das ich damals (»Bedenken Sie: Sie fahren weiter durch Deutschland!«) nie freiwillig betreten hätte, eingelullt durch das salbungsvolle Gewäsch von den tollen Gemeinschaftserlebnissen unter jungen Christen, das in angenehmer Gleichmäßigkeit vom Fahrersitz herüberschwappte, konnte ich meinen eigenen Gedanken nachhängen: ... Obwohl mich das tagelange Latschen in Spontandemos aus dem tiefsten Kreuzberg zum Bahnhof Zoo nicht gerade erschöpft, das Katz-und-Mausspiel mit der längst nicht so leicht wie in der westdeutschen Provinz zu provozierenden Polizei sogar erheitert hatte, aus dem erst beim Zusammentreffen mit einer Horde Nazi-Parolen grölender Herthaner beinahe noch eine regelrechte Straßenschlacht geworden wäre, fühlte ich mich stumpf verletzt – nicht von Pflastersteinen, Rotfront-Verrecke-Rufen und Gummiknüppeln, die mich ja nicht getroffen hatten, sondern beim Gedanken an Fahdí. Dieser Germanistikstudent hauste im selben besetzten Straßenzug am Schlesischen Tor, in dem auch wir abgestiegen waren, und schien von Anfang an ein braunes und ein kleineres schwarzes Auge auf mich geworfen zu haben. Irgendein anderes Geheimnis als jenes, wie man zu jeder Tageszeit einen gleich starken Bartschatten haben kann oder warum frau in der Kommune sein Machogebaren durchgehen ließ, zog mich auch zu ihm hin – zweifellos das Rätsel seiner Art, mich anzusehen, finster, traurig, sanft zugleich ... Erst am dritten oder vierten Abend aber, als ich, halb ermutigt, halb verschreckt durch die offene, herzlich gleichgültige Atmosphäre, die in jenen versifften Taubenhäusern herrschte, alle Vorsicht fahren ließ und immer auffälliger seine Nähe suchte, bedeutete er mir mit einem Nicken, ihm aufs Klo zu folgen, das von seiner Tür befreit war wie alle anderen besetzten Räume. Ohne sich darum zu kümmern, wer da gerade auf dem im Kerzenlicht ohnehin kaum auszumachenden Abort auf der Stirnseite des langen, mit schwarzroten Autolack-Sternen und der lila Schönschrift »typen beim pissen hinsetzen!« geschmückten Thronsaals hockte, nahm er mich wie erhofft in den Arm und küßte mich; dann aber (»Du bist mein Bruder!«) wollte er nichts weiter anstellen, als eine mit Hasch-Teer aus seiner libanesischen Heimat bestrichene Juno-Filterlos mit mir zu teilen. Als ich am nächsten Nachmittag, nackt, aber auf der eigenen Matratze, wieder zu mir kam, turnte er keine Armlänge neben mir über meiner Schwester herum ... Ihr spitzer Schrei riß mich nun plötzlich zurück in den Opel: Im Aufsehen huschte etwas Dunkles aus dem Blickfeld der rechten Seitenscheibe. Als ich, von der folgenden Bremsung zunächst nach vorn geworfen, das Gesicht zur Heckscheibe drehen konnte, war der jähe Schatten jedoch spurlos verschwunden: Unverändert freundlich hellgrau schnitten die trockenen Betonplatten der Autobahn durch das sommerliche Land. Anhand der Schneise aus frisch geknickten oder abgerissenen Ästen fanden wir, auch ohne daß eine Rauchsäule vor uns aufstieg, rasch zu der vom Damm aus nicht einsehbaren Stelle im seit -zig Kilometern ersten Wäldchen, das ausgerechnet hier die Aussicht auf endlose Weizenschläge verstellte: Der mit den gelb-roten Punkten eines vielsprachigen »Atomkraft? Nein danke!« übersäte Käfer, der seit Berlin vor uns hergeknattert war, hatte sich um den Stamm der weit und breit dicksten Hainbuche gewickelt. Das junge Paar mußte eingeschlafen sein, und so friedlich wie das Mädchen zwischen Unterholz und Farnen dalag, konnte man, geneigt, die kaum merkbar seitlich versetzte Stellung des Kopfes zum Rumpf nicht zu beachten, beinahe glauben, daß sie noch immer schlafe – oder zumindest hoffen, daß sie nicht noch einmal aufgewacht war. Unser Fahrer, ich war ihm dafür dankbar, kniete neben ihr nieder und begann zu beten, meine Schwester aber stürzte zur Straße zurück, um irgendwie Hilfe zu holen – ich wäre ihr noch dankbarer dafür gewesen, hätte sie dem Kerl, der es angesichts der Situation fertigbrachte, die Hände in den Schoß zu legen, nicht erst diesen empörten Himmelfahrtsblick zugeworfen, der die senkrechte Narbe zwischen den Augenbrauen noch betonte, die nur zu sehen ist, wenn sie bleich wird. Mich aber zog es zu dem jungen Mann: Er lebte noch, stöhnte leise und war vermutlich bei Bewußtsein. Jedenfalls blickte sein übriggebliebenes Auge, spiegeleidottergroßer Gesichtsrest in einem Klumpen von Blut und Knochen, mich auf eine Weise an, die jeden Zweifel verbat, er könnte vielleicht nicht verstehen, was geschehen war; und daß er, eher jünger, als ich heute bin, jetzt sterben würde. Ich saß da, starrte zurück, hielt seine schmale, schon steinkalte Hand und wünschte mir inbrünstig wie niemals zuvor oder danach, ich wäre ein paar Minuten lang ein hübsches Mädchen.

Das ist es: Meine Neigung, dort liegenzubleiben, wo mich der Zufall hingeschleudert hat, entspringt der mythischen Vorstellung, daß langsamer altert und später stirbt, wer sich nicht aus eigenem Antrieb durch die Welt schlägt; die lebenslängliche Müdigkeit erwächst aus der Sehnsucht, ein Leben lang jung und begehrenswert zu bleiben. Weil aber selbst ich wenn schon nach all den Jahren noch kein Mann, so doch ein sterbliches, zumal für Unterkühlungen anfälliges Wesen mit einem wenig robusten Körper bin, der mir deshalb doppelt lieb ist, raffe ich mich schließlich auf: drehe mich vom Bauch auf den Rücken, setze mich auf, ziehe die Füße aus der Schweinepisse, knote mit spitzen Fingern die geflochtenen Schuhe auf, die mir Herr Cohn in Florenz geschenkt hat, streife sie samt den nassen Socken ab, lasse sie in den Graben plumpsen und stehe auf. So steht es sich also auf eigenen Füßen; es könnte wärmer sein. Aber immerhin stelle ich im Zusammenspiel der Nervenenden auf den selbst an den Ballen kaum verhornten Fußsohlen mit jenen auf der abgestumpft scheinenden Netzhaut fest, daß sich am Autobahndamm ein geteerter Patrouillenweg entlangzieht, auf dem es sich auch barfuß bequem gehen läßt. Nachdem ich meine Brille notdürftig von der volkseigenen Scholle gesäubert habe, steht dem Mich-auf-den-Weg-Machen nur noch im Wege, daß ich noch immer nicht weiß, wohin. »Go east, young man!« hat mir Ron in Los Angeles geraten, »seit der Öffnung des Eisernen Vorhangs liegt dort das Geld auf der Straße!« – und wirklich: keine drei Schritte auf jene Stelle am Horizont zu, wo die Prinzipalin einen ersten unlustigen Blick durch den Frühdunst übers leere Parkett der Felder wirft, blinkt ein Silberling. Zehn Pfennige der DDR, man braucht sich nur danach zu bücken: ein pappleichtes Aluminiumscheibchen, dessen souverän ungravitätische Gestaltung den Eindruck der Lächerlichkeit doch nicht aufwiegt, den auf jemanden, der von traditionellen Legierungen, state-of-the-art-Produkten und ostentativer Zukunftszuversicht geprägt ist, mit den Erzeugnissen und Symbolen dieses Staates auch seine beladenen Bewohner machen. Tatsächlich genügte damals das dünne, blechspielzeughafte Tüti der Martinshörner, der Anblick von Polizisten in eher zu Pfadfindern passenden hellblauen Blousons, um mich aus meiner Erstarrung zu erlösen: An der Autorität des Arztes in der Uniform der nahegelegenen Grenztruppen war nicht zu zweifeln, als er nach wenigen Griffen zur Feststellung von Puls, Atmung und Pupillenreflex die kalte Hand des Zyklopen behutsam aus meiner Hand nahm, ihm das Auge zudrückte, mir im Aufstehen kurz an die Schulter faßte und dann den beiden mit hier nicht mehr benötigten Instrumentenkoffern herumstehenden Rekruten bedeutete, die Leiche abzudecken. Und trotzdem schien ein Tod nicht restlos wirklich, dessen Opfer in Kleintransportern der Marke Barkass weggeschafft wurden. Und so löste sich, was mir eben noch als unerträglich real begegnete, angenehmerweise auf in einen jener königlich entrückten Halbalbträume, aus denen man gerade deshalb nicht erwacht, weil man die Gewißheit im Hinterkopf hat, daß der Totenschein dieses Stabsarztes in der Wirklichkeit, im Westen, wenige Kilometer von hier, nicht mehr Wert besitzt als die Devisen dieses Staates. Vielleicht ist dieser Moment der Grund dafür, daß ich die DDR nie wirklich, nie richtig wach betreten konnte. Sooft ich später auch die Reise mit der Berliner Stadtbahn unternahm, stets geriet ich, ab Grenzübertritt wie eingeschläfert, statt in das Land und zu den Leuten, in den Dornröschenstaat: in einen bedrückend hermetischen Bewußtseinszustand, dessen absurde Gesetzmäßigkeiten mich zwar eine Zeitlang zu fesseln vermochten, aber in Wahrheit nicht betrafen. Selbst während der mehrstündigen Belehrung über den Straftatbestand der Herabwürdigung, die mir einmal auf einer Wache der Volkspolizei zuteil wurde, weil man mich dabei erwischt hatte, wie ich den letzten jener Lappen, die man tauschen mußte, aber nicht außer Landes nehmen durfte, für den ich aber auch beim besten Willen nichts hatte kaufen können, Währung der Deutschen Demokratischen Republik!, vor dem Bahnhof Friedrichstraße, wo nie »Haste mane Maak?«-Punks herumhingen, in einen Papierkorb legte, fühlte ich mich keine Sekunde lang persönlich bedroht oder auch nur gemeint. Die DDR ging und geht mich schlicht nichts an. Ein Staat, dessen Münzen man keine zehn Meter weit werfen kann! Allerdings dürfte es auch kurz vor ihrem Verschwinden noch immer schwierig sein, die Grenze ohne Papiere zu passieren, kontrolliert man auf bundesrepublikanischer Seite aus Angst vor Flüchtlingen aus anderen Ländern als der DDR doch zweifellos doppelt scharf, seit die früher so zuverlässigen Organe der Gegenseite sich in Auflösung befinden. Und weil ein Barfußgänger wohl von keinem Grenzschützer der Welt einfach durchgewinkt wird, setze ich mich, entschlossen, dies Land auf schnellstem Weg zu verlassen, zunächst ostwärts in Bewegung.

Kurz vor Mittag erreiche ich jene Autobahnraststätte, die ich eine gute Viertelstunde bevor mein Kraftstoff endgültig zur Neige ging, rechts liegenlassen mußte. Kaum habe ich mich, froh über jeden Meter Fußmarsch, den ich mir sparen kann, an die Ausfahrt »Transit BRD« gestellt, ohne mir erst den Geruch von Sättigungsbeilagen zuzumuten, die ich mir ebensowenig wie Benzin leisten kann – da hält auch schon eine anthrazitfarbene Limousine, bayerisches Fabrikat, rheinischer Fahrer. Bis zum Ende des Beschleunigungsstreifens weiß ich, daß er in einer Branche namens »Die Wellopper« arbeitet, verheiratet ist und zwei Kinder hat: Jacqueline (»ungefähr Ihr Alter, junger Mann!«) studiert Grafikdesign in Offenbach, Alexander ist gerade beim Bund: »Soldat spielen – wie sagt man bei Ihnen gleich dazu?« Ein Prachtexemplar jener Mittelständler, denen man getrost zutraun darf, den Osten in kürzester Frist auf ihr Niveau zu bringen... Zum Glück scheint er es gewohnt, selbst ist der Mann!, die eigenen Fragen auch selbst zu beantworten: »Dienst am sozialistischen Vaterland, wie? Na, damit ist es ja nun vorbei – eh alles Quatsch. Leben und leben lassen – und arbeiten! Wär doch gelacht, wenn wir das Kind dann nicht geschaukelt kriegten!« Dankbar, daß mein Wohltäter keinen Beitrag zur Unterhaltung von mir erwartet, obwohl er mich eigentlich mitgenommen haben dürfte (»Meinen Kindern habe ich diese Anhalterei ja verboten...«), um sich während der Heimfahrt von tagelang auf der Stelle tretenden Verhandlungen mit entscheidungsunfähigen Baukombinatsleitern in Dessau, Köthen oder Zerbst wach zu halten, versinke ich in schwarze Lederpolster. »Das wird mal ein guter Infanterist!«: Kurz vor dem Einschlafen muß ich an meinen Vater denken, der, das hoffentlich vorhandene ironische Zucken im Mundwinkel hinter der Abendpfeife versteckt, aus dem Schaukelstuhl heraus kommentiert, wie sich sein Ältester vergebens bemüht, mich, dem dabei sonderbarerweise zugleich übel wird und einer hochkommt, aus der heftig hin- und herschwingenden Hängematte zwischen den Säulen der Veranda zu vertreiben. Im Traum sehe ich meinen Bruder, seine kindische Verbissenheit in die Idee, er könne als Abiturient und angehender Panzergrenadier jene Spiele mit dem Kleinen, die er sich als Kind immer zugunsten der ernsten Schuldinge verkniffen hat, während der Ferien nachholen wie eine versäumte Prüfung. Als nächstes rüttelt es an meiner Schulter: »Wollten Sie nicht in Richtung Frankfurt?« Wir stehen, das heißt das Auto steht, auf einem sonst menschenleeren Parkplatz »kurz vorm Kreuz Hannover-Ost!«: Ich sitze fest. Unmöglich, von hier aus per Daumen weiterzukommen. Weil ich nicht der Deserteur von drüben bin, für den mich mein netter Landsmann vielleicht hält und den er gewiß nicht aus Bösartigkeit hüben so weit hinter Braunschweig, wo die Strecke nach Süden abzweigt, in der Pampa aussetzt, steige ich aus, ohne erst zu lamentieren – nicht aber, ohne mich zuvor lächelnd bei ihm bedankt zu haben... Ehe ich mir dafür böse werden kann, daß ich nicht wütend auf ihn bin, steht der gute Mann plötzlich neben mir auf dem sonnenheißen Asphalt, öffnet den Kofferraum, holt ein Paar bananengelber Gummistiefel heraus und drückt sie mir stammelnd und, als müßte er sich für etwas schämen, ohne mir in die Augen zu sehen in die Hand: »Ich muß ja viel auf Baustellen – hoffentlich sind sie nicht zu groß...« Bevor ich passende, also im Zweifel lieber etwas zu kleine Worte für meine Rührung, nein Überraschung finde – ist er schon wieder eingestiegen und was-haste-waskannste davon: BRD, ich hab dich wieder!

Heimat: Wie traulich können einen doch verwaiste Autobahnparkbänke aus halbierten, dunkelgebeizten Eichenstämmen stimmen, auf denen man nie platzgenommen hat; oder orangenfarbene Plastikpapierkörbe mit dem Piktogramm des eine Bananenschale wegwerfenden Männchens, aus denen ich einen angebissenen Apfel, vielleicht, sofern sein Ende noch in der Verpackung steckt, auch Müsliriegel fast bedenkenlos essen würde, in denen ich aber (»Das ist Kitsch und schlecht für die Zähne!«) noch nicht einmal ein Lebkuchenherz à la »Papa ist der Beste« finde, sondern nur leere Motorölbüchsen und bräunlich verschmierte Tempotaschentücher. Und erst der gute alte graugrüne Sicherungskasten! neben dem Toilettenhäuschen, wo ich mir den Bauch mit Leitungswasser vollschlage und mich dabei wie ein Kind an dem »Hände unter dem heißen Luftstrom reiben!« auf dem elektrischen Händetrockner freue, weil ich diesen Zauberspruch schon auf baugleichen Apparaten entziffert habe, als ich sie noch bequem als Haartrockner hätte benutzen können... Ich werde alt! Dabei ist mir, Hand aufs Honigkuchenherz, dies Nagen in den Eingeweiden ja nicht neu, der bohrende Verdacht, daß selbst für mich auch andere als ästhetische Kategorien zählen könnten... Erstaunlich ist nur die in der schönsten Wehmut aufblitzende Erkenntnis, daß dies spießige, plötzlich mitten im Herz steckende Sentiment sich nicht aus persönlichen Details ernährt, also nicht etwa aus jenen Schaschlikspießen, die mir meine Mutter (»Das ist doch nur Gekröse in Ketchup!«) auf der Kerb nie kaufen wollte, sondern den verlorenen Sohn im Gegenteil aus den allgemeingültigen Emblemen des Mutterlandes anfällt. Wenn Heimat jene Landschaft ist, in die man hineingeboren wurde, deren Zeichen sich einem von klein auf eingegraben haben und in der man sich deshalb auch nach noch so langer Abwesenheit auf den ersten Blick zurechtfindet und auskennt – dann bin ich ebensogut irgendwo bei Hannover wie im Irgendwo bei Frankfurt am Main zu Hause. Ich muß nicht aufgewachsen sein, wo man für Kerb Jahrmarkt sagt, um zu wissen, daß, sobald sich am Ende der nach Urin riechenden Röhre der Autobahnunterführung mein Blickfeld auf Weiden und Äcker weitet, am Horizont ein Möbelgroßmarkt auftaucht. Keine Frage, daß mich der Landmaschinenweg, aus dessen Teerfugen rosa Winden ranken, an dessen Rainen aber, wenn schon kein Mohn oder sonst eine rote oder gar blaue Blume, immerhin wilde Möhre blüht, an einer dunkelgrünen Maschendrahteinfriedung mit einem wappenverzierten Blechschild vorbeiführt: »Kommunale Annahmestelle für Gartenabfälle – Mittwoch bis Samstag 10-14 Uhr«. Unausweichlich, daß sich hinter dem bunt beflaggten Möbelmarkt, beim Näherkommen entpuppt er sich als Garten- und Heimwerkerzentrum, etliche weitere Camping-, Teppich-, Heimelektronik- und, jawohl, Polstermöbelparadiese staffeln. Zu Hause bin ich, von mir aus auch daheim, auf der unabsehbaren Verbundsteinfläche der durch Pflanzkübel voll Stiefmütterchen und Geranien gegeneinander abgegrenzten Gratis-Kundenparkplätze – also spätestens, sobald ich im Glashäuschen der Autobus-Endhaltestelle »Gewerbegebiet Lehrter Heide« sitze. Schon kippe ich ein paar Steinchen aus den zu großen Stiefeln, werfe einen Blick auf meine Blasen und bitte einen der dort paffend herumlungernden Sextaner, mir das Klappmesser auszuleihen, mit dem er gerade einen Phallus in eine der harten Kunststoffsitzschalen schnitzt. Nachdem ich unter lautem Gejohle meine Designer-Leinenhosen (wann habe ich zuletzt Jeans getragen?) in Kniehöhe abgeschnitten und in der Naht aufgetrennt habe, um Fußlappen daraus zu machen, nehme ich, um meine Bewunderer nicht zu enttäuschen, die daraufhin von Mann zu Mann angebotene Zigarette an – es ist die erste seit dem Abitur. Sobald sich die Jungs beim Auftauchen eines großgeblümten Kleids aber verkrümelt haben, drücke ich mich vor der jetzt seufzend auf der frischen Gravur platznehmenden, mit riesigen Tüten voll Federbetten über drei Plätze quellenden Matrone in die hinterste Ecke des Wartehäuschens – entschlossen, dort sitzenzubleiben, bis auch der letzte der bis zum Betriebsschluß um 19 Uhr 35 alle fünfzehn Minuten verkehrenden Omnibusse ohne mich abgefahren sein wird. Frei fühle ich mich bei alldem wohl, weil ich mein Glück mit keinem teile.

Wenn frei sein allein sein heißt, dann war ich jahrelang gefangen: spätestens seit dem Moment, als jener kleine Mann mit dem teigigen Kochgesicht und den schrundigen Gärtnerhänden, der es als Auszeichnung zu empfinden schien, daß sein Chef, für ihn Monsieur (»Tout est prêt, Monsieur!«), »Merci, Jean-Marie!« zu ihm sagte, in beflissener Übertreibung der Chauffeursrolle, die er offenbar nicht alle Tage spielen durfte, den Wagenschlag neben mir aufriß. Während der mehrstündigen Fahrt auf den sich bald durch immer engere Schluchten hindurchzwängenden, bald an immer steileren Abstürzen entlangschlängelnden Straßen von der Küste in immer entlegenere Gegenden des Hinterlands noch wegklimatisiert, umhüllte mich der Haute-Provence-Mittag im Mai jetzt wie der heiße Kräuterwickel nach einem Kneippguß. Auch wenn ich nicht idiotisch glücklich dabei gewesen wäre, hätte ich kaum umhingekonnt, fröstelnd unter der Sonne zu stehen, die Lider in Ermangelung getönter Gläser erneut zu schließen und so, Blütenblätter vor Augen, abzuwarten, daß Monsieur, mein Herr, auf der anderen Seite aussteigt und zu mir herumkommt, meine Linke auf seinen rechten Arm legt und mich (»Augen auf!«) auf dem vom präzise geparkten Jaguar ausgehenden Rosenteppich in sein Haus führt. Unser Ehrenspalier bildeten lange Reihen geradezu zeremoniös genau gestutzter Thymian-, Rosmarin- und Lavendelhalbkugeln – atemberaubendes Lila, das schon im Mittelalter alle Hirten und Pilger von weither erfreut und angelockt haben mußte: wohl seit seiner Erbauung einziger Schmuck des sich kaum vom Kalkstein der umliegenden Berge absetzenden, trotz oder gerade wegen des dicken Turms geduckt wirkenden Gebäudes an ihrem Ende. Feierlich ging es auf ein von knorrigen Olivenbäumen beschattetes Portal zu – und nach dem Aufknarren einer eisenbeschlagenen Holztür (»Vorsicht, Stufe!«) über eine offenbar absichtsvoll unbequem hohe Schwelle: »Tragen kann ich dich leider nicht...« Innen, auf der dunklen, kühlen Seite stachen die Blättchen nun einzeln wie Blutstropfen von einem im Laufe etlicher Jahrhunderte glattgeschlurften Steinfußboden ab, mich aber zog es aus der Halle in den zum quadratischen Himmel hin offenen, ringsum von Säulen umgebenen Hof: durch jene Rosenbeete, die man zu meinem Empfang geplündert hatte, an den Brunnen in ihrer Mitte. Ehe ich mich in dessen tiefliegendem Spiegelrund aber hätte erkennen können, führte Pierre mich schon zurück auf die von ihm gelegte Spur, in den schönen Kreuzgang, zu den mit schönen stilisierten Ranken und kindlichen Dämonenfratzen verzierten Kapitellen, zum schönen Tonnengewölbe des Kapitelsaals und (»Essen gibts später...«) am Refektorium vorüber ins Dormitorium – leer bis auf das neulich bei Christie's ersteigerte elisabethanische Himmelbett... Wenn frei sein allein sein heißt, dann habe ich die Freiheit bisher nur einmal, während der sprachlosen Tage bei meinem Vater gekostet. Und plötzlich verstehe ich, warum ein Mann, der jahrelang in Gefangenschaft gelebt hat, danach alles andere aufgeben würde, um für den Rest des Lebens allein zu sein.

Nur habe ich mich bis heute freilich nicht als Mann verstanden: Als Prinz, als ergebener jüngerer Diminutiv eines Größeren in dessen Schicksalsschatten zu leben, neben einem Menschen, mit dem man über alles sprechen kann, weil er etwas zu sagen hat, war doch das Paradies auf Erden! Oder zumindest die Quadratur des Kreises: Jung-Narziß zu bleiben und dafür auch noch geliebt zu werden... »Freedom is a word I rarely use without thinking, hm-hm, without thinking, hm-hm, of the times, of the times when I've been loved.« Die Plexiglaswände eines Wartehäuschens unterstützen die eigene dünne Stimme längst nicht so gnädig wie die dicken Mauern einer Zisterzienserklosterkirche: drei hallende Schiffe und ein Chor aus unverputztem hellen Kalkstein ohne Maßwerk oder Zierat, licht und schwerelos durch das Ebenmaß gleich wuchtiger Pfeiler und Bögen. Wann immer Monsieur vormittags zwecks Beschaffung einer International Herald Tribune mit den neuesten Auktionsberichten aus New York und London in Aix weilte, hatte ich sturmfreie Basilika – wenn er sich hätte fahren lassen zwei Stunden lang, da er Jean-Marie aber meist lieber in die Zubereitung einer überirdisch delikaten Entenleberterrine versunken hocken ließ und selbst fuhr, nur knapp anderthalb. Ich kann nur hoffen, daß der stets auf dem Eichentisch in der Küche, zwischen Knoblauchknollen und Lorbeerblättern plärrende Transistor meinen engelsunähnlichen Gesang (»Le jeune est à la chapelle...«) einigermaßen übertönt hat... Das richtige Feeling für mein neues Leben bekam ich jedoch in meinem Turmzimmer, hinter dessen eigens für mich verglasten Schallschlitzen in alle Himmelsrichtungen ursprünglich zwei kleine Glocken hingen: nachmittags, wenn ich vom Schreibtisch aufstand und mich, voller Bauch studiert nicht gern, auf den Diwan legte. Ohne es während der zwischen Siesta und Abendbrot regelmäßig von Monteverdi bis Schönberg fortschreitenden Cohnschen Hauskonzerte bewußt geübt zu haben, die mittels einer Quadrophonieanlage im Umkreis etlicher Kilometer dem monotonen Grillengezirpe etwas von jenem Trost entgegensetzten, den menschlicher Geist erschafft, passierte es schon im Herbst zum ersten Mal, daß ich in jenen von außen betrachtet totenähnlichen Wachzustand hinüberglitt, in dem man aus seinem Ich-Chitin heraustritt und sich selber mit den Augen eines anderen, höhergestellten Wesens sieht: ein Schwebezustand über allen vorgefertigten Identitäten, nach dessen einmaliger Erfahrung man sich nicht mehr bei jedem Anfall von jugendlicher Todesangst und Lebenssehnsucht in der blauen Stunde an die Eier fassen muß, um seine unsterbliche Seele zu spüren. Konnte ein langsam und spät reifendes Früchtchen besser aufgehoben sein als in der Freiheit, nichts mehr zu fürchten und nichts zu erhoffen? Oder hat eben doch Herman recht, der beim Abschied in Los Angeles ja nur überraschend ausgesprochen hat, was von Anfang an als Zweifel in mir nagte: »So rührend das mit dir und Pete auch ist, für dich wäre es wahrscheinlich besser, dich einmal ganz allein in der Bronx durchzuschlagen!« Das einzige, was ich so peinlich genau weiß, wie man nur etwas wissen kann, für das man sich manchmal geschämt hat, ist, daß ich in unserem Kloster glücklich war – also immer dann, wenn die Versuchsanordnung nichts umfaßte als uns beide, vereint in Hierarchie und Harmonie eines ebenso alten wie geheimen Ordens, der uns allein voreinander auszeichnete, Pierre als Prior, Florian aber als Novizen.

Der Liebhaber alles Schönen, das die menschliche Natur, wenn man unvoreingenommen hinsieht, auch nach der Abschaffung von Gott und Kunst zuweilen immer noch hervorbringt, flüchtige Anmut nicht nur der Knaben, sondern auch mancher Haltung oder Handlung und selbst des einen oder anderen Gedankens, dürfte es am meisten genossen haben, seine Welt endlich dem einen Jüngling im uniformierten Heer der Teenager zu präsentieren, der, weil vielleicht selbst etwas von gestern, altklug und dünnhäutig genug war, um zu würdigen, was er sah. Mehr als die schöne große alte Welt schien ihn der Mensch zu fesseln, der sie ihm zeigte, jener erfahrene, ehrwürdige Mann, der sie fahrig vorführte, mit so eindringlicher Inbrunst, als hätte er eben erst begriffen, daß sie am Verschwinden und nur durch das Staunen des mit ihr beschenkten Jüngeren in die Gegenwart hinüberzuretten war: Pierre, der auch Florian zu brauchen schien, so daß keine Gefahr bestand, in ein unehrliches Mißverhältnis von Geben und Nehmen zu geraten. Das abgebrühte Kind jedoch, das schon am ersten Freitag nach den Ferien auf einen kryptisch-kurzen Anruf hin nach Schulschluß zum Frankfurter Flughafen hinausfuhr, schämte sich seiner Anhänglichkeit damals noch so brennend, daß es lieber als ihr Offenbarwerden zu riskieren ins Weihwasser vulgärer Hintergedanken gegangen wäre. Noch ehe Flori dem hinterlegten Ticket entnommen hätte, in welche aller vorstellbaren Destinationen von AMS bis ZRH er über dieses, wie in der Folge über jedes Wochenende eingeladen war, versuchte er, sich einzureden, daß es nur darum gehen könne, einander möglichst rasch zu melken – was allerdings kaum mein Herzklopfen erklärte, die Freude, die ich darüber empfand, daß sich der rätselhafte Herr aus Cannes wie versprochen gemeldet hatte. Wenn ich der Ahnung je mißtraut habe, daß es bei dieser ersten Reise nicht ums Guggenheim, Harrys Bar und ein paar schicke Schuhe, sondern sozusagen um mein Schicksal ging, so begann ich in jenem Moment darauf zu bauen, als hinter der Gischtwolke des Wassertaxis die wie naß in naß hingeschmierte Silhouette am heftig schwankenden Horizont auftauchte: im milchigweißen Licht-Nichts schwebende Kirchenkuppel-Ufos über schmutzigroten Palastputzklumpen. Um ein Haar wäre ich über Bord gegangen, strohkopfheister ins schlierige Silberwasser der Lagune: Wäre mir auf die frohlockende Frage, ob ich mir Venedig denn nun auch so vorgestellt habe, nicht die Ausflucht eingefallen, ich hätte mir vorab überhaupt nichts ausgemalt, nicht einmal Goethes blassen Wortschall. Humbug, der aufrichtiger war als die Wahrheit, »Das kennt doch jedes Kind aus der Tiefkühlpizzawerbung!«, die noch weniger zur Zartheit des so anders gestimmten Augenblicks gepaßt hätte. Daß es hier nicht um die Frage Turner oder Canaletto ging, wurde mir spätestens klar, als mich der Blitz aus Augen traf, die für die Dauer zweier Wimpernschläge aus heiterstem Himmelblau in Eisgrau umschlugen, um die kalte Dusche der statt blauäugigen blasierten, also blöden Antwort zu vergelten: »Da habe ich mir wohl ein Genie an Land gezogen...«

Der Geliebte aber war, seit er es sein durfte, erstmals mit sich selbst versöhnt: Mit der lächerlichen Zumutung, seit jeher zugleich jünger auszusehen und frühreif zu wirken, als Kind in seiner elenden Arroganz so unfähig, ganz Kind zu sein, wie nun, entweder ganzer Kerl oder ein Gänschen von Tunte zu werden. Plötzlich schien annehmbar, was er längst ahnte, sich aber nie hatte eingestehen wollen: daß er nicht einmal zum ewigen Pfau, Faun und Fant verdammt, sondern, weit verächtlicher, zum Jünger geboren war; dazu, von einem Älteren zu lernen und sich den Bedingungen eines Ideals zu unterwerfen, um ihm wenigstens für den Rest der Jugend so nahe wie möglich zu kommen. Was da in der sich beim Näherkommen zu einer bröckligen Kulisse materialisierenden Fata Morgana vor ihm auftauchte, war jene Welt, von der er, ohne je daran zu glauben, daß er sie würde finden können, von klein auf gewußt hatte, daß es sie gibt. Fast widerstrebend fing er an zu begreifen, daß sie, seit Menschen denken, als Ahnung von etwas Verschwundenem oder noch nicht Gekommenem existiert hat und also auch aus seinem Kopf sowenig hätte jemals herausgeschnit-

Woche war er nach wie vor der finstere, rebellisch teilnahmslose junge Mann, den die Mutter morgens kaum mehr aus dem, die nicht minder besorgte Lehrerin mittags kaum mehr ins Bett bekommen konnte. Freitags aber verwandelte er sich irgendwo über den Wolken in den etwas späten, dafür um so sehnsüchtiger erwarteten Epheben, der zwischen den flüchtig tuenden Airportumarmungen beim jedesmal wärmer und schwerer werdenden Willkomm und Abschied von strahlender Aufmerksamkeit sein konnte. Nach einem knappen Jahr bestand dieser Knabe zur Verwunderung all derer, die mich daheim zu kennen glaubten, die Reifeprüfung mit jener Leichtigkeit, die deutschen Studienräten als frivol gilt und so verhaßt ist wie alles, was nicht nach deutschem Schweiß riecht. Plötzlich war er frei, nur noch ganz ich zu sein: Ein Wackelkandidat, zum Nacktbleiben, Zittern und sich Anschmiegen in diese Welt geboren, fast schon zerrüttet von achtzehnjährigen Versuchen, ihn zu etwas Solidem zu erziehen, und doch im entscheidenden Moment Manns genug, das mühsam einstudierte männliche Getue mitsamt dem ungezügelten Konsum von Zigaretten, Bier und fremden Ehen von heute auf morgen aufzugeben und, am Ende einer Schnitzeljagd mit Flugscheinen und Blütenblättern, auf die wohl schwerwiegendste aller Fragen, da der Richtige sie stellte, aufs Geratewohl »Ja, ich will!« zu sagen... Und so fand ich mich keine drei Tage nach dem Abitur in festen Händen wieder – oder vielmehr in den weichen, schmalen, stets sorgfältig manikürten und doch erkennbar nicht mehr jungen, wenig muskulösen, aber alles andere als schlaffen, vielmehr vor lauter Sehnen (oder kam es vom vielen Reden...) straffen, strengen, beim Ringen um das, obwohl mit Händen zu Greifende, doch in drei Muttersprachen wortlos Bleibende heftigen, wenn es sein mußte unnachgiebigen, sogar groben, aber unfehlbar warmen Händen des ersten Menschen, der einfach wußte, wie ich anzupacken war. Erst ihre Berührung ließ mich endlich spüren, wo Ich aufhört und wo die Welt mit dem Rest der Menschheit anfängt; und daß diese absolut genaue, an sich aber substanzlose Grenze namens Würde alias Schönheit zweierlei aller Achtung werte Bereiche voneinander trennt. Nur in den liebevollen Händen eines Kenners autistischer Jünglingsplastiken aus Fleisch und Blut konnte der undurchsichtige Panzer aus hochverdichteter und -stilisierter Angst lebendig werden und sich, ein fast wirbelloses Weichei, hart wie Kreide, weiß wie Muschelkalk, aber kalt wie Naxosmarmor, als menschliches, verletzliches Wesen outen...

So köstlich die Momente waren, da er nackt sein durfte, Kind, Embryo in der Achselhöhle eines Mannes, Eva vor ihrer Geburt aus Adams Rippe, so ließ sich der graue Zellklumpen, kaum erlöst aus der Schulmiesmuschel, verdorben vom vergeblichen Bemühen, ein dottergelbes Wesen wie die sonnigeren Banknachbarn zu werden, doch nicht lange bitten, fortan die Welt als seine Auster zu betrachten. Schon begann er hineinzuwachsen in die neue, zum Anekken sogar für ihn zu weite Schale, die ihm da im barocken Überschwang eröffnet wurde – wohl in der unerfüllbaren Erwartung, daß die dunklen Pünktchen auf dem Gemüt, vorerst Schmutz, bestenfalls Pfeffer, irgendwann eine verwachsene Grauperle gebären... Die rohseidene Ostereierschale aus der Via Veneto hatte ich idiotischerweise noch erbettelt (»Wenn du unbedingt wie ein Playboy aussehen willst...«), weil mich bei der Vorstellung, Pierre, dessen Verweigerung von Schlips und Kragen in Gesellschaft meist bewundert wurde, im durchsichtigen Batisthemd zum Empfang der französischen Botschaft zu begleiten, noch einmal die Sorge packte, für den Zierbengel gehalten zu werden, der ich doch war – und der sein zu dürfen mir ein nie gekanntes Selbstwertgefühl bescherte. Als hätte Pierre, vor

Scham über meine Kleingläubigkeit gab ich es bald in die Kleidersammlung, mir ein solches Relikt aus der Klamottenkiste Tarnung, Täuschung und Verstellung schenken wollen – und nicht ein Wolkenkuckucksheim von gemachtem Nest! Worum es ging, war doch nicht das altehrwürdige Gemäuer, groß wie die Trutzburgen meiner Knabenträume und doch von nie erträumter Anmut, sondern das Leben, das wir dort führten – übers Wochende zurück aus Paris im Paradies, sprich in der bis auf die Radarboviste in den Fels gegrabener Raketensilos unzersiedelten Natur solcher Berge, deren Täler schon die Römer kultivierten... Worum es ging, war unser Lachen, wenn wir einen deutschen Künstler mit rasiertem Grützkopf überm zu neuen Maßanzug nachäfften, der auch letzte Woche wieder, dröhnend von groben Vorstellungen, die er für Kennerschaft hielt, durch die Galerie gestapft war, um dann wie immer, als versuchte er, ausgerechnet in dieser Hinsicht nicht an Göring zu erinnern, statt nun wenigstens das Beste mitzunehmen, für den mit infantiler Lust vor aller Augen in bar produzierten Haufen brauner DM-Scheine etwas möglichst Primitives zu erstehen – das einzige Stück Steingut im Porzellanladen. Worum es ging, war, sich mit einem anderen vollkommen einig zu wissen – und sei es darüber, daß der alte Melonenbauer mit dem nicht zu erlernenden Gespür fürs Unreife und Faule sich von diesem Kerl, zu grobschlächtig für einen Marseiller Mafioso, wortlos abgewendet hätte... Uns hatte er auf der Herfahrt zwei besonders geschmackvolle Früchte ausgesucht und auf eine Art verkauft, die beiden Seiten die Illusion ließ, er würde sie verschenken.

Was Pierre seinem Sensibelchen eröffnen konnte, war ja nicht der verfluchte Sinn, der es von klein hatte daran leiden lassen, daß aus der Asche böser Träume kein Blümchen in den Himmel wachsen kann, ohne aus Angst vor allem Eleganten niedergetrampelt zu werden. Was er ihm schenkte, war die Freiheit, auch diesem Sinn gemäß zu leben: fern jener Dickhäuter, die glauben, daß in ihre großen Köpfe kein schöner Hoffnungsschimmer mehr hineinpaßt, weil sie übervoll von dunklen Erinnerungen sind. Selber ein Flüchtling, konnte Pierre Florian nur zur Flucht verhelfen: Ab in die Kultur! und in ein Land, wo jedes Kind weiß, daß Barbarei nie Ursache, sondern Folge einer Abstumpfung des Schönheitssinns ist, der just nicht dazu dient, es sich in Elfenbeintürmen hübsch zu machen, sondern dazu, das Böse an seiner Häßlichkeit zu erkennen – desto sicherer, je mehr es sich in Schale wirft, unfehlbar im vollen Wichs... Dieser Junge gab ihm von Anfang an das Gefühl, daß er Luxe, Calme, Volupté weder mit Kaufrausch, Nichtstun, Geilheit, noch gar mit Seidenhöschen, Friseurgeplapper, Tuntengemütlichkeit übersetzen würde: Was lag näher, als mit ihm jenes längst zurechtgelegte, mangels annehmbarer Besetzung der viel Graziosität erfordernden, weil wenig dankbaren Rolle des Beschenkten, aber stets Theorie gebliebene Programm nun endlich in die Tat umzusetzen? Und so beschloß er nach der ersten gemeinsamen Italienreise, die provencalische Ruine zum privaten Eden, nein, Arkadien auszubauen. Das Drehbuch sah vor, ein geeignetes Barbarenkind in die Kunst einführen, die das Leben sein kann. Ein »Gee, I love art!«-Jeff, der sich, gewohnt, die hübsche Hülle für die Sache selbst zu halten, in seine Verpackungen verguckte, statt vor dem Schönen zu erschauern, war dazu natürlich ebensowenig zu gebrauchen wie jener arme »Mais je t'aime!« Mathieu, der Bach oder Bacon nicht anders als Margaux und Mugler zu raffinierten Prestige-Soufflés verbackte und nicht verstehen konnte, warum sich sein Chef trotzdem nicht für ihn entschied. Nein, was Pierre brauchte, war einer dieser tiefenwahnsinnigen, autoritätsgläubigen, analfixierten Deutschen, die ihn mit jedem Jahr mehr faszinierten, das er ihnen zum Trotz gelebt hatte. Nur dieses würgeschlangenkalte Volk brachte derart züchtige, wärmebedürftige und anschmiegsame Jungs hervor... »Jeans, Rock und Cola kannst du haben, wenn ich tot bin – sobald du aus der Form gegangen bist und merkst, daß Gehör und Geschmack nachlassen, kommt es eh nicht mehr drauf an; solange man noch jung genug ist, es zu genießen, soll man in Samt und Seide gehen, klassische Musik hören und Burgunder trinken!« Wenn ich heute richtig deute, was er mir damals stets zusammen mit seiner Liebe erklärt hat, muß es ihm darum gegangen sein, aus jenem dumpfen Kreislauf auszubrechen, der jede mühsam gemachte Erfahrung und jedes glücklich gewonnene Quentchen Abstand nach ein paar Jahren einfach einstampft, um aus den zermulchten Molekülen auf dem Umweg über Engerlinge, Vogelscheiße und Radieschen am Ende doch nur wieder einen neuen Teeny-Hyazinth zu machen. Einmal mußte es doch möglich sein, die großen Erwartungen der Jugend, ihre nackte Gier, die ihre schutzlose Schönheit ist, ins Erwachsenenalter zu retten – unabgespeist mit dem Wirklichen, vielmehr gewohnt, nie weniger als das Mögliche zu verlangen. Wenigstens ihm mußte es doch gelingen, sich nicht zu bescheiden mit dem geheimnislosen Formalin aus Levy's Größe 54 und Oldie-Charts, in dem sich seine Freunde auf den umliegenden Landsitzen zu Lebzeiten mumifizierten, die eher Diät-Pepsi aus Kristall-Karaffen tranken als ein seit den Sixties geschriebenes Buch lasen... Leicht gesagt, mein lieber Pierre, aber nicht immer leicht nachzusagen, daß allen jungen Menschen dies Glück zu wünschen wäre, wenn doch außer reichlich Geduld und Geld du dazu gehörtest; wenn doch dein unerschütterlicher Entschluß und Wille zum Liebhaben nötig war, mein brachliegendes Talent zum Liebsein zu wecken. Du, nur du hättest niemals das Falsche im richtigen Moment gesagt: wie in jenem, da wir beim ersten Glas Wein vorm Haus saßen, die Feigen zum Käse noch über uns am Baum, und über die leergelöffelten Melonenschalen hinweg der Sonne beim allabendlichen Verbluten am Mont Saint Victoire zusahen, plötzlich aber, hastenichtgesehen, vor unseren Augen ein Kaninchen vom Bussard, oder wars die Eule? in den Himmel geholt wurde: »Die armen Tiere – wie sie die Natur hassen!«

Und so lebten die beiden fortan glücklich miteinander in Arkadien; zunächst noch mehr in Paris als in der Provinz, bald aber für immer längere Perioden zurückgezogen in der Zweisamkeit des Klosters, unterbrochen allenfalls von Wallfahrten zu den Schönheiten der alten Welt – und den Terminen des Auktionskalenders. Den Einkauf nämlich, anders als den Verkauf, mochte Pierre auch beim besten Willen des guten jungen Mitarbeiters seiner Pariser Galerie nicht delegieren: »Ich hatte die Hoffnung ja schon fast verloren, einmal jemanden zu treffen, der weiß, daß Geschmack keine Ansichtssache ist!« Mathieu war lange genug sein Assistent gewesen, um das Tagesgeschäft allein zu führen, hatte sich vom Patron aber ausbedungen, daß der sein Jungchen nicht neben ihn in den Laden stellte. Verständlicherweise freute es ihn wenig, daß statt seiner nun dieser Neuling mitdurfte, sei es zu den feinen Adressen in London oder in gewisse Hafenschuppen von Neapel, wo sich die nicht ganz so offiziellen Handelswege kreuzten. Noch viel weniger konnte ihm gefallen, daß Pierre durch Florians bloße Anwesenheit der Mut, das an Größenwahn grenzende Selbstvertrauen für die spektakulärsten Spekulationen zuzufließen schien, die im nachhinein immer die einträglichsten waren... Wahrscheinlich hat er darauf gehofft, ich an seiner Stelle hätte es bestimmt getan, daß Gefühle anders funktionieren als Geschäfte, Leidenschaft also leichter scheitert als Gewohnheit, so daß am Ende nur einer übrigbliebe, er, Mathieu: das schneehäutige Wunderkind mit den Augen eines Junkies, dessen Droge Anerkennung hieß. Mathieu – der sich Maître Cohn schon vor über zehn Jahren im Café de Flore an den Hals geworfen hatte, ein schmächtiger Primaner, der mitten im buntesten Flower-Power die abgelegten Weltverwerfungsgebärden und schwarzen Rollkragenpullover seines nach 1968 in der Kulturpolitik aufgestiegenen Vaters auftrug. Mathieu – der den Herrn mit den Kinderaugen und der mönchisch-mütterlichen Aura aber, der damals noch gar nicht daran dachte, sich aus Bequemlichkeit zu kleiden wie ein Guru, wohl für eine Art Oberlehrer hielt, für den einen Erwachsenen, aus dessen Mund »Wie klug du bist!« ein ernstzunehmendes Kompliment wäre. Mathieu – der es immerhin geschafft hatte, daß Pierre sich für ihn verantwortlich fühlte und ihn bereits während des Studiums bei sich jobben ließ, seit er eines heißen Sommertags kurz nach dem Bac seine theatralische Ankündigung wahrgemacht und auf dessen unbeeindrucktes »Stell dich nicht so an – Ich mag dich, aber ich werde dich niemals lieben!« hin tatsächlich ins Wasser gegangen war – oder doch wenigstens per Kopfsprung vom Pont du Carroussel in die Lücke zwischen zwei Paris-Panoramique-Glasbooten baden ... Mathieu – der so dringend einen Doktor brauchte, daß er mit Anfang zwanzig dissertierte. Mathieu – der zwar gelernt hatte, wie man Fälschungen entlarvt, Schönheit aber nicht erkennen konnte und sich von seinem Meister geduldig dafür verspotten ließ, daß er alle zu begutachtenden Objekte grundsätzlich zuerst von hinten ansah: »Machst du das mit deinen Lovern auch so?« Mathieu – der als kunstgeschichtliche Enzyklopädie längst unentbehrlich geworden war und darauf brannte, sich auch als Geschäftsführer zu beweisen. Mathieu – der sich der Aufgabe mit solcher Energie stellte, daß er den Umsatz in seinem ersten Bilanzjahr sogar steigerte, sich dabei aber derart zu verausgaben schien, daß er von einem Monatsrapport beim Boß zum nächsten stetig an körperlicher Substanz verlor, bis er, der schon immer leicht asketisch ausgesehen hatte, nur noch ein Schatten seiner selbst war. Mathieu – der Pierres Drängen endlich nachgab und sich zur Kur in die Privatklinik eines alten Kunden im Bois de Fontainebleau verabschiedete. Mathieu – der sogar jenen anderen, Jüngeren, dank der Landluft und der im Schlaf verbrachten Nächte zunehmend Erblühenden, den er für sein klösterliches Leben früher nur verhöhnt hatte, umarmte und (»Bonne chance, Florian...«) beim Namen nannte. Mathieu – der sich am dreißigsten Geburtstag von Florian aus der hübschen Dachkammer mit Blick in einen Park voller zu Kugeln und Kegeln verstümmelter Bäume, wo ihn außer den beiden nie jemand zu besuchen schien, ins Auto tragen ließ – ein Bündel Knochen, kaum schwerer als die luftgetrocknete Kindermumie aus Peru, die er erst kürzlich, es war das erste Mal, daß Pierre sich offen gegen ihn und auf die Seite seines weniger entsetzten als empörten, darüber sogar laut werdenden Bübchens stellte, wegen ihrer interessanten Tätowierungen mit einem Ethnographikasammler getauscht hatte. Mathieu – der statt durch den laubfarbenfrohen Oktobernachmittag zur schrillen Nachtschwärmerszene im Bois de Boulogne chauffiert werden wollte, nicht um auszusteigen, sondern um sich noch einmal feixend an der Irritation des Hinterwäldlers zu erfreuen, der die dunklen Büsche mit den zwischen Federboas und Stöckelschuhen nackten Boys darinnen genauso peinlich berührt mied wie jene Boite genannten Nachtbars, in denen er früher auf Beute auszugehen pflegte. Mathieu – der bei einem der nächsten Besuche, die seit Wochen schadhaft flackernde Leuchtstoffröhre auf dem Flur vor seinem Krankenzimmer war endlich erneuert worden, einfach tot war, im Morgengrauen endgültig verloschen, rücksichtsvollerweise ohne herzwringende Abschiedsszenen. Mathieu

– dessen Beisetzung sich dank seines Vaters, der als prominenter Mitbetroffener der neuen Seuche letzthin im Fernsehen sehr schön von Liebe und Solidarität gesprochen hatte, zum mittleren Medienereignis auswuchs und ihm so mit dem Dreißigsekundenruhm der Abendnachrichten ein Stückchen Unsterblichkeit verschaffte. Mathieu – mein Gott, Mathieu.

Und ich? Was soll ich nun anfangen mit meinem aufgesparten Leben? Wenn ich, der in den letzten Jahren nicht viel erlebt hat außer der täglichen Sicherheit, geliebt zu werden, nichts gelernt, als an Schönheit bedingungslos zu glauben, auch noch als Abiturient durchgehen mag, bin ich inzwischen doch fast sechsundzwanzig; ein hoffnungsvoller junger Mann, der normalerweise längst Taxifahrer mit Magisterdiplom sein müßte. Langsam, aber unaufhaltsam werden die Schatten der mit bunten, schlaff herabhängenden Werbeträgern beflaggten Masten vor den Flachdachhallen länger. Außerdem knurrt weit und breit nichts mehr lauter als mein Magen, seit der laut Fahrplan letzte Bus in Richtung Hannover-Hbf nach einem langen auffordernden Blick des Fahrers ohne mich abgefahren ist, der Securitas-Panzerwagen wenig später seine Runde gedreht hat und endlich auch die letzten Privatfahrzeuge von den wohl für leitende Angestellte reservierten Stellplätzen bei den Lkw-Entladerampen verschwunden sind. Jetzt blenden mich die Aluminiumrolltore im Licht der sinkenden Sonne schon seit Minuten wie rotflüssiges Gold: höchste Zeit, mich um mein Fortkommen zu kümmern... Ich habe ja oft genug gehört, daß man auch mit beinahe dreißig noch einmal beinahe bei Null anfangen kann, mit nichts als ein paar dutzend Blättern von Siggies deutscher Meistergraphik auf Kommission im Gepäck – oder auch, das allerdings mußte ich mir schon selbst vorstellen, den Erinnerungen an Kriegsgefangenschaft und DDR-Knast. Und so will ich gerade guten Mut fassen, mich aufzuraffen und auf die Fußlappen zu machen – da enthebt mich einmal mehr der Zufall der Notwendigkeit, es zu wagen, mich aus eigener Kraft zu bewegen. Diesmal ereilt mich mein Glück (»Hi!« – »Hi!«) ansprechend knapp verpackt in einen weißen Overall: ein fast zu zierlicher, keinesfalls weniger junger Mann als ich, der es offenbar bereits zum Subunternehmer im Außendienst einer Gebäudereinigungsfirma gebracht hat, die mit Pflege und Wartung meines Glashäuschens betraut ist und deren Logo außer seiner Brust auch die Türen des mit Leitern und Eimer vollgestellten Kasten-Polos schmückt. Ohne daß ich ihn hätte kommen hören, steht er plötzlich kaum einen Steinchenwurf entfernt da: Unmöglich, die flinke Graziosität nicht zu bewundern, mit der er, beflügelt vom nahen Feierabend, Fensterleder und Abziehlippe handhabt... Stunden später liegen wir auf dem fliederfarbenen Frotteelaken des Futons unterm Kippfenster in der selbstausgebauten Dachschräge seines Elternhauses (»Stört es dich, wenn ich rauche?«) und starren in den bläulich überstrahlten, nur unbedeutend gestirnten Nachthimmel über Hannover-Langenhagen. »In meinem Horoskop stand, daß mir heute jemand begegnen würde, der mein Leben verändern könnte... Daß es noch so viel Zärtlichkeit gibt... Ich sollte dich einpacken und mit dir irgendwohin fahren, wo es schön ist – nach Ibizza vielleicht, oder Nizza!« – »Pizza wäre mir im Moment lieber...« Vielleicht suchen wir beim Blick auf die Mars und Venus eher unähnlichen Positionslichter der fast im Minutentakt heimkehrenden Ferienflieger ja beide denselben Großen Wagen – sind wir zu Dirks Entzücken doch »beide Jungfrau!«

Ob er gemerkt hat, daß ich es noch nie als junger Mann mit einem jungen Mann getan habe? Schon als Schüler nie mit einem Gleichaltrigen? Und wie pervers muß ich denn sein, daß mich eine derart unschuldige Bemerkung schlagartig kalt gegen einen Menschen werden läßt, nach dem, nein, nach dessen mir, nein, nach dessen dem meinem zumindest ebenbürtigen Körper ich mich doch seit jeher sehne? Oder vielmehr ist es wohl so, daß es mich nach diesem fremden Körper erst verlangte, seit mein Spiegelbild letzthin anfing, von meinem Schönheitsideal abzuweichen – zunächst kaum merklich, doch stetig zunehmend, immer spürbarer mit jedem Gramm Körpergewicht, jedem Millimeter Schulterbreite oder Brustkorbumfang, zuletzt bisweilen beinahe heftig. Warum aber will ich dieses Bild, kaum liegt es leibhaftig in meinen Armen, jetzt nur noch streicheln wie ein Mädchen die abwaschbare Kleinplastik eines Säuglings, mit der es ins Bett zu gehen pflegt? Warum geht mir seine doch blutwarme und fast allzu glatte Oberfläche plötzlich nicht mehr unter die Haut – oder löst höchstens mütterliche Gefühle in mir aus? Warum fühlt sich sein makelloser Leib, nachdem er mir schon zuvor den Triumph des eigenen Nacktseins genommen hat, da er auch noch anfängt zu reden, selbst mit geschlossenen Augen nachgerade abstoßend banal an? Warum schießt mir jetzt ein so abstoßendes, das Wort ›banal‹ aus den Klängen zweier anderer als Vorder- und Hinterteil nachbastelndes Pennälerwortspiel durch den Kopf? Warum also bin ich in dem Moment an ihm abgeprallt, als ich in ihn eindrang – schlagartig wieder das auf der anderen, menschenabgewandten Seite des Spiegels ausgesetzte Kind, unerbittlich auf sich selbst verwiesen, als das ich mich zuletzt als Jugendlicher zwischen Mädchenschenkeln empfand? Weil ich dem Waisenknaben in meinem Arm nichts davon erklären möchte, schmieden wir zwischen Ratatouille und Paella aus der Mikrowelle Zukunftspläne: auch wenn er die Chancen in der sicheren Wachstumsbranche der Gebäudereiniger seit dem dritten Semester BWL abgecheckt hat, neigt er doch eher zu einem modernen Bistro (was zwar nicht soviel Kohle, dafür aber mehr Spaß brächte): schwarz-weißer Marmor und viel Chrom, sagen wir in Nienburg an der Weser, wo es so etwas erstens noch nicht gibt und zweitens seine Omi lebt, die uns beim Anfang helfen könnte. Außerdem paßt die Idee prima zu dem mich selbst am meisten überraschenden Fakt, daß ich (»Ach, deshalb bist du so, so... anders...«) meine Kochlehre vorletzten Sommer am Intourist-Hotel Merkur in Potsdam abgeschlossen habe...

Als ich wieder zu mir komme, brennt die Sonne durchs Thermofenster über mir. »14:03« kann ich, wenn ich sie zusammenkneife, mit bloßen Augen vom Display des CD-Spielers ablesen; sobald ich in der nassen Ritze zwischen Matratze und Tapete meine Brille ertastet habe, nein, das ist der Verschluß der über Nacht ausgelaufenen Tube, kann ich auch das gelbe Zettelchen entziffern, das über mir an der Wand hängt: »Hallo, Du Murmeltier! Bin gegen vier zurück!« Ein Traum ist das Ganze demnach nicht. Obwohl ich sofort den dringenden Wunsch verspüre, mich in Luft aufgelöst zu haben, bevor mein Bettgenosse heimkommt, um wach zu küssen, was er für seinen Traumprinzen halten mag, bleibe ich, in meiner Prinzenrealität gewöhnt, morgens mit frischgepreßtem Orangensaft und Kaffee aus einer silbernen Jugendstilchocolatiere geweckt zu werden, noch so viele Viertelstündchen liegen, bis mir nicht einmal mehr Zeit zum Duschen bleibt. Schließlich will ich nicht riskieren, mich vor einem Menschen, der noch an Märchen glauben kann, in eine Kröte zu verwandeln. Jetzt aber schnell; das schlechte, ach was, etwas schwache und unglaublich verwöhnte Herz statt mit Coffein, Vitamin C und einem strahlenden »Good morning, darling!« eben anders auf Trab gebracht und den fremden Geruch, der an mir haftet, wenigstens mit dem des eigenen Samens überlagert – dann springe ich auf, bevor mir Brust und Bauch verkrusten. Schon öffne ich den pseudobarocken Kleiderschrank aus der Gründerzeit der BRD, von dem ich mir gut vorstellen kann, daß Omi-Nienburg, froh darüber, sich als Witwe endlich modern einrichten zu können, ihn ihrem altmodischen Lieblingsenkel geschenkt hat, suche aus der umfangreichen Sammlung knapper Designerunterhosen die am wenigsten kneifende heraus, entscheide mich eher nostalgisch als übermütig für ein pinkfarbenes T-Shirt und aus Gründen der Platzökonomie dafür, die dazu atemberaubend perfekt passende, aufs aufreizendste zerrissene Jeans doch lieber direkt auf der Haut zu tragen. Als es (»Dirk? Bist du da?«) hinter meinem Rücken klopft, der Stimme nach von zupackender Mutterhand, keine Sekunde bevor die Tür auf- und (»Oh, entschuldige!«) sofort wieder zugeht, stehe ich also gerade noch einmal nackt vor dem ovalen Spiegel, der zum Glück nur meinen Rumpf, nicht aber mein Gesicht abdeckt: »Denk bitte daran, daß du für mich tanken fahren wolltest – Ich leg dir Geld und Schlüssel auf die Treppe!« Als gelernter Glückspilz weiß ich, daß man den Göttern danken muß, indem man ihre Geschenke sofort annimmt, als geborener Skeptiker, daß man ihre Gunst nicht strapazieren darf, indem man sich allzu leichtfertig darauf verläßt. Also fahre ich statt in die ausgesuchten Sachen in den noch am Fuß des Futons herumliegenden weißen Overall, in dem mich meine eigene Mutter zweifellos mit dem Fensterputzer verwechseln würde, und lausche lange ins stille Treppenhaus, bevor ich mich hinauswage. Auf dem Treppenabsatz, wo ich die Stiefel lassen mußte, finde ich nicht nur ein Schlüsseletui, aus dem ein Hunderter hervorguckt, sondern auch eine Klarsichthülle mit dem Kfz-Schein, der es mir ermöglicht, schnurstracks auf den vor dem Haus parkenden VW-Golf zuzugehen – nicht ohne mir zuvor aus den ordentlich auf den Stufen aufgereihten Turn-, nein, Tennisschuhen wegen der Blasen an meinen Fersen das älteste, bei den Zehen aufgeplatzte Paar herausgesucht zu haben. Im Vorüberhuschen am Küchenfenster, hinter dessen schmiedeeisernen schwedischen Gardinen ich aus dem Augenwinkel den Schatten einer Gestalt wahrzunehmen glaube, gestatte ich mir zum Abschied sogar ein vertrauliches Winken über die Schulter... Als ich, erleichtert, in keine Kontrolle geraten zu sein wie als Schulschwänzer nach dem Schwarzfahren, den Wagen mit erneut fast leerem Tank am Rande einer Doppelhaushälftenkolonie abstelle, die trotz des auf der Autobahn verbrachten Nachmittags kein bißchen südlicher anmutet, beginnen gerade die 19-Uhr-Nachrichten.

Für andere wäre hier wohl alles austauschbar wie die Fanfaren der Heute-Sendung, die zu Dutzenden simultan hinter Wolkenstores aufheulen, ich aber finde auf den ersten Blick alles beim alten: Fast fühlt es sich wieder so an, als wäre ich noch immer der Junge, dem um diese Stunde die Sehnsucht, von hier wegzukommen, die Brust eher zerquetscht als aufsprengt. Ich höre vereinzeltes Rufen – und schon bin ich selbst wieder dieses saumselige Kind, das beim Nachhausegehen auf den ausgestorbenen Plattenwegen der Abendbrotzeit vergessen kann, wo es hinwill, wo es herkommt. Die Fugen verlaufen hier nicht anders als überall sonst in diesem Land – aber die frostbedingten Sprünge! Aber das Hüpfen, das ihr Muster dem Gehenden abfordert, wenn er vermeiden will, darauf zu treten... Das kindische Herz ist schon beim Anblick der fernsten Ausläufer des Harzes in heimliche Aufregung geraten – und schlug schneller mit jedem Schwung der Autobahn von waldigen Höhen hinab in weite wohlbestellte Täler voll verstreuter Fachwerkstädtchen und schmucker mittelständischer Unternehmen, und mit zurückkriechender Tachonadel wieder hinauf auf neue, von Mal zu Mal höhere Hügelketten. Im rollenden Hinterland des Taunus, vertraut aus zahllosen Touren in der Kindheit, übertrat es endgültig die Grenze des grünen Bereichs, ehe es auf seiner Hauptkammhöhe jene zwei, drei Augenblicke lang, bevor und nachdem sich die Mainebene öffnet, beinahe stillzustehen wagte. Dann aber, angesichts der fern glitzernden Bürotürme Mainhattans, angesichts der Wohnsilos in der Limesstadt, die aus der Nähe noch heruntergekommener als in der Erinnerung aussahen, schaltete der Puls, statt weiterzurasen mit verbleitem Blut, hinauf ins niedertourige Schlagen eines großkalibrigen Einzylinders – als gäbe es im Getriebe des Gemüts einen Schongang, der sich kurz vor dem Durchdrehen automatisch einlegt. Oder war es vielleicht doch die Angst, die gegen die Halsschlagader hämmert? Wie damals, hinter Thomas auf der Enduro, mit der es ihm ums Verrecken nicht gelingen wollte, sich umzubringen, solange ich ihm als Schutzengel meiner selbst im Nacken saß...? Jetzt, mit dem Altkönig im Rücken, dessen breit und bramsig vor den Horizont gelagertes Massiv mir ganz wie früher das aufreizend beruhigende Gefühl gibt, daß dahinter die große weite Welt liegt, vor mir die rückwärtige Pforte zu Frau Dr. Königs Garten, die sich, seit ich zurückdenken kann, ebensowenig bewegen läßt wie der noch immer im verrosteten Schloß steckende Schlüssel, ist von einem Herzschlag zum nächsten Ruhe ins innere Räderwerk eingekehrt. Wie so oft als Knabe, der versucht, seine blutig geschlagene Nase am argusäugigen Argwohn einer an Kummer aller Art gewohnten Jugendpsychologin vorbeizuschmuggeln, schwinge ich mich über den Zaun, um ins Haus zu gelangen, ohne daß sie mich kommen sieht. Schon lande ich auf dem grünen, grünen Rasen, der ohne ein einziges Gänseblümchen daliegt, wie nie, als ich noch fürs Mähen zuständig war: Tatsächlich, ich folge dem sentimentalen Impuls hierherzukommen bis zum süßen Ende und versuche, wieder dort unterzukriechen, wo ich schon als Kind nicht hingehörte... In der Deckung hinfälliger Apfelbäumchen, die bestimmt nicht mehr stämmig genug wären, meinen Drang zum Höheren daran auszutoben, schleiche ich bis unter das offenstehende Fenster meines Kinderzimmers. Ungerührt vom eigenen, ohne Geheimnis schmerzhaft bedeutungslosen Hiersein konstatiere ich die Taubheit, das Versiegen jeglichen Gefühls nach dem Sieg über Stolz und Trotz: kaltblütiger, herzloser und dennoch nicht halb so gescheit wie der professionelle Ödipussi-Tonfall à la »Wenn du mit deinem Vater schläfst, wirst du deine Mutter töten!«, in dem die nur allzu vertraute Frauenstimme über meinem Kopf in ihr Sorgentelefon orakelt. »Er wird bestimmt kommen, Pierre... Ja, ich bin mir sicher!... Nein, hier ist er nicht aufgetaucht. Wahrscheinlich ist er schon auf dem Weg zu dir!« Ja, jetzt bin ich nichts mehr als der kleine Junge, der sich darein schickt, daß nun eben herauskommt und mit leichter Hand in Ordnung gebracht wird, was er ausgefressen und dann oft wochenlang als Stein auf dem Herzen mit sich herumgetragen hat, um das Gewicht des eigenen Daseins zu spüren... »Komm schon raus da unten, Flori – Ich hab dich längst gesehen! Was machst du denn in dieser Fensterputzerkluft?«

Daß ich, Entwicklung hin, Entwicklung her, vor meiner Mutter immer so nackt bleiben würde wie bei der Geburt, befürchtete ich schon als Kind. Da mir diese Durchschaubarkeit aber nicht mehr unangenehm ist, ich nicht einmal mehr versuche, sie zu verbergen, sie insgeheim sogar zu genießen scheine und selbst über den Kindheitsnamen nicht wütend werde, schwant mir, daß ich erwachsen wurde... Außerdem muß sich auch in ihrem Leben mehr verändert haben, als daß sie die Praxis in das freigewordene Zimmer mit Gartenblick ausgedehnt hat. In der alten Büchergruft zum Narzissenweg hin nahm sie ihr gutes Recht, sich Sorgen um ein längst volljähriges Nesthäkchen zu machen, ja noch blind und taub vor Gluckeninstinkt wahr: Ausgerechnet seit Beginn des fürs Abitur entscheidenden Schuljahrs mußte sie an ihrem Sorgenkind feststellen, daß es zwar noch geheimniskrämerischer, aber viel weniger finster war als sonst und zuweilen regelrecht durchglüht schien von etwas so Verdächtigem (»Du nimmst mir doch nicht etwa Drogen?!«), so wenig zu ihm Passendem wie Glück. »Hast du Hunger? Ich glaube, ich mache uns jetzt einen Tee und dann erzählst du mir, was passiert ist!« Einen Dreck werde ich tun. Weiter, als hierher zu kommen, will ich den Verrat nicht treiben. Wenn Pierre ihr auch bestimmt längst alles haarklein am Telefon erzählt hat, so ist mir die Vorstellung doch unerträglich, sie nun von mir aus ins Vertrauen zu ziehen – gewissermaßen von Frau zu Frau... In diesem Ton soll sie mit ihren Patienten reden – am besten mit den armen Kerlen, die für das Ohr, das sie ihnen so duldsam und geduldig leiht, nicht zahlen; die es vielmehr geschenkt bekommen und ihr ruhig dafür dankbar sein sollen, daß sie sich ehrenamtlich in der AIDS-Hilfe engagiert, seit ihr Jüngster aus dem Haus ist und sie aufbrechen kann zu anderen Aufgaben und neuen Ufern. Wahrscheinlich mögen die Jungs sie sogar – wer wäre geeigneter als sie, junge Menschen dahin zu bringen, daß ihnen der Abschied vom Leben leichtfällt... Verdammt, welche Galle kommt mir denn da hoch? So weit her kann es mit dem Erwachsensein ja nicht sein, wenn sie mich noch immer mit einem arglosen Satz dazu bringen kann, an verdaut Geglaubtem zu würgen. Dafür, was ich ihr diesmal gern verschwiege, kann sie schließlich viel weniger, als ich für Pierres neuestes Abenteuer im Land der Ostdeutschen: Wenn ich ihr wie eh und je an meiner Seite der Geschichte denkbar desinteressiertes, immer nur auf mein gewisses Dingsbums »Empathievermögen!« schielendes Gesülze recht verstehe, mußte »der Arme!« gestern wahrhaftig ganz allein nach finster Finsterwalde finden, um den seit Wochen im dortigen Altersheim sitzenden Landstreicher ohne Gedächtnis und Papiere als den offenbar zu Fuß aus Hellersdorf dorthin geratenen, von alzheimerscher Verwirrung abgesehen putzmunteren Friedrich von Gardewitz zu identifizieren. Warum bloß erbittert es mich so, daß nun sie statt er mir davon erzählt? Was genau nehme ich ihr denn übel? Doch nicht immer noch, daß sie damals meine Privatangelegenheiten vom Schreibtisch bis zum Kleiderschrank durchwühlt und endlich einen Profidetektiv auf mich angesetzt hat, um herauszufinden, wohin ich seit Ende der Sommerferien jedes Wochenende verschwand, ohne daß sie (»Ich muß doch wissen, wo du steckst!«) mich sonntagmorgens bei einem der »Flittchen« aus meinem »Harem« hätte aus den Federn klingeln können? Bedroht es mich etwa bis heute, daß sie sich, als ihr Schweißhund angeschlagen hatte, selbst auf meine Fährte setzte, die an jenem Freitag im April zum zweiten Mal nach Venedig führte? Dabei könnte ich ebensogut glauben, daß sie mir dankbar sein müßte: Wäre es nicht darum gegangen, ihren Jungen aus einem Serail namens Hotel Danieli zu befreien und sich den »feinen Herrn« vorzunehmen, der es gewagt hatte, ihn zu verführen, hätte sie als Anhängerin einsamer Spaziergänge in Watt, Wald und Heide diese »Touristenkitschkulisse« schließlich nie zu Gesicht bekommen. Oder kränkt es mich, trotz meiner mühsam erworbenen Immunität gegen ihre Spezialmischung aus Helfersyndrom und Mutterliebe, nicht viel mehr, daß sie meinen Unhold jetzt beim Vornamen nennt und von ihm spricht, als müßte sie ihn (»Der Gute ist völlig außer sich – das kannst du doch auch nicht mit ihm machen!«) gegen mich in Schutz nehmen wie gegen einen ungerechten Sohn? Jedenfalls fühle ich mich fast wieder wie damals, als sich die beiden im Café Florian unterhielten, über mich natürlich, ich aber, unfähig, mich auf einem Streifzug durch das berühmte Gassengewirr hinter meinem Rücken zu zerstreuen, im Schatten des Uhrturms am Markusplatz schräg gegenüber abwarten mußte, was dabei herauskommen würde. Oder vielmehr spüre ich wieder den Stich, als sie nach keiner Viertelstunde lachend und ohne mich zu bemerken unmittelbar an mir vorüber Richtung Dom schlenderten: Vertraulich untergehakt wie auf dem Hochzeitsphoto, das früher nicht einmal im Familienalbum steckte, jetzt aber (verwandelt sie sich auf ihre alten Tage denn endgültig in eine alte Jungfer?) mit einem wohl schon vor Wochen selbstgeflochtenen Maßliebchenkranz über dem Homburg meines Vaters neben dem Anrufbeantworter steht. Ich hätte nicht hierherkommen sollen. Sobald ich aber begriffen habe, daß ich selber schuld bin, wenn sie mich wie ein Kind behandelt und von Pierre spricht, als wäre er mein Vater, kann ich die angenehme Seite des ja doch nicht zu ändernden Umstands, daß ich eine Mutter habe, plötzlich gelassen annehmen: Ohne allzu viele Nachfragen verspricht sie, einen Fahrzeugbrief samt Autoschlüssel, Lageskizze und Geld für Bahnfahrt und Benzin an die darauf vermerkte Adresse zu schicken, macht mir den Rest vom Blumenkohlauflauf warm, läßt ein Bad ein und sucht mir Rasierzeug, Hemd und Hose aus dem Besitz des zur Zeit hospitalisierten studentischen Untermieters im ehemaligen Zimmer meiner Schwester heraus: »Soviel zunehmen, daß er da wieder reinpaßt, wird er ohnehin nicht mehr…« Und selbstredend (»Mehr habe ich nicht bar im Haus, aber für die einfache Fahrt sollte es reichen!«) bekomme ich dreihundert Mark für den gleichen Nachtzug mit Kurswagen nach Ventimiglia um 21 Uhr 20 ab Frankfurt am Main Hbf, der mich schon als Schüler nach Frankreich, ans große blaue Meer gebracht hat. Vor Sonnenuntergang bin ich wieder unterwegs.

VI

Wenn der eigentliche Reiz am Sonnenaufgang in den Sommermonaten auch sein mag, daß er, im äußersten Südbaden nicht anders als im Inneren Südkaliforniens, der kälteste Moment des Tages ist, kommt es mir beim zweiten derart stimmungsvollen Anfang binnen achtundvierzig Stunden doch schon reichlich abgeschmackt vor, zitternd, ja, mit den Zähnen klappernd am Geländer einer kaum befahrenen alten Brücke über den Rhein-Seitenkanal zu stehen: eine romantische Übertreibung, Ergebnis eher meines Temperaments und, zum geringeren Grad, der Müdigkeit als der meßbaren Temperatur. Irgendwo im Waberdunst über dem quecksilbergrauen Brackwasser da unten zerrt ein Kahn winselnd wie ein Köter an seiner Kette. Zur Schlußszene des mit jeder Wiederholung schmieriger werdenden road movies von einem doch schon längst nicht mehr hoffnungslos festgefahrenen Leben fehlte nur noch, daß ich mich vorbeugte, um im technicolorbunten Ölfilm mein treues Spiegelbild zu suchen… »Alles in Ordnung mit Ihnen?« Der Taxifahrer, der zweifellos an meiner Zurechnungsfähigkeit zweifelt, seit ich ihn, weit nach Mitternacht und Kneipenschließung, offenbar vollkommen nüchtern vom Frankfurter Hauptbahnhof »Nach Frankreich, bitte!« beorderte, hat, durch acht bereitwillig vorab als Pauschale übergebene blaue Scheine wenigstens von meiner Zahlungskraft überzeugt, das Ziel mit Hilfe des Straßenatlas genau getroffen: jenen nur sporadisch kontrollierten Übergang an der grünen Grenze, den ich vor Jahren beim Trampen zufällig entdeckte und nur vage beschreiben konnte. Die Tour, obschon »gute Gelegenheit, den Wagen mal richtig auszufahren«, sollte doch lang genug gewesen sein, um gegen das beharrliche Schweigen auf der Rückbank anzuerzählen, daß er trotz eines Bandscheibenschadens vom vielen Sitzen eine Nachtschicht pro Woche dranhängt, um die Raten für den neuen Caravan abzustottern, mit dem er samt Frau alias Mama im Herbst durch Dalmatien gondeln will... »Danke, von hier aus komme ich allein weiter – Adieu!« Da der Papi einen Moment lang zögert, mich zurückzulassen, weil er wohl glaubt, ich wollte springen, gebe ich ihm unnötigerweise die Hand, die er so lau und feucht ergreift, als wollte er mir vorsichtshalber jetzt schon zum erwarteten Verlust des mir liebsten Menschen kondolieren... Ein gewiß unbedachtes, deshalb aber noch lange nicht ungedachtes »Jammerschade-daß-die-meisten-Männer-so-mickrig-sind...« später bin ich allein mit den rasch zerfließenden Schatten der Nacht.

Weiß der Teufel, was mich geritten hat – ob nun die Neigung, auf Um- und Abwege zu geraten, oder der Trieb, gerade das aufs Spiel zu setzen, was ich am ehesten ernst nehmen könnte und am wenigsten verlieren möchte. Jedenfalls konnte ich nicht widerstehen – trotz oder vielleicht gerade wegen der guten Ratschläge, die ich mit auf den Weg bekommen habe: »Ich bin sicher, du kommst mit Pierre ins reine!« Tatsächlich ist die wohl aus Scham, aus diesem übermächtigen Diskretionsbedürfnis entstehende Übersprungshandlung sogar besonders idiotisch ausgefallen, weil ich beim Abschied von Fragen-Sie-Frau-Regina minutenlang ganz genau spürte, daß sich nicht alles um mich dreht – auch jetzt noch, da es mich erneut erfaßt, ein wahrhaft schwindelerregendes Gefühl... Als Schüler, halb angehender Abiturient, halb ABC-Schütze jener Schule, von der ich gerade jetzt so genau wie seit Jahren nicht mehr weiß, daß ich niemals von ihr abgehen möchte, hatte es noch gereicht, Sonntag abends, eben zurück aus Klothen, Heathrow oder Fumincino, in die erstbeste Automatenspielhalle auf Rhein-Main zu stürzen: teils, um endlich das pseudo-geschäftsmännliche Gebaren des jungschen Überfliegers abzulegen, mit dem ich an Bord die Gespräche neugieriger Mitreisender abwehrte, teils, um die übers Wochenende gesammelten Eindrücke, und wären es die Bilder der Uffizien, ins leere Nichts eines elektronischen Alls zu zerstreuen wie die Raumschiffe der Space-Invaders. Zwei, drei Markstücke genügten, um mich vom wachgeküßten Prinzen in die autistische Unke zurückzuverwandeln, die an nichts von dem glauben kann, woran sie glaubt, solange sie denken kann – nicht an die Schönheit, nicht an die Sanftmut und am wenigsten daran, daß ein der Liebe wertes Wesen in ihr steckte. Gestern abend jedoch, im Hauptbahnhof zu Frankfurt/Main, dessen hallende Stahl- und Glasgewölbe mir noch genau denselben Schauer von Höhe, Hoheit, Erhabenheit einflößten wie dem Kind, das außer diesem keinen Sakralbau von innen kannte, mußte die Entgleisung etwas schmählicher ausfallen. Der Nachtzug, der mich nicht nur aus der Kindheit zurück in die eingefahrene Großspur einer Außenseiterexistenz erster Klasse bringen sollte, sondern auch aus der kurz vor Fahrplanende beinahe geschlossenen Gesellschaft der dort heimat- oder obdachlos Gestrandeten an die Riviera, stand abfahrbereit auf Gleis siebzehn. Ich war schon eingestiegen, der Schaffner, der mir eben versichert hatte, daß ich sowohl noch einen Liegewagenplatz finden als auch im Zug zahlen könnte, hatte gerade die Pfeife an den Mund gesetzt, tief eingeatmet und die Hand mit der Kelle bis in Hüfthöhe gehoben – da flackerte plötzlich wieder jenes je-ne-sais-pas-quoi in mir auf, das ich für überwunden gehalten hatte: weder unbändige Lust noch unbezähmbares Verlangen, das Unvernünftige zu tun, sondern unerträglicher Schmerz bei der bloßen Vorstellung, es auch jetzt wieder zu lassen. In letzter Sekunde zwängte ich mich hinter dem Mann in Blau, der bereits einen schwarzledernen Diensthalbschuh auf den Gitterrost der zweitobersten Waggonstufe gestellt und die Kelle bis in Höhe der wohl vom Schuppenabbürsten metallisch glänzenden Schulter seiner Uniformjacke gehoben hatte, auf den Bahnsteig zurück, ins Freie – so ungestüm, daß ihm vor Schreck der zurückgehaltene Pfiff entwich und, im Kampf ums liebe Gleichgewicht, obendrein die Hand mit der Kelle hochfuhr. Mit jenem Säuseln, wie es nur Stahl hervorbringt, der auf Stahl rollt, setzte sich der Trans-Europa-Nachtexpreß in Bewegung und trug das im Preßluft-Türenschlagen untergehende Gezeter, fast ein Kreischen, des um den Höhepunkt der ganzen Arbeitsnacht Betrogenen davon. Ich aber hatte, sobald die rote Laterne in der Dunkelheit verglüht war, wieder alles vor mir, als wäre ich um ein Jahrzehnt verjüngt.

Denn was mich ebenso unverhofft wie heftig im letzten Moment aus der Bahn geworfen hatte, war ja nicht die Absicht, mich bei den Gruppen fremdländisch palavernder Männer herumzudrücken, die sich im Bahnhof doch vermutlich treffen wie zu Hause im Bazar, um nicht vor Heimweh zu verstummen – und in abweisendes Schweigen fielen, sobald einer wie ich sich ihnen näherte. Als hätte ich es nötig, mir einzubilden, mein Blondschopf verschlüge ihnen die Sprache... Noch viel weniger reizte mich die Aussicht, von vereinzelten Eingeborenen jenes Landes im Vorübergehen angelallt zu werden, in dem Bierschaum schon als Blume duchgeht, das Miteinanderreden ohne nüchternen Anlaß (Zweck?) jedoch nur bei Besoffenen als unanstößig und Zuspruch allein taubmachenden Getränken gilt. Nein, ich wollte ganz bestimmt nicht mit süß-sauren Wortwolken belästigt werden, nicht mit den nichtssagenden Namen für nie verdaute Kränkungen – Faulgas von Biographiemüll, der in aufgeweichten Hirnen gärt und aus Gesichtern rülpst, in die vielleicht weniger die Trunksucht als vielmehr der Durst, das Schlucken aller nicht barbarischen Gefühle, der lebenslange Kampf gegen das nie zu stillende Verlangen nach Anmut (Zartheit?), seine gleichmachenden Furchen grub. Was ging mich das Nichts im Blick des Fixers an, der, Kerze und Löffel neben sich, die Blut ziehende Spritze noch im Fuß, vor den Toiletten in der B-Ebene gegen die Wand gelehnt auf dem Boden saß – Auge in Auge mit der schönen Schäferhündin zweier Streifenpolizisten, die erfolglos auf ihn einsprachen. Stehengeblieben war ich bei ihm doch nur, weil er auf den ersten Blick mein Bruder hätte sein können, wenn dem zuzutrauen gewesen wäre, daß er je vor die Hunde kommt; oder vielleicht auch nur, weil mich das rätselhafte warme Etwas in den Tieraugen einen Moment lang anzog. Ich, sofern ich überhaupt ein Plätzchen in dieser Welt beanspruchen durfte, gehörte doch allenfalls zu den Strichern: Mein Bruder, nicht ahnend, daß, wer Menschen den Rükken zukehrt, hintenherum sehr viel mehr über sich erfahren kann, als ihm von Angesicht zu Angesicht möglich wäre, hatte es vor Jahren als erster erkannt und über mich verbreitet. Und richtig: kaum stand ich wieder in der seit meiner Zeit, vor der Seuche, merklich ausgedünnten Reihe der Jungs in längst nicht mehr hippen, vom Signal des Aufbegehrens zur stigmatisierenden Arbeitskleidung heruntergekommenen knallengen Jeans an der hüfthohen Absperrung zwischen Bahnhofsvorplatz und Straße – da kam ich mir auch schon wieder vor wie der Fünfzehnjährige, der selbst noch nicht genau versteht, was er dort will, und einstweilen noch ganz zu Recht vermutet, er wollte nichts als dem bewunderten Freund nahe sein, dem er heimlich bis hierher gefolgt war. Irgendwie war es mir gelungen, mich zurückzuversetzen in das entgrenzte, zu Schimpf und Schande bereite Lebensgefühl jener Jahre: in das totale Vertrauen in den jungen Gott, der man sich selbst war... Dabei hatte ich nichts weiter getan, als im Zwielicht der anbrechenden

Sommernacht innezuhalten und zurückzublicken: vor mir die angestrahlte, vom Atlas mit der goldenen Weltkugel bekrönte Fassade der fünfschiffigen Kathedrale, hinter mir das Rumpeln und Klingeln der Straßenbahnen. Zum Glück gab es dort nach dem Wegbleiben der Amateure aus den Vororten und der Ausreißer ohne Bleibe für die Nacht weit und breit keinen Tobias, gar Florian, der mich hätte zum Freier machen können; was hier herumstand, waren hartgesottene Profis mit vom vielen Sich-nicht-küssen-Lassen zum Strich verkümmerten Lippen, die jüngsten gerade mal halb so alt wie ich. Und so fiel ich fast unwillkürlich zurück in die Posen der Rolle, die sich, nie gespielt, endlich einmal mit dem deckten, was ich demnach in Wahrheit war. Wie gestern zum letzten Mal geübt, lagen die Grundpositionen an der Stange bereit im nicht mitalternden Gedächtnis des Körpers: Erstens stehend, weniger linkisch als dynamisch auf einem Bein, das andere so angewinkelt, daß der Spann auf dem unteren Holm aufliegt, den oberen Holm als Stütz im Hohlkreuz, Nase hoch und bis zum Anschlag ins Profil gedreht, ohne die äußersten Leuchtreklamen am Halbkreis der Geschäftshäuser hinter meinem Rücken dabei wirklich zu fixieren. Zweitens sitzend, mit rundem Rücken, um den Schwerpunkt tief zu halten, beide Füße auf dem unteren Holm, den Blick zwischen bald ab-, bald aufwärts weisenden Knien hindurch aufs von Kippen und Kaugummi übersäte Pflaster gerichtet, wo sich Tauben, einander nach den Augen pickend, um meine Spuckekleckse zanken; die Hände, an deren sachten, aber entschlossenen Korrekturen das kipplige Gleichgewicht hängt, so weit wie möglich rechts und links am rot-weiß lackierten Stahl, der schmerzhaft in die am wenigsten muskelgepolsterte Furche zwischen Po und Schenkeln schneidet. Ehe ich mich des albernen Auftritts schämen konnte, der Eitelkeit meiner Vorstellung, ein frischgebadetes und vom sorgenfreien

Leben körperlich unverbrauchtes Luxusgeschöpf wie ich könnte noch als Neuzugang auf dem Babystrich durchgehen, da fand (»Schau an, endlich mal was Frisches – sprichst du Deutsch?«) die schmeichelhafte Verwechslung auch schon statt.

Darum also ging es, immer noch, schon wieder und hoffentlich ein für allemal: Nicht verwechselt zu werden, sondern erkannt – oder vielmehr darum, im Zustand und Bewußtsein der eigenen Verwechsel-, nein, Austauschbarkeit mich selbst so gut wie möglich zu erkennen: Ich, irgendein »Russe, Pole, was weiß ich, er redet nichts ...«, der wortlos, aber einverständig grinsend in eine der nahegelegenen Bars mitgegangen ist, die ich als Junge (»Zutritt für Jugendliche unter achtzehn Jahren verboten!«) nur von außen kannte. Hübsch haben sie es hier: Der nach Chemiereinigung riechende Plüschbezug farblich abgestimmt mit den Maul- und Brombeertönen des Teppichbodens und der zugezogenen Vorhänge, geschmackvoll der Stumme Diener aus Teakimitat, zweckmäßig das roséfarbene Waschbecken bei der Tür. Wie ein Säugling auf dem Lammfell liegt das nackte Nicht-Ich auf dem Doppelbett mit strammer Federkernmatratze und folgt lächelnd dem Gespräch der beiden Männer, die über seinen Kopf hinweg den Mietpreis für seine Hingabe aushandeln. Der vom Bier und dem Östrogen darin aufgeschwemmte Barbesitzer mit Babygesicht, Fistelstimme und Hängebrüsten ist erst eben ins Zimmer getreten, um zu besprechen, wie das zwar noch genießbare, aber nicht mehr ganz frische Fleisch am gewinnbringendsten weiterverwendet werden kann, das ihm sein Kumpel und Stammkunde ins Haus geschleppt hat: »Höchstens zweihundert – der ist doch bestimmt schon zwanzig!« Der Drahtige mit dem von einer mehrfach gebrochenen Nase beherrschten Gesicht bindet sich neben dem »geilen

Arsch«, den er heute aufgerissen hat, die Schuhe: mit Händen, denen das nötige Zartgefühl für einen derart delikaten Vorgang nicht recht zuzutrauen ist, und doch nicht ohne das Handtuch untergelegt zu haben, das ihm der andere vom Waschbecken her zuwarf. »Dafür zickt er nicht groß rum und kann keinen Streß machen!« Es ist, als versuchte er mit seinen groben Sprüchen die Blöße wettzumachen, daß seine vom Jähzorn gezeichnete, aber alles andere als verschlagene Visage noch vor wenigen Minuten, betrachtet aus der Distanz eines ihm freiwillig gewährten Kusses, einen wehrlos-verwirrten Augenblick lang eher anrührend gewirkt hat. In seinem kein bißchen perversen, dafür höchst dünkelhaften Verlangen, ein anderer zu sein, geht der Namenlose fast so weit, sich beim Anblick des schwülstig hingeschmierten Jünglingsakts vor ihm an der Wand nach dem unsentimentalen Pin-Up-Photo einer gespreizten Vulva zu sehnen: auf das ein Blondschopf, der noch längst nicht ich war, in der Koje eines marokkanischen Truckers mit der Nase gestoßen wurde, als sollte er zurückgerammt werden in den Schoß. Als wäre in dieser vom Tuckern vorübergleitender Kähne und dem Gestank blühender Braunwurzkerzen erfüllten Nacht im Volvo-Intercooler am Rhône-Ufer etwas in ihm zerrissen, schwarzes Gewölk, Nebelschwaden, tat es urplötzlich nicht mehr weh. Im Licht des abnehmenden Brachmonds wurde dem Milchgesicht fast gespenstisch klar, welche Neugeburt die in den letzten Jahren täglich schwerer werdende Last auf dem Herzen angekündigt hatte: erst richtig, nämlich richtig herum in die Welt gesetzt zu werden... Ich ist kein anderer: Ich ist der Rest von Eitelkeit, bei dem sich sogar der ertappt, der es wagt, sich bis zur Kenntlichkeit zu entstellen. Worum es am Ende immer geht, ist, sich selbst zu finden: ob nun großartig, bemerkenswert oder nur annehmbar – Hauptsache, überhaupt irgendwie. Und es gelingt am allerbesten, wenn man sich zum Objekt des nächstbesten anderen macht: die Augen schließt und an gar nichts denkt als an sich, sich, sich, sich, sich... Das einzig Erniedrigende daran ist die Gewißheit, daß man irgendwann doch über den Punkt hinauskommt, da man der Welt wieder das Gesicht zuwenden muß: In meinem Fall spätestens in dem Moment, da ein eilends herbeitelefoniertes Silbermännlein mit Uhrmacherhänden versuchte, mich säuselnd umzudrehen: »So etwas Nettes wie du gehört doch nicht hierher – warum kommst du nicht mit zu mir?!« Was blieb mir übrig als aufzuspringen, unter die Dusche, in die Kleider und zur Theke, um mich im Stile eines moralheuchelnden Rechtsauslegers mit einem nicht einmal eine dicke Lippe riskierenden Satz aus der Affäre, den flugs zum Geschäft herabgewürdigten Wonnen der Berührbarkeit zu ziehen wie aus einem stinkenden Morast: »Da ich nicht annehme, daß Ihnen an Ermittlungen wegen Förderung der Prostitution gelegen ist, schlage ich vor, daß Sie mir zweihundert Mark pro Nase geben!« Tiefer konnte ich nicht sinken: mich wieder zu den Unberührbaren zu schlagen, die mit Sprache Macht besitzen...

Bei Licht betrachtet, ist mir die Episode peinlich – nicht was ich getan habe, um mir selbst etwas zu beweisen, was ich so genau gar nicht wissen wollte, weil ich es ohnehin nie bezweifelt habe: nämlich daß ich mir mein Studium, wahrscheinlich Jura, wenn ich allein und im Lande geblieben wäre, natürlich auch gut und gern auf diese Art hätte redlich verdienen können. Unangenehm ist mir nur, daß ich es gestern wohl vor allem deshalb getan habe, um mich hinterrücks an dem zu rächen, der mir nie ein größeres Unrecht angetan hat, als mich zu lieben: ausgerechnet mich, und mich ausgerechnet für meine Unverdorbenheit zu lieben! Mich zu achten und zu allem Überfluß nach Kräften zu verwöhnen, um mein allzu biegsames Rückgrat zu stärken und mir etwas mehr Achtung vor mir selber und Freude am Dasein einzuflößen... Unverdientes Glück! Quelle chance! – Daß ich sie in diesem Moment wahrnehme, liegt gewiß nur daran, daß der Sonne auch nach diesem Morgengrauen aufgeht, was in einem Land, wo selbst Physiker Romantiker sind, als ihr Wasserstoffherz begriffen werden mag – im Vorgarten des Roi-de-soleil aber als Notwendigkeit, die Mond und Sternen gleich wandelbaren Menschen absoluter Macht zu unterwerfen, um sie vom Leiden an ihren Launen zu befreien. Schon hat die blickdichte himmelblaue Plane über mir den gestirnten Abgrund gegen jede Versuchung versiegelt, mich im Unerforschlichen zu verlieren. Zugleich aber erweitert sich mein Horizont von den unterm Brückengeländer hindurchragenden Schuhen eines anderen, in dessen Haut ich, Schwein sei dank, nicht stecke (»Der Arme hat ja überall Kaposi...«), bis zu den Hauptkammlinien von Schwarzwald und Vogesen. Kaum wärmt mich der eine Stern unter Myriaden, der mir allein nicht schnuppe ist, weil sich mein Leben nun einmal um ihn dreht – da dringt durch jede Pore des abwaschbaren Seelenpanzers die beruhigende Gewißheit in mich ein, wo, nein, zu wem ich hinwill. Kein noch so geringfügiges Ablenkungsmanöver, keine Kunstpause und keinen weiteren Abstecher später bin ich auf meinem Weg zur Sonne: mit mindestens doppelter Schrittgeschwindigkeit auf dem Erntewagen eines Agriculteurs, der schlau genug ist, die Schwarzarbeiter für den letzten Spargel, der heute aus der Erde muß, genau dort ins Land zu holen, wo um diese Zeit niemand nach Visa und Arbeitsgenehmigungen fragt. Da er den Däumling am Wegesrand von seinem hohen Trecker keines Blickes würdigte, hat er auch nicht mitbekommen, wie viele Arme sich mir entgegenstreckten, um mich unter Hallo an Bord zu ziehen. Und so sitze ich denn mit dem halben romanistischen Seminar der Jagellonen-Universität zu Krakau auf umgedrehten Holzsteigen, gebe mich als Literatur-Student aus Frankfurt zu erkennen, wodurch die Stimmung etwas abfällt, bis ich »am Main« hinzufüge, knabbere an selbstgeräucherter Grützwurst, die ohne Wodka, guten polnischen Wodka versteht sich, nicht etwa schlechten russischen, unmöglich herunterzubringen wäre, kriege rote Ohren, weil ich aufs fröhliche »Santé!« ausgerechnet »Nasdorowje!« versetzt habe, und frage mich, ob die bittren, harntreibenden Stangen im Elsaß oben weiß sein mögen wie im Hessischen oder lila wie in der Champagne.

Der Unterschied aber, der die kurze Fahrt zum übernächsten Weiler erst zur Grenzüberschreitung macht, ist, daß ich mir, kaum in Frankreich, selber frei und reich vorkomme. Ich springe neben dem blaurandigen weißen Steinpfeil »Belfort 42 km« auf der geranienroten Kreuzung mit dem Denkmal für die gefallenen Söhne der R. F. ab – und bin tatsächlich noch einmal so euphorisch wie der Sechzehnjährige, der zum ersten Mal in den Sommerferien per Daumen auf dieser Route unterwegs ist: schnurstracks wie mit dem Finger auf der Landkarte und ohne irgendwo länger als bis zum nächsten Lift hängenzubleiben am Rhein hinauf, durch die burgundische Pforte und an der Rhône hinunter bis Orange, wo es von der Einwegstraße der Autoroute du Soleil nach Aix (und hopp!) abgeht. Damals wollte ich so schnell wie möglich nach Cap d'Ail zurückkehren, wo ich im Mai zuvor auf Klassenreise eine Unschuld, von der ich, wäre ich ehrlich gewesen, längst hätte wissen müssen, daß sie mir gar nicht gehörte, an meine Französischlehrerin verloren hatte. Natürlich war in dem Jugendcamp an der Côte d'Azur, gelegen neben Monte Carlo, von dieser Spielschuld nichts mehr zurückzugewinnen; und so zog ich in den folgenden Wochen ziellos an der Küste auf und ab, durchstreifte das flirrende Hinterland der Provence, immer in fiebriger Erwartung des Unbekannten. Gewiß war es die Sehnsucht nach diesem Nie-Besessenen der Kindheit, die mich seither in den Ferien immer wieder in dieses Land gezogen hat; als hoffte ich dort jene Unschuld zu finden, die zu Hause Jahrzehnte vor meiner Zeugung restlos zerstört worden war. Beseelt von der Schönheit, die im Auge des Betrachters liegt, begrüßte mich jede graue Telefonzelle und jede Bar-Tabac im mittäglichen Halbschlafsschatten sonnenfleckiger Platanen als Wahrzeichen eines anderen, heitereren, weniger gemeinen Daseins – notfalls tut es aber auch ein Relais Routier im noch nördlichen Morgendunstkreis aus Schweiß und Diesel. Voilà: Der viel zu dicke Kaffee aus einer viel zu dickwandigen Tasse; die altmodische, aber wohl nicht nur nostalgisch gemeinte Emaille-Reklame für allzu dünnes und kohlensaures Bier; der gutgekühlte kleine Rote aus dem Zahnputzglas zum zweiten Frühstück; das Radio hinter der Theke, aus dem statt aggressiven Beats das Geplapper dreier wie Hähne im Stimmbruch krakeelender Simultanmoderatoren einer Live-Reportage übers Wetter und das reine, atemlose Nichts dringt; das Mysterium, wie aus klarem Schnaps durch Zugabe von Wasser eine Desinfektionsbrühe wird, die mit dem öden Nachgeschmack der im Fahrerhaus verbrachten Nacht besser aufräumt als jedes Mundwasser; die von der Wirtin kreidekreischend aufs schwarze Brett gekrakelte Offenbarung, daß es noch immer möglich ist, für den Preis zweier Doppelcheeseburger mit Pommes ein dreigängiges Menü zu kochen, nach dessen Genuß sich bestimmt kein Mensch in Frankreich wie ein mit Abfall gemästetes Schwein fühlt; die mit schwellendem Kamm ausgetragenen Wortgefechte über Radsport, Hasenjagd, Politik. Nicht, daß ich mich in einer Fernfahrerkneipe zu Hause fühle. Aber irgendwie tut es doch gut, alles genau so vorzufinden, wie man es erwartet: Erkennungszeichen einer Nachbarwelt, die, weit davon entfernt, heil zu sein, mit sich selbst halbwegs im reinen und nicht durch eigene Schuld derart verheert ist, daß kein Kind dazu Heimat sagen mag. Keine zerschlissenen, für Fremde wie mich aufgetragenen Symbole sogenannter Authentizität, sondern identitätsstiftende Klischees, zum eigenen Vergnügen mit ironischem Stolz zur Schau getragen – lässig, als wären sie so leicht wie die stets unsichtbar anwesenden eisernen Pétanquekugeln, wollenen Baskenmützen und filterlosen Gauloises. Selbstverständlich bilde ich mir nicht ein, hier hin- oder gar dazuzugehören, wo mich ja schon die Sprache ausschließt: So leidlich ich sie im Lauf der Zeit dank meines Papageiengehirns nachzuplappern lernte, kann ich französische Bar-Suaden auch nach Jahren in diesem Land immer noch kaum verstehen, bevor ich nicht jeden längeren Satz im stillen von hinten nach vorn umgebaut habe. Wenn überhaupt, bilde ich mir auf die Beleidigung etwas ein, die sie dem musikalischen Gehör des guten Deutschen zufügen, dem selbst die Menschenrechtserklärung wie das Quieken eines Rüsseltiers mit Nebenhöhlenkatarrh klänge... Und trotzdem fand ich mich hier mit dem Dasein seit jeher im großen und ganzen so versöhnt, als hätte ich mein besseres, nie besessenes Vaterland betreten und dürfte nun »Dou-ce Fran-ce, pays heureux de mon enfan-ce« singen. Ein schöner Selbstbetrug, der um so besser klappt, als ich ja nie durchs graue Lothringen einreiste, aus dessen arbeitslos liegenden Hüttenstädten der Weg an die blaue Küste, wo die Pfirsiche des dolce vita dank der vielen Algerienheimkehrer, aber auch die Zitronenblütenträume des Front National reifen, eher länger sein dürfte als aus den Taunusvororten von Frankfurt...

Mein Glück will es, daß mich die Fernfahrerpatronin, nachdem sie meine letzten hundert Mark zum beschissenen Kurs von eins zu zwei gewechselt hat, mit einem jede Widerrede im Keim erstickenden »Eh, Legrand! Commerce pour toi!«

an einen Pied Noir mit Fracht für Marseille verweist. Froh, so gut voranzukommen, nehme ich ihm die Devise, daß die Araber an allem schuld sind, scheinbar ab, kaue wortlos mit ihm Pistazien und hänge im übrigen meinen eigenen Gedanken nach. Hauptsache, in der Schlafkoje hinter den Sitzen hängt das Bild einer in die Kamera lachenden Frau, die einen Arm um den Hals eines Collies, den andern um ein knapp halb so großes Mädchen geschlungen hat... Und seltsam (nicht aber étrange), so viele Länder ich auch seither gesehen oder vielmehr gezeigt bekommen habe, so wenig Sehnsucht verspüre ich nach einer anderen Fremde als dieser, die mir nach all den Jahren immer noch auf den ersten Blick so vertrauenswürdig, so tranceartig anheimelnd erscheint wie dem Gymnasiasten, der zum ersten Mal allein von zu Hause fort ist. Wieder schließt mich schon die Sprache ein in einen komfortablen und kostbaren Kokon aus Möglichkeiten – hier, wo der als »doux« notierte Klang weder das Fürwort der zweiten Person Einzahl, noch die Befehlsform des amerikanischsten Tätigkeitsworts »tun« meint, sondern das seinen genau gefühlten, aber nie ganz auszudrückenden Begriff mehr streichelnde als fest pakkende Eigenschaftswort für nicht wie nach einer Deutschen Industrie-Norm gegeneinander abgegrenzte, vielmehr nachlässig ineinanderlaufende Nuancen von mild, sanft, zart, weich, süß... Und ich erfahre einmal mehr jene unmögliche innere Verwandlung, die mir mein absehbares Geschick erspart hat und mich immerhin zum Engerling im Seidenschlafrock werden ließ – statt zum Wurm, der sich, Made im BAFöG-Land, durch Berge von Papier frißt, um nach dreißig Semestern pappsatt-verdrießlich in eine Welt hinauszublinzeln, von der er jetzt weiß, daß sie keinen Sinn hat. Eingesponnen in den dünnen, aber nie abreißenden Faden eigener Absonderungen, konnte das Adlergewölle ähnelnde Etwas wenigstens eine Jugend lang davon träumen, sich eines Tags als Admiral oder wenigstens als romantischer kleiner Bläuling zu entpuppen... Wie von hier aus meine Lehrer mit ihrem ewigen »Wenn das nun jeder so sähe!« aussahen: mickrige Schergen des großen Herrn Demokratisierung-aller-Lebensbereiche, die jede feinere Empfindung mit dem rostigen, auf beiden Schneiden stumpfen Zweihänder Real-Sozial der ausgestorbenen Titanen des Vernunftzeitalters unterpflügten. Kein Wunder, daß ich mich in die Phantasie verliebte, erst mehr Ahnung als Idee, auch ich könnte mit weniger Fleiß und Geduld als Glück auf Erden etwas so Elitäres, gesellschaftlich derart Irrelevantes wie, pardon, Schönheit finden... Was ich nicht geahnt habe, war, daß ein anderer mich finden könnte – und auch noch schön! So schön, daß er mir Eintagsfliege aus dem Pleistozän der siebziger die einmalige Chance gegeben hat, am Harz, das sie für Honig hielt, nicht nur festzukleben, sondern darin auch zu versinken. Hermetisch abgeschottet von jenen Widrigkeiten, die alle andern Menschenkinder für die Wirklichkeit, ja, für die Welt selbst halten müssen, sobald sie alt genug sind zu begreifen, daß Menschen keinen Vater haben, durfte ich der Welt verlorengehen und mir erhalten bleiben. Pierre wars zufrieden, wenn ich nur für alle Zeit jenes unzerbrechlich-zerbrechliche Geschöpf mit den durchsichtigen Flügeln und großen, gläubigen Augen blieb, das er vor Jahren aufgelesen und bis vorgestern unverdrossen für die sehr langsam heranreifende Puppe eines Engels gehalten hat... Was habe ich in meinem goldfarbenen, aber doch nicht bleikammerartig abgeschirmten, wie aus der Sonne selbst gemachten, lichtdurchfluteten und glasklaren Sicherheitsgewahrsam seither nicht alles versäumt! Und wie schmerzlos habe ich es vermißt, da ich ja sehen und sogar wie von fern hören konnte, nur halt nicht fühlen, was hinter der mir verpaßten Versteinerung vorging: in einer Welt, die ich schon nicht riechen konnte, bevor sie damit anfing, mich gelbgesichtig anzusehen. Wie oft habe ich mir im Käfig meiner ewigen Engerlingshaftigkeit gewünscht, einer der flüggen Käfer zu sein, die vor meinen Augen ausgeschwärmt sind, das nächstbeste Geschick zu suchen! Jetzt ist der Zug längst abgefahren: Wer bis Mitte zwanzig nichts geworden ist, nicht nur kein Popstar oder Papstattentäter, Kremlflieger, Amokläufer, nun eben Modell, sondern auch kein Normalsterblicher mit einem Schicksal, Aidskranker hätte sich angeboten, oder wenigstens Drogentoter, hat seine Chance auf Selbstverwirklichung verwirkt. Wer nie in eine der massenhaft vorrätigen Identitäten geschlüpft ist, formlose Unisex-T-Shirts, die an jedem maßgeschneidert aussehen, der die richtige Figur darin macht, wer weder, das wäre es gewesen, S-Bahn-Surfer, Rapper, Sprayer war, noch, dazu hätte es ja ohnehin nicht gereicht, Skinhead oder Punk – kann kaum erwarten, noch jemals eine Rolle in der von jungen Medien für boys and girls, aber doch nicht für altbackene Eigenbrötler kreierten Welt zu spielen...

Und natürlich bin ich ganz allein daran schuld! Pierre wollte die Abbaye, säkularisiert im Zuge jener Revolution, von deren geplanter Zweihundertjahrfeier, als er mich kennenlernte, noch kein Franzose ahnen konnte, daß sie ihm durch den Fall der Berliner Mauer verdorben werden würde, ursprünglich ja lediglich als Landsitz pour le week-end nutzen. Aus Pariser Sicht muß er eher an ein Liebesnest als an ein Refugium in der Natur gedacht haben: Schließlich war der stadtbekannte Kunsthändler aus der Rue des Saints-Pères, der das verfallene Gemäuer im Midi restaurierte, letzthin bei allen Vernissagen, Empfängen und Premieren zwischen Marais und Saint Germain in Gesellschaft eines besonders blassen Exemplars dieser romantischen Musenjünglinge von jenseits des Rheins gesehen worden. Entgehen konnte einem der Auftritt der beiden eigentlich nur bei

Konzerten im Théâtre de la Châtelet; da ging Herr Cohn, der »immerhin mit Bruno Walter aufgewachsen!« war, in einer Stadt, »wo ohnehin seit jeher das Kulinarische für die höchste Kunst gilt, fürs selbe Geld lieber gleich gut essen!« Nach einer Weile aber war das apart ungleiche Paar immer seltener in der Stadt, um die Tische der in jeglicher Hinsicht toleranten, einem jungen Deutschen gegenüber aber besonders aufgeschlossenen Rive-Gauche-Bourgeoisie zu zieren. Lauter intelligente, kultivierte Leute, die ihn trotz, nein, wohl gerade wegen der erstaunlichen Bemerkung freundlich aufgenommen hatten, daß er in ihrer vollkommenen Stadt nichts vermisse, außer etwas Luft zum Atmen; und vielleicht eine Antwort auf die Frage, wie es weitergeht, wenn auch das letzte Haus zum Museum eines früheren Bewohners geworden sein wird; außer also hier und da einer Brache, wie sie moderne Kriege hinterlassen... Florian erklärte sich ihre Freundlichkeit mit derselben Lust am Primitiven, die sie bei Lipp derart rauhe Mengen von Sauerkraut mit Grützwurst vertilgen ließ, wie er sie aus hessischen Landgasthöfen durchaus nicht kannte. Jedenfalls machten sie ihm oder vielmehr seinem Entdecker sogar das allergrößte Kompliment »Mais il parle très bien!«, was weder ›Gut, daß er nicht lispelt oder nuschelt‹ noch ›Er weiß mit Worten umzugehen‹ hieß, sondern ›Für einen Barbaren spricht er gut Französisch‹. Höchstens hinter Florians Rükken warnten sie den alten Weggefährten Cohn, der wie kein zweiter das Zeug dazu hatte, ihrem Dasein mit Erstaunlichem aus Afrika und der Südsee, Antiken gingen meist in die neue Welt, wieder Reiz und Sinn zu geben, vor dem bei aller Farblosigkeit doch etwas undurchsichtigen Objekt seiner Begierde. Oder vielmehr warnten sie ihn vor dem unvernünftigen Impuls, sein Herz, bloß weil man Jungen liebt, an einen so viel Jüngeren zu hängen... Wahrscheinlich lag es an diesen Warnungen, daß Pierre »jetzt, wo mir zum ersten

Mal jemand zuhört«, wenn er vom Leben und der Kunst sprach, all die Leute plötzlich nicht mehr ertrug, »die immer nur den letzten Schrei haben wollen«. Außerdem war der alte Hase dem täglichen Einerlei eines Erfolgs längst überdrüssig, der sich, je schwindelerregender die Preise auf dem Kunstmarkt stiegen, zusehends nicht mehr nur darin erschöpfte, den Umschwüngen der Vorlieben und Abneigungen einer launischen Kundschaft, sondern auch den Fälligkeitsterminen immer schlafraubenderer Kredite im letzten Moment zuvorzukommen. Und so kam es, daß sich die beiden immer öfter irgendwo im Süden, immer mehr ineinander einigelten – was Florian dummerweise in jener Neigung zur Hasenfüßigkeit bestärkte, aus der heraus er schon als Schüler dem Wettlauf mit den Gleichaltrigen möglichst aus dem Weg gegangen war...

Dabei hatte der offenbar mit Hilfe von ebenso guten wie unklaren Beziehungen vor dem heimischen Wehrdienst ohne Aufnahmeprüfung an die Sorbonne ausgerückte Abiturient unter den Bakkalaurei kaum weniger gut bestanden als Maître Cohn in der Konkurrenz der Galerien rund um die Académie des Beaux Arts, deren bessere mit einer Ausnahme alle studierten Kunsthistorikern gehörten und sich auf ein Spezialgebiet beschränkten. So wie sich auf den fußbreiten Bürgersteigen Saint Germains alle Pärchen einig werden mußten, wer wem hinterherlief, war Florian während des letzten Schuljahrs durch die Altstädte, Kathedralen und Museen Westeuropas geführt worden: immer einen Schritt hinter seinem Meister, dessen nie aufzuholender Vorsprung darin bestand, längst zu kennen, was er ihm zeigte. Nun konnte er den ihm an hessischen Gesamtschulen mühsam eingebleuten Mangel an Wissensgrundlagen für ein Studium der tausendblättrigen Geschichte von Form und Sinn und Sinn und Form spielend ausgleichen: allein schon dadurch, daß er das unbeweisbar Schöne der Traditionen, egal welcher, anders als die Kommilitonen nicht für selbstverständlich hielt, sondern vielmehr allen Ernstes, tot oder lebendig, liebte. Er liebte die Gebäude mit der veralteten Heizungstechnik und den zwar vom Smog, nicht aber von Feuerstürmen geschwärzten Simsen, Pilastern, Architraven, liebte den Stuck und Muff in Hörsälen und Bibliotheken und sein Herzklopfen, wenn er sie betrat, liebte die dezenten, nur in der Sprache gelebten Eitelkeiten von Professoren, die es nicht nötig hatten, sich in Jeans zu zwängen, um vom Grau ihrer Schläfen abzulenken. Er bewunderte die trotzige Eleganz derer, die zwar wissen, sich aber zu glauben weigern, daß alle menschlichen Anstrengungen vergebens sind, mit denen hier die verstiegensten Thesen vom Ende der Geschichte und dem Verschwinden der Wirklichkeit entwickelt wurden; und er staunte über das sonderbar gesittete Benehmen der Mithörer, jener gründlicher unterwiesenen und trotzdem viel gläubiger dasitzenden Hoffnungen der Grande Nation, die ihm zugleich erwachsener und kindlicher als er selbst vorkamen. Sogar Samir, mit dem er sich beim Maulen über Mensa-Couscous anfreundete, als jüngste von fünf, sechs Schwestern in der Vorstadt aufgewachsen, besaß dieses unselbständige Selbstbewußtsein, das nur vergleichsweise behüteter Nachwuchs haben konnte. Diese unbedingte, weniger den Gegenständen selbst als ihrer flüchtigen Aura geltende Liebe dürfte, sobald er spürte, daß sie dort nicht durch die Geistesübung sinnlicher Erfahrungen gefestigt, sondern im Gegenteil durch simple Denkoperationen dekonstruiert werden sollte, jedoch auch der Grund dafür gewesen sein, daß aus einem notorischen Schulschwänzer und Sitzenbleiber auch in Paris kein ordentlicher Akademiker und Mensch zu machen war.

Nach drei Semestern wurde es einfach lästig, Lichtbildvorträgen über Tempelruinen zu folgen, in deren Schatten man erst kürzlich mit Sokrates von den fleischigen schwarzen Oliven, dem eingelegten Schafskäse und den rotwangigen Aprikosen gekostet hatte, die er als Kenner der seit Jahrtausenden und seiner Jugend unveränderten Landesküche (»Gleich nach dem Krieg konnte man hier noch zu zweit von einem Dollar am Tag leben...«) vorsichtshalber direkt von einer verrunzelten Bäuerin am Straßenrand besorgt hatte. So ließ es sich über Zeus und die Welt reden: über die Entwicklung der Säulenordnungen seit der Archaik, über Herman, der sich nur widerwillig noch einmal über den Atlantik hatte locken lassen, da er als GI in Süditalien etwas erlebt haben mußte, das er bis heute niemandem erzählt, und über den gar nicht an Ganymed gemahnenden Knaben auf der Vespa, der uns eine Zeitlang grinsend nachgefahren war: »Die griechische Tragödie ist, daß die Türken statt Rezepten Kinder im Land gelassen haben!« Außerdem verflüchtigte sich das Fluidum des eloquentesten Dozenten, so neidvoll man auch noch am Vormittag die Leidenschaft bewundert hatte, mit der er gegen Raubgräber und Antikenhandel wetterte, wenn man ihn noch am selben Tag kurz vor Ladenschluß, er trug nur ein entspannteres Gesicht zum selben Kashmerejackett, in die Galerie stürzen sah. Verständlich, daß er den frisch eingetroffenen rotfigurigen apulischen Volutenkrater, von dem ihm sein »Teurer Freund!« am Telefon vorgeschwärmt hatte, als erster in Augenschein nehmen wollte – aber was bedeutete es, wenn er ihn dann auch prompt ohne langes Feilschen kaufte und (»Wenn Ihr Ge-Gehilfe so liebenswürdig wäre, ihn g-gleich einzupakken!«) zitternd vor Begehren heimtrug? Und naturgemäß war es auf die Dauer auch nicht immer einfach, sich dem Interesse der Mitstudenten zu entziehen. Vor allem die Annäherungsversuche jener empfindsamen Mädchen machten ihm zu schaffen, in deren Schatten er schon immer gern Blütenträumen von Anmut und Sanftmut nachgehangen hatte: Immerhin wollten sie, die sich hier statt selbstgestrickt-alternativ eher traditionell feminin gaben, auch als kämpferische Feministinnen nie grob oder gar vulgär auftraten, erkennbar mehr mit ihm austauschen als nur Urteile über die Romane, die man sich gegenseitig empfahl und lieh – und über die er gewöhnlich um so weniger zu sagen wußte, je mehr er sie mochte, und die er desto mehr mochte, je weniger ihre Helden wußten, wie sie in sie hineingeraten waren. So schwer es Florian ankam, einem so liebenswürdigen Geschöpf, Eve etwa, die zum dritten Mal ein Rendezvous am Grab von Marcel Proust vorschlug, »Non, je ne vois pas!« ins Gesicht zu sagen, so wenig wäre es ihm in dem Traum, der sein Leben war, eingefallen, auf die direkteren Avancen seiner Geschlechtsgenossen einzugehen – bestimmt nicht, solange er nicht einmal sehen konnte, welches Gesicht von Fall zu Fall zu jenen Realien gehörte, die sich durch gewisse Löcher in den Klowänden zu schieben pflegten. Organe einer von aller Sentimentalität freien Sexualität, die ihn (obschon im Vergleich zum eigenen Ebenmaß aller Dinge selbstverständlich meist von unschön zugespitzter oder aufgeworfener Gestalt, rissig wie holziger Spargel oder schleimig wie faule Ständerpilze, nicht selten umgarnt von krampfaderdicken Venen, vom Geruch gar nicht zu reden...) weniger anekelten als erschreckten, gerade weil er wußte, was damit anzufangen wäre...

Ebenso delikat waren für einen von »Cohn – Fine Arts« verwöhnten Pinkel jene beim Studium der Kulturgeschichte nicht zu umgehenden Exkursionen in die offenkundig auch im Marais längst aus den luftigen Dachböden der Boheme in die aussichtlosen Keller labyrinthisch verzweigter Subkulturszenen abgesunkene Avantgarde. Dabei bedauerte er die Bewohner dieses Undergrounds aufrichtig, war es doch unter dem steingewordenen Herzen des abendländischen Kulturgebirges zweifellos besonders schwer, eine unbesetzte Kloakennische aufzuspüren, um sie hinfort gegen hunderttausend Konkurrenten als Brutstätte des nie Dagewesenen zu behaupten. Aber er verspürte nun einmal einfach keinen Appetit, ihnen beim verbissenen Widerkäuen der immer gleichen, aber immer noch ein bißchen mehr an Geschmack verlierenden Nullpunkte zuzusehen und zu -hören, die ihre olympischen Urahnen von unterm Dach nicht nur schon im Munde geführt, sondern auch verdaut hatten – den schönen, freien, blauen Himmel noch ein Leben lang vor Augen, aus dem sie Gott doch nur vertrieben hatten, um endlich selbst dort einzuziehen... Was trieb hübsche Jungs und nette Mädchen nur dazu, ihre Jugend zu verschwenden auf der Suche nach dem letzten nie gehörten, nein, nur nie als Musik notierten Klang, nach dem letzten nie gedachten, nein, nur nie gemachten Vers, nach dem letzten nie gesehenen, nein, nur nie als Kunst verkauften Müll? Was nur hielt sie in der ewigen Verdammnis einer Welt aus viel Lärm und noch mehr verlogenem Geschwätz ums weniger maßlose als unregelmäßige, bis auf den eigenen Anspruch in jeder Hinsicht beschränkte Leben? Vollends unerträglich wurde es ihm, dieses Paralleluniversum zu betreten, seit er auf der Vernissage eines der Ihren, der es damals gerade zum Saisonliebling und Spekulationsobjekt der Kulturschickeria gebracht hatte, den sämtlich maulwurfsschwarz gekleideten und ungesund blassen Kellerkindern zum ersten Mal in der Oberwelt begegnet war. Die Art, wie sie Pierre umschwänzelten, ihn aber schnitten, ließ erahnen, daß sie all das auf sich nahmen, um eines Tags just in jenes Milieu aufzusteigen, in dem er gelandet war, ohne zu wissen wie oder was er dort sollte. Um so leichter, sich ihre Gesellschaft hinfort zu versagen: »Cherie, du weißt doch seit Wochen, daß wir heut abend diese gräßlichen Friedmans aus Miami zu Tisch haben!« Dagegen waren die fröhlichen Austernrunden mit dem halben Seminar »Chez Henri« ein regelrechter Kulturschock, den er entsprechend ungern verpaßt hätte: Ein Dutzend oder mehr Studenten, die es selbstverständlich fanden, an einem mit Damast und Porzellan gedeckten Tisch unter Art-Deco-Lüstern zu sitzen und von einem Herrn in Anzug und Schürze bedient zu werden, den sie selbstverständlich siezten; die »Bitte« sagten, wenn sie etwas wollten, »Danke«, wenn sie es bekamen, und die nie darauf verfallen wären, ein Weißweinglas am Kelch zu greifen! Keine dieser leichten und obendrein vertrauten Irritationen aber, nichts weiter als das hin und wieder noch einmal hochkommende Kindheitsgefühl der Fremdheit, gab den Ausschlag dafür, daß er eines warmen Märzentages aus der Vorlesung in der Abgußsammlung der Akademie einfach fortging und seither keinen Fuß mehr in eine höhere Lehranstalt gesetzt hat. Beim Anblick der schönen Gipsknaben war ihm nur plötzlich klargeworden, daß er von ihnen gar nichts wissen wollte, am wenigsten, wie bunt sie im Original gewesen waren, sondern nichts weiter wünschte, als für alle Ewigkeit so frühlingsblaß wie sie zu bleiben...

Nolens volens brachte es diese Blässe mit sich, daß Florian, mochte er es sich auch vornehmen so oft er wollte, weder Manns genug war zu sagen, noch überhaupt zu wissen, was er wünschte, mochte, wollte. Und so verließ er weiterhin jeden Morgen die mit hierher verlagerten Ladenhütern vollgestellte, obendrein dunkle Wohnung auf der verkehrten Seite der durch ihre Enge halbwegs ruhigen Rue Jacob. Was sollte er auch allein in den Räumen eines Hagestolzes, dessen Eßzimmer das nächste Bistro, dessen Salon aber seine Galerie gewesen war, seit er den Traum endgültig aufgegeben hatte, sein Leben eines Tages mit etwas Lebendigerem zu teilen als aus der Mode geratenen Madonnen oder Gandhara-Buddhas, mit denen der Markt durch den Krieg in Afghanistan bis auf weiteres überschwemmt war. Dem Nicht-mehr-Vorgesehenen hatte die treuherzig angegebene Adresse der Wohnung in der Beletage eines Stadt-Palais aus der Zeit Ludwigs des Letzten vor allem Samirs Stirnrunzeln und das Augendeckelklappern mancher nicht weniger klassenbewußter Kommilitonin eingetragen... Florian mochte eigentlich nur die grimmig blickenden Löwenköpfchen mit dem Bronzering im Maul, die allerdings auch nach Jahren nicht merklich dadurch heller wurden, daß er ihnen an die Stupsnasen faßte, wann immer die grünlackierte Tür im hohen Torhausbogen hinter ihm ins Schloß gekracht war: »Bonjour, Madame Duclos!« Dann zog er los, zunächst, die mißbilligenden Blicke der Concierge im Nacken, in Richtung Quartier Latin. Sobald ihr fetter Perserkater den eher symbolischen Versuch, ihn zu begleiten, aber aufgegeben hatte, bog er ab, bog nochmals ab und lief in die entgegengesetzte Richtung. Hastig durchschnitt er die Gassen Saint Germains, wo in jedem zweiten Haus irgendein Geistesheld gelebt hatte, der nun auch schon tot war, was Florian immer dann besonders eifersüchtig machte, wenn Pierre ihn noch gekannt hatte: ein engmaschiges Netz aus Bekanntschaften, geknüpft längst vor seiner Geburt, und aus Geschäften, mehr oder minder guten, mit den schönen Resten jener versunkenen alten Zeit, deren hier überall zu spürende Ab-, nein, Anwesenheit ihn seltsam traurig stimmte – desto mehr, je weniger lang sie zurücklag. Mochten ihm hundert im La Palette frühstückende Literaten oder vor ihren Läden herumstehende Antiquare mißtrauisch hinterhersehen – er wußte, daß er nicht zum Herzeigen unter ihnen lebte, sondern weil er, so eigentümlich Pierres Bekannte das auch finden mochten, zum Subjekt dieser Liebe auf eine Weise gehörte, die nichts erschüttern konnte. Wahrscheinlich sehnte er sich sogar insgeheim danach, von jener seit Jahrzehnten dem Zeitgeist hinterherhechelnden Avandgarde-Galeristin, der es dabei immerhin gelungen war, sich die erforderliche Modellfigur für lederne Miniröcke zu erhalten, auf seinen Abwegen erkannt und angeschwärzt zu werden: um endlich eine Chance zu bekommen, seine Schande errötend zu gestehen.

Seit dem Erblühen der Primeln im Luxemburger Garten hatte er blaugemacht und war unter weiträumiger Umgehung der Schaufenster in der Heilig-Väterstraße an die Seine geschlichen – hintenherum an der Galerie vorbei, wo er sich erst nach fünf blicken lassen durfte. Gab es ein größeres Glück, als zur blauen Stunde, wenn sich auf dem wackligen Empire-Sofa und den kongolesischen Häuptlingsstühlen des Hinterzimmers die für Normalstudenten unerreichbaren Koryphäen und Kunstkanonen einfanden, um bei einem kleinen Roten in wechselnder Besetzung über Amerika und die jeweils Abwesenden herzuziehen, Mundschenk und Mäuschen zu spielen? Einstweilen aber schlug er sich, Vogelgesang in Bauch und Ohren, auf dem Umweg über den Pont Royal aufs andere, rechte Ufer – als bourgeois verpönt in jenen Kreisen, die, anders als die rasch davontreibenden im lehmigen Märzhochwasser, auf das er spuckte, nun einmal nicht seine waren. Bevor ihm erst so trüb zumute wurde, daß er dem Einfall aufsaß, er könnte Heimweh haben nach einem Fluß, der Main hieß, was er sich denn doch nur ungern eingestanden hätte, riß er sich bald wieder vom Geländer los und lief über die Uferstraße, hier wie in Frankfurt Kai genannt, zum Louvre. Sonst pilgerten sie, ebenso regelmäßig wie andere Menschen an anderen Wochentagen in andere Tempel, immer montags dorthin, wenn mit den staatlichen Museen auch die Kunsthandlungen geschlossen hatten; jetzt aber, ohne seinen Hohepriester als

Privatführer, allein unter Schulklassen und Touristen und ohne den Weihrauch von frischem Bohnerwachsduft in der Nase, hätte er sich dort gewiß so verloren gefühlt wie vor einem Postamt am Sonntag. Und so schritt er, statt den Kunstpalast zu betreten, durch dessen flußwärtige Front hindurch, ins Offene zwischen seinen Schenkeln. Abwegiges Geständnis, daß er dort oft stundenlang unentschlossen herumstand und den Ausschachtungen für den neuen Haupteingang im Ehrenhof zusah, die mit der Langsamkeit archäologischer Grabungen auf der Stelle traten; und daß er sich die Zeit damit vertrieb, den Nummernschildern der Reisebusse Punkte auf der ihm seit früher Kindheit im Gedächtnis verankerten Europakarte zuzuordnen – unfähig zu entscheiden, welches Ziel ihm der Mühe, es zu erreichen, mehr wert als andere erschiene. Irgendwann muß er den kleinen Triumphbogen dann doch durchschritten haben, an dem letzthin die Freundschaft mit Samir zerbrochen war: weil ein überspannter Typ wie Florian es nun einmal nicht lustig finden konnte, erst mit Vollgas durch die Tulpenbeete der Tuilerien und dann durch dieses kaum kutschenbreite Nadelöhr gehetzt zu werden – nachts, als einer von fünf oder sechs in einen klapprigen Simca gepferchten Kumpel, die bis auf ihn alle Trips geschluckt hatten und sich sowieso nichts von jemandem hätten sagen lassen, der auch dann, wenn er nicht um sein Leben fürchten mußte, so bleich war, daß ihn noch nie jemand Kameltreiber geschimpft hatte. Und plötzlich (hatte er deshalb zunächst soviel gestanden?) bekam er, Odysseus am Tag der Heimkehr, nein, nur sein von der Sehne schnellender Pfeil, um so größere Lust am Ausschreiten: Nicht eher ruhte er, bis er die zentrale Stadtachse über das Korn des Obelisken und die Kimme des zunächst kaum über den Horizont ragenden großen Bogens vollständig durchflogen hatte – ohne sich bei der Frage aufzuhalten, woher die doch offensichtlich nur geborgte Kraft kam, mit der er diese ewigen Motive der Fremdenverkehrswerbung so zügig hinter sich zurückließ. Was sollte ihm ein Hofgarten, auf dessen Kieswegen sich werktagvormittags wohl nur vereinzelte Gestalten in Überlegungen der Art ergingen, wie groß die Wahrscheinlichkeit sei, daß ein herabfallender Platanenast sie erschlüge? Schon stürzte er sich im schlafwandlerischen Bewußtsein seiner Unsterblichkeit, ohne nach rechts und links zu gucken, durch das hupende Blechknäuel auf dem Platz der Eintracht, und hinein ins Gewühl der Kundenkönige und Kellnerzaren, Crêpes-Suzette- und Kokainverkäufer auf der Paradestraße, deren lärmende Unähnlichkeit mit Paradiesfeldern ihn jedesmal aufzuputschen vermochte. Schon stand er unter dem arg auftrumpfenden Kriegerdenkmal, das er in Berlin verabscheut hätte... Und natürlich machte er auch am großen Sternplatz nicht etwa halt, sondern marschierte gleich durch nach La Defense, in jene schon heimeliger, jedenfalls vertrauter, weil amerikanischer anmutende Corporate-Headquarters-Kolonie, bei deren Anblick Puls und Atmung erst ihr schmerzendes Maximum erreichten. Dagegen ließ die Schrittfrequenz dort langsam nach, fuhren auf den betonierten Tiefgaragendecken zwischen den Glasfassaden doch immer ein paar Kids Skateboard, bei denen er ja nun auch nicht stehenbleiben wollte. Und so schleppte er sich weiter in Gegenden weitab vom Schuß, deren heruntergekommenen, nur mehr zweistöckigen Gebäuden anzusehen war, daß hier früher, zu Flauberts Zeiten etwa, der Stadtrand ins ländliche Umland überging. Am Ende blieb er zitternd vor Erschöpfung stecken in einem ehemaligen Ausflugslokal, jetzt Billard-Kneipe mit räudigen Fliederbüschen vor der Tür und einem abgetakelten Transvestiten hinterm Tresen. Das war alles. Im Prinzip. Grundlegend anderes war nie geschehen.

Allerdings gab es in der Metropole, in der ein Kind der deutschen Provinzialität wohl erst dann ankommen konnte, wenn es sie nach Hausmannsart durchwandert hatte, noch etliche andere Magistralen, Schlangen lachender Jugendlicher vor Kinokassen, an denen man sich anstellen konnte, um weiterzugehen, sobald man an der Reihe war, ebenso Flohmärkte, Friedhöfe und dergleichen. Manchmal, warum es verschweigen, fuhr Maître Cohns sauberer Lehrling an faulen oder regnerischen Tagen auch von früh bis spät nur U-Bahn, immer von einer Endstation zur andern. Einmal, dafür schämte er sich aber derart, daß er es nie gebeichtet hat, ging er in seiner Sehnsucht nach sich selbst sogar so weit, dafür zu sorgen, daß ihm jemand hinterherlief: irgendein alter Knacker von der unappetitlichen Sorte, derentwegen er auf seinen Wanderungen große Bögen um die Bahnhöfe zu machen pflegte. Da er ihn mehrere Blocks entfernt von Saint Lazare, also innerlich ungewappnet getroffen hatte, wich er seinem Leidensblick diesmal aber nicht aus, ja, erwiderte ihn aus einer Laune heraus sogar auf eine Weise, die der andere als Ermutigung verstehen mußte. Stundenlang mußte ihm der arme Teufel stadtauswärts nachhinken, immer von einem verschnörkelten Belle-Époque-Mietshaus mit Hotel garni auf der Etage zum nächsten, ohne daß er die fünfzig steife Schritt Abstand zum vor ihm Herschlendernden, über ihn mit der Willkür der Lenden Herrschenden je überwinden konnte. Florian konnte einfach nicht anders, als ihn an jeder Kreuzung durch ein kurzes Umschauen bei der Stange zu halten. Es war, als wäre er längst auch an den gekettet, der ihn verfolgte. Und seltsamerweiser fühlte er sich beim Foltern so deutlich gegen die Menschheit abgegrenzt und zugleich einer bestimmten Gruppe zugehörig wie noch nie: eine sentimentale Faszination, der er sich um so weniger entziehen konnte, je bemühter er versuchte, sich in einen Résistancemann mit pechschwarzem Haar zu versetzen, dem ein blondes Milchgesicht wie er soeben die Kniescheibe zertrümmert... Kurz hinter dem Autobahnring konnte der Alte nicht mehr, hockte sich in Ermangelung einer Parkbank auf den Parkverhinderungspoller vor der Hofeinfahrt einer Gebrauchtwagenhandlung und schlug die Hände vor den schildkrötenkahlen Kopf, als müßten sie ihm nun für den Rest des Lebens das verlorengegangene Gesicht ersetzen. Sekundenlang unfähig zu entschweben, floß der Unschuldsengel schier über vom schaurigschönen Schrecken, heiß wie die ersten Schlucke Schnaps und Samen, sich als Mengele outriert zu haben... Im Kern ging es ihm wohl nur darum, in die Peripherie zu kommen, an den Rand, ins Abseits, dorthin, wo keine historischen Kulissen die hinfälligen Mythen Nation und Individuum wachhielten. Sollten sich die anderen durch Anstrengungen aller Art von ihresgleichen unterscheiden; er wollte unter gesichtslosen Schlafbehausungen lustwandeln, die ihm gestatten würden, wieder in die Dämmerungszone einzutreten, in der er aufgewachsen war. Im Schatten der nach dem Ende der Geschichte überall im Abendland errichteten Hochregallager für die Untoten des kalten Weltkriegs hoffte er, unter den noch fast Gleichaltrigen nicht aufzufallen, die zwischen Schulschluß und Abendbrot im Freien herumlungern – gegenüber dem Himmel, bei den Müllcontainern mit jenen Graffiti, die die ganze Welt zur Bronx machen, bei den demolierten Fernsprechzellen, deren Design ihm einst ›différence‹ signalisiert hatte. Was er dort suchte, war die kreidebleiche Umrißlinie eines Menschen auf dem von Horizont zu Hochhausfront verlegten Verbundpflaster aus Betongußsteinen, das nicht die Welt bedeutet, beim Aufprall aus hinreichender Höhe aber das Leben kosten konnte. Was er dort wollte, war, sich ein Weilchen der Illusion hingeben, er könnte noch einmal aufgehen im Reich jener nach Sonnenuntergang gezeugten

Schatten, die mit allem rechnen, weil sie wissen, daß ihnen nichts bevorsteht. Was er wollte, war wieder Schatten unter Schatten sein und jeder Veränderung, die ihm Kontur verliehe, ob nun Blitzlicht, Feuersbrunst oder Atomblitz, cool entgegenfiebern, ohne gut oder schlecht dabei zu träumen – am wenigsten von einem weißen Ritter, der eines Tags daherkäme, ihn auf sein hohes Roß höbe und in die Lichterstadt entführte... Nein, stehengeblieben, um ins Gespräch zu kommen, war er nie, sein Schulfranzösisch und ihr Pennälerjargon hätten sich kaum vertragen. Ja, er wußte zur Not, auch ohne die großen Klappmesser gewisser anbetungswürdiger »Ado's« gesehen zu haben, die seiner Klamotten habhaft werden wollten, daß er dort nichts zu suchen hatte, wo der Flori von früher nun einmal bestimmt nicht aufzuspüren war. Nein, gegessen hatte er den ganzen Tag lang nichts, allein mit sich verspürte er keinerlei Appetit... Pierre, dem es naturgemäß nicht lieb sein konnte, seinen Herzensprinzen als Bettelknaben zu erleben, hätte ein Stein in der Brust stecken müssen, wollte er ihn von seinem Versprechen nicht entbinden, »Werktags außer montags 10 bis 17 Uhr« eine bürgerliche Doppelexistenz als Student zu führen. So konnte Florian sich, sein Leben, seine Bildung endlich ganz in die Hände des Liebhabers legen – der sich insgeheim nie etwas anderes gewünscht hatte und im übrigen weder in die Rolle des Beicht- und Herbergsvaters geraten noch gar das Frau Dr. König gegebene Wort brechen wollte, ihren Jüngsten wie seinen Augapfel zu hüten...

Ob ich heute glaube, daß es damals ein Fehler war, oder weiß, daß ich es, wäre ich noch einmal so jung wie damals, heute wieder genauso machen würde: fest steht, daß es meine Entscheidung war. Und vielleicht beruht die Ungeduld, die sich nun seit Stunden mit jeder Breitensekunde steigert, die ich weiter ins Midi vorrolle, ja auf der Hoffnung, ich könnte, wenn ich mich zur gleichen Zeit am gleichen Ort einfinde, mein Leben wieder da aufnehmen, wo es mir heute vor auf den Tag genau sieben Jahren aus der Hand genommen wurde, ohne darum einen Tag lang anzuhalten. Und wer weiß, schließlich zählen glückliche Jahre so wenig, daß ich mich jung gehalten habe, vielleicht gelingt es mir ja am Ende sogar, das für mich coolgehaltene Schattenplätzchen auf der kultmäßig korrekten Außenseite des Daseins doch noch zu erobern: jene den herrschenden Sitten und Normen angepaßte Existenz, nach der ich mich insgeheim schon sehnte, als ich als Kind in der fußstapfenlosen Steppe meines Vaters beschloß, genau wie er als einsamer Wolf zu vegetieren. Ich, freischaffender Sozialhilfeempfänger, Schamhaarfriseur und Piercing-Artist, der sich, unterhalten zur Animation versnobter Avandgarde-Touristen, als früh alternder Künstler eines Überlebens ohne Luxus, Stille, Sinnlichkeit von einem Idiotenjob, Abbruchhaus und One-Night-Stand zum nächsten durch das malerisch verkommene Ost-Berlin (vergiß die Bronx, Herman!) als zur Zeit meistbesuchtem Disney-Dschungel hangelt! Mein luxurierendes Dasein als Beifahrer jedenfalls, der die bewegte Welt vom druckluftgefederten Hochsitz vor dem Panoramabildschirm einer am oberen Rand bernsteinfarben getönten Lkw-Windschutzscheibe wahrnimmt, kommt in diesem Moment zu Ende: Ein Sprung aus dem klimatisierten Halbschatten, »Merci, Monsieur!«, Tür zu – und ich stehe in der prallen Mittagssonne auf dem vor Lärm bebenden Asphalt der Péage-Station vor dem Autobahnkreuz Aix, wo sich die Strecken nach Marseille und Nizza trennen.

Der Scheideweg jedoch, an dem ich endgültig und tatsächlich stehe, sobald ich die wenigen Kilometer zur nächsten autostoptauglichen Auffahrt Aix-Est verbotenerweise auf der Standspur marschiert bin, ist jener zwischen den mönchisch abgeschiedenen Höhen ästhetischer Betrachtung und den wohl fruchtbareren Niederungen eines zur Tat schreitenden Lebens als Mensch unter Menschen: der offenen See... In dem beschaulichen Universitätsstädtchen nämlich geht die auf Touristenkarten grün gekennzeichnete Serpentinenstraße in jene Berge ab, deren Grau ein einzelner für den Rest der Menschheit in lebenslangem Ringen graublau, grauviolett, grauorange gemalt hat. Dieser nicht ungefährliche Saumpfad ins weltabgewandte Innen war immer wieder gut für ein Gespräch über den Irren, den die Menschen jetzt vergöttern, weil er stellvertretend für sie an dem gottverlassenen Felsbrocken gescheitert ist. Und wenn ich ein Bild für die Schönheit in mir trage, die nicht mit Augen anzuschauen ist, dann ist es der Ausdruck von Stolz auf Pierres Gesicht, wenn ihm sein gescheiter Liebling auseinandersetzt, daß nicht der Sieg des Schönen über das Wirkliche, sondern seine Niederlage heilig ist, Kunst also nicht, was wir träumen, sondern das Trümmerfeld, das am Ende nachbleibt... Hundertsechsunddreißigmal muß ich auf dieser unfallträchtigsten Nebenstraße des ganzen Départements gefahren sein, bei jedem Sonnenstand, immer wieder gern und nicht mal schlecht – wenn auch kaum je, ohne vom Nebensitz abwechselnd erregt auf die von Mal zu Mal neuen Reize der nur auf den ersten Blick eintönigen Landschaft aufmerksam gemacht zu werden. Wehe, wenn ich vom Steuer aufsah: »Du willst uns wohl umbringen!« Der Fels, der meine Wegscheide markiert, heißt weniger Mont St. Victoire als Pierre: kein erloschener Vulkan in der Mittagssonne, sondern ein durchaus beschreiblicher Tatmensch, grau, groß und schroff, Schmied seines Glücks, jederzeit bereit auszubrechen. Auf das nur vernünftige Angebot Frau Königs hin, ihrem noch etwas verträumten Jungen, nachdem er auf den stillen Hypermarktparkdecks von Aix wider Erwarten die Führerscheinprüfung bestanden hatte, für die ersten Beulen irgendeine kleine Rostlaube zu schenken, verfiel dieser Weise darauf, ihn noch am selben Tag (»Er soll ja nicht träumen, sondern lernen, die Augen aufzumachen!«) durch die hupende Echthölle von Marseille zu lotsen, zum Jaguarimporteur am Hafen, um sein bisheriges gegen das neueste Modell einzutauschen: »Ab heute fährst du!« Wenn mich der geräderte Traum manchmal auch bis in den Schlaf verfolgt hat, läßt sich doch nicht leugnen, daß ich am Steuer stets hellwach war und nie einen Unfall gebaut habe... Schwer zu sagen, ob das große Glücksspiel ähnlich gut ausgegangen ist wie dies wohlfeile Roulette mit einem nur mondänen, aber nicht auf Jahre hinaus die Welt kostenden Jungentraum – und wenn ja, ob sich das Ergebnis, weniger Erkenntnis als Erfahrung, nun auf den ernsten Rest des Lebens übertragen läßt. Glasklar ist dagegen, daß ich nicht zurückkriechen kann in die Retorte, die ich nun mal zerschlagen habe. Wenn ich glaube, daß ich ins Labor der unter idealen, also denkbar günstigsten und künstlichsten Bedingungen verwirklichten Utopie zurück kann, habe ich mich geschnitten, blute ich dafür den Rest des Lebens, versaue ich am Ende auch noch das Gewesene; nein, in die Abbaye führt kein Weg retour!

Klar ist, daß ich aus dem Traumalter längst heraus bin, daß der Lack nun immer schneller ab- und damit ein Glück zu Ende geht, das ich in letzter Zeit verläßlicher gehabt als empfunden zu haben scheine – nicht länger durch Cohnsche Kopfwäschen à la »Happiness is not everything in life!« von Schwermutsanfällen zu kurieren. Und auch damit ist es jetzt offenbar vorbei, halte ich den darüber schon steif werdenden und mehr in den Himmel als in Fahrtrichtung zeigenden Daumen doch seit einer halben Ewigkeit in die Flaute. Das Spiel »Tu es en vacances?« ist aus, für mich wird keiner der Vorüberbrausenden mehr eine Vollbremsung riskieren wie für den Sechzehnjährigen in knapp unter den Leisten gekappten Jeans: von einem Augenlidzucken zum nächsten todgeweiht, als hätte etwas Unausweichliches die Windschutzscheibe zwischen ihm und dem Leben durchschlagen. Die Zeit, da alles leicht war, ist vorüber, ich bin nicht in Ferien, sondern auf der Flucht, und selbst die Sonne hat ihren endlos hinausgezögerten, zum Anschein eines flirrenden Kontinuums verschleppten Höhepunkt irgendwann doch überschritten. Plötzlich wird mir klar, warum ich gerade im Midi so oft »Il faut profiter!« über jenes Schöne vom Sonnenschein bis zur Melonenzeit habe sagen hören, das hier, anders als die Morgenfrische und die Jugend, lange nicht so vergänglich zu sein schien wie im Norden. Und ich begreife, daß Pierre in all den Jahren sehenden Auges gegen das Unvermeidliche gekämpft hat: weil ihm nicht nur von Anfang an bewußt gewesen sein muß, daß er es nicht verhindern könnte, sondern ihm sogar mit allem, was er tat war hatte, zum gefürchteten, aus vollem Herzen erhofften Sieg verhelfen würde. Deshalb also führten unsere Exkursionen in immer entlegenere Weltgegenden! Und deshalb fielen die Feste samt Kammerkonzert in der Klosterkirche von Mal zu Mal üppiger aus, zu denen er außer den ausgedörrten Nachbarn vor allem die Pariser Freunde einlud, um ihnen vorzuführen, wie glücklich er mit seinem Liebling und dessen Entwicklung war: »Nein, meine Teuerste, der Apoll ist eine römische Kopie; achten Sie immer auf die Hüften: je speckiger, desto später; oder fragen Sie einfach Florian, er ist auf dem Gebiet Experte...!« Jede Anstrengung, die er unternahm, um uns noch einmal mit meinem Staunen zu beschenken, war dem Gesetz der abnehmenden Profite unterworfen – und obendrein der Dialektik eines Eros, der den Epheben ja nicht wie ein begehrtes Ding besitzen, sondern vielmehr dahin führen will, keinen Führer mehr zu brauchen. Eine Liebe, die ja nicht dem fertigen Juniorchef, sondern der während der Lehrzeit flüchtigen Ähnlichkeit des Schutzbefohlenen mit einem Prinzen galt, konnte sich nur darin erfüllen, ihren Gegenstand zu vernichten! Vielleicht tut Pierre deshalb immer so, als sei es ihm egal, was die Zukunft bringt; vielleicht tut er deshalb so, als könnte er verdrängen, daß wir auf eine Pleite zutreiben, die allein durch Jean-Maries Entlassung (»Ich liebe es, für dich zu kochen!«) noch längst nicht abgewendet ist und demnächst ohnehin einen Neuanfang erzwungen hätte. Seit Mathieus Weggang hat die Galerie schließlich mehr schlecht als recht von der Substanz, vom Bodensatz des liegengebliebenen Krimskrams gelebt. Und trotzdem hat Pierre, seit er mich einmal dabei ertappte, daß mir der Abschied von einem naxischen Knabentorso schwerfiel, letzthin wie ein Wirt, der selbst sein bester Kunde ist, immer bedeutendere und mehr Kapital bindende Objekte per Höchstgebot erbeutet, aber nicht mehr verkauft: »Ich habe mich immer von allem trennen müssen, aber jetzt findet man kaum noch Qualität, und für dich will ich ein paar schöne Stücke halten!« Im Laufe der Zeit hat sich das karge mittelalterliche Gemäuer von einem leeren Projektionsraum, den die Phantasie beim Schwärmen über anderswo Gesehenes um so leichter zu einem virtuellen Museum ausgestalten konnte, in eine veritable Glyptothek verwandelt. Daß einem Traumtänzer an der provenzalischen Julisonne am frühen Nachmittag frösteln kann, wenn ihm zufällig einmal etwas aufgeht: Pierre hat selbst im allerersten Sommer, als wir, frisch befreit vom Fluch ewiger Abschiede auf irgendwelchen Airports, den stillen Klosterhafen nur für Ausflüge verließen, schon genau gewußt, daß ich eines Tages an der Straße stehen würde – ein entlaufener Hans im Glück, der die Fesseln seines Märchens sprengt, obwohl er spürt, daß sie das Beste waren, was das Leben für ihn bereithielt. In jedem glücklichen Moment muß Pierre ans Ende gedacht haben: bei jedem Einkauf auf dem Markt in Aix, jeder Fahrt durch Arles und die Camargue ans Meer, jedem Lustwandeln auf den ausgetretenen Pfaden der Römer über den Pont du Gard nach Nîmes: »Honey! Bitte! Komm da runter!« Und ich Idiot dachte, es geht bei Petrarcas Grab an der Fontaine de Vaucluse um Haute-Epoque-Verehrung! In Orange und Avignon um die Jetzt- und Festivalzeit! Darum, beim lachenden Gekurve auf halsbrecherischen Abkürzungen in Gebirgskäffer, wo auch in der Hochsaison niemand mit Gästen rechnet, als Fremde gut und billig zu essen wie Ziegenhirten und die Force de frappe! Höchstens trieb mich die Sorge um, zu tief ins Idyll hineinzurutschen, wenn ich sah, wie er bei den Provinz-Antiquairs, wo all unsere Touren unfehlbar zu Ende gingen (»Habe ich dir je erzählt, wie ich beim Trödler in der Portobello-Road, der sonst nur Museumskopien hatte, meinen ersten Ramseskopf gefunden habe?«), Kofferraumladungen bestickter Bett- und Tischwäsche fürs traute Heim erstand: »Dies gute Leinen gibt es heute gar nicht mehr – Il faut me faire un prix, Monsieur!« Genieße den Augenblick, präge ihn dir ein, versenke ihn in deinem Herzen; er geht vorbei und kommt nicht wieder. Ich muß auf der Stelle weg von hier!

Das anhaltende Reifenquietschen scheint mir, peinlich wie mir ist, es ausgelöst zu haben, übertrieben, exaltiert, hysterisch: schließlich kommt der schwarze Panda (werde ich mich vor einen Porsche werfen!?) etliche Meter vor mir zum Stillstand. Nun gut, die Fahrerin ist verständlicherweise bleich geworden, ich will versuchen, sie zu beruhigen, aber was hupt und fuchtelt denn der Depp im Peugeot, der meilenweit von ihr weg gewesen ist und sich doch höchstens darüber ärgern kann, ihr nicht hintendrauf geknallt zu sein. Hau schon ab, Opa, verpiß dich – dies ist ein Notfall. Nein, sie braucht nicht auszusteigen, es ist ja weiter nichts passiert

– am besten, hinten ist frei, fahren wir gleich weiter. Nein, es gibt nichts, was sie der Gendarmerie melden müßte – es sei denn, sie wünscht, daß ich Unannehmlichkeiten bekomme. Nein, ich habe soeben nicht versucht, mich umzubringen – noch ist es ja nicht zu spät: Ich muß nur, verstehen Sie, bitte, il faut absolu, und verzeihen Sie, bis spätestens fünf, halb sechs in Cannes sein! Kann sein, sie fährt auf der Stelle rechts ran und schmeißt mich raus – oder sie liefert mich bei der nächsten Autobahnwache ab: verübeln könnte ich es ihr nicht. Am besten lehne ich mich einfach zurück, halte fürs erste den Mund und mache, ja, es wirkt, schon kann sie mich nicht mehr sehen, vielleicht sogar die Augen zu. Seltsam, am Ende führt man sich auf wie ein Kleinkind und befindet sich in den Händen einer Frau... Und dann erinnert sie mich, auch ohne hennaroten Bubikopf oder sonstige äußerliche Ähnlichkeit, auch noch auf den ersten Blick an jene Gudrun, die dem sechzehnjährigen Schlawiner seine fragwürdige Unschuld zwar ziemlich unbedenklich abnahm, ihn hernach aber trotzdem nicht sitzenbleiben ließ... Vielleicht, daß die Übermüdung, die jetzt mit der Aufgeputschtheit nach der Adrenalinwelle zusammenfällt und dabei eine tranceartige Spiegelsee zurückläßt, mich allzu vertrauensselig macht, aber als ich nach etlichen Minuten ruhiger Fahrt zu blinzeln wage, scheint sich das genervte Gesicht neben mir zu einem reizenden Und-wie-heißt-die-Glückliche?-Lächeln zu entspannen. Tatsächlich friert es auch nicht ein, wird vielmehr restlos unbekümmert, als ich statt eines Frauennamens etwas murmle, was sie beim besten Willen nicht als »Prière...« (als Bitte, nicht in mich zu dringen), mißverstehen kann. Da wird alles Bohrende in mir weich, entgleiten mir alle Sorgen, Zweifel, umfängt mich das einschläfernd mollige Gefühl, rundherum gut aufgehoben zu sein, von dem ich auch schon früher hätte ahnen können, daß ich es nicht der gallischen Gockel wegen seit jeher mit Frankreich verbinde, sondern weil La France eine Frau ist: »Georgette!«, die meinem gar nicht geäußerten Wunsch entspricht und ein Tape einlegt – leider nicht »Marianne« von Leonard Cohen, sondern »Born in the U.S.A.«. Jetzt erst begreife ich, daß sie, obschon ihrem halb mütterlich strengen, halb studiert verständnisvollen Getue nach unverkennbar Lehrerin, schwerlich älter ist als ich. Wie einfach doch das Dasein sein kann: Im richtigen Moment zurückgegrinst, den Kopf putzmunter im Rhythmus des stumm mitgeschmetterten Refrains gewiegt, ohne dabei allzu aufgeweckt zu wirken, vom Rauchen der angebotenen Zigarette zwar dankend abgesehen, auf Bitten der Pilotin aber den Sicherheitsgurt angelegt – alles easy. Schon fängt sie an, von sich zu erzählen, dem Job in Aix, den sie tatsächlich mit »Maîtresse« angibt, von Mister nice-guy Systemanalytiker und Sportangler Guido aus Nizza, mit dem sie seit einem halben Jahr verlobt ist. Jetzt muß man nur noch interessiert tun und beim Nachfragen für ›Arbeit‹ statt trivial ›Travail‹ »Bulot« sagen, für ›Freund‹ »Mec« statt, vive la différence, ›Ami‹ – schon hat man den schroffen unsichtbaren Grenz-Canyon passiert, gehört dazu, ist anerkannt, wird ohne weitere Bedingungen auf- und angenommen als ›einer von uns‹; sprich von denen, die an das global gültige Identitätssurrogat Wir der Gleichaltrigen glauben... Und wie gut das tut! Einmal nichts weiter als ein x-beliebiger Mitzwanziger sein, der die Generationsgenossin Grundschullehrerin duzen darf, ja, ihr sogar die als orangenhäutiges Memento Mori auf dem Armaturenbrett herumkullernde Mandarine schälen und Schnitz um Schnitz ins spitze »A bon? Ou ça?«-Mündchen stecken, nachdem ihn sein eigenes, nun gleichfalls in Fahrt kommendes Geplapper als »sozusagen im selben Beruf tätig« geoutet hat...

Deshalb also die ganze Autostopp-Tour: um noch einmal das Gefühl der Befreiung zu simulieren, in dem jener Schüler an die Côte d'Azur zu fahren pflegte, der nie auf die Idee gekommen wäre, daß er einmal einen Ehrengast auf die Gala eines Hollywood-Studios in den Stahlbetonbunker des neuen Film-Festspielhauses zu Cannes begleiten würde – und der folglich auch noch nicht erzählt bekommen hatte, welches der majestätischen Art-Deco-Hotels das Gestapo-Hauptquartier für Südfrankreich war. Da er weder für Filmstars noch für Nobelkarossen, ja nicht einmal für Klaus Mann schwärmte, trampte er in den großen Ferien einfach immer dorthin zurück, wo er im ersten allein auf Trebe verbrachten Sommer am Ende hängengeblieben war. Vielleicht linderte die Kulisse des mondänen, sich im glitzernden Flitterkostüm in einer Halbmondbucht spiegelnden Weltbads ja sein Leiden an der eigenen Ziel- und Nutzlosigkeit ein wenig, und gewiß fühlte er sich unter denen, die ihre Schlafsäcke neben ihm am Strand ausrollten, ein bißchen wie unter Freunden ... Terry aus Liverpool gab sich als Dichter aus und konnte die fünfzig Mark, die ihm Florian darauf lieh, wohl deshalb nie zurückzahlen, weil er das Strandvolk zwar Nacht für Nacht mit traurigen irischen Balladen in den Schlaf singen, aber um keinen Preis für die Urlauber in den teuren Restaurants »Hey Jude« und »Yesterday« trällern wollte. Wayne aus Nebraska machte überhaupt nur zu diesem Zweck auf dem Weg nach Griechenland in Cannes Station und mochte die Gitarre nach der allabendlichen Schicht nicht mehr zur Hand nehmen, gab bei Tageslicht betrachtet aber die denkbar lebendigste Verkörperung der Marmorplastik eines hellenistischen Frisbeewerfers ab. Dagegen Dörte aus Kopenhagen! Ihre dünne Stimme machte zwar nicht viel her, ihre Figur war aber um so besser geeignet, um Wayne mit Terrys Baskenmütze in der Hand von Tisch zu Tisch zu begleiten ... Nur schade, daß sie mit ihrem

Anteil am seither verdreifachten Gewinn nichts Besseres anzufangen wußte, als auf zwei Flaschen und eine Nacht im Hotel Terminus zu sparen, um den beiden Schreihälsen, die sich ihretwegen schon fast geprügelt hätten, Gelegenheit zur Abkühlung zu geben und selbst wieder einmal warm zu baden. Außerdem wollte sie endlich Florian knacken, diesen lauen Frankfurter, dem es zwar unverkennbar Lust bereitete, nachts, wenn die letzten Verdauungsspaziergänger von der Promenade in weiche Hotelbetten gefunden hatten, nackt zur Badeinsel in der mondbeschienenen Bucht hinauszuschwimmen, unbegreiflicherweise aber vollkommen wurscht zu sein schien, ob sie ihn dort nun tropfend aufstöberte, gar (»How sweet – may I?«) anfaßte oder nicht. Sogar, als sie sich, des Rotweins ebenso ungewohnt wie der Mühe, im Bett selbst aktiv zu werden, im mürben, aber sauberen Bahnhofshotelfrottee über sein freundlich distanziert bleibendes Geschlecht erbrach, wußte er keinen schärferen Senf dazuzugeben, als »Must that be?« Weil ich mich als höflicher Gesellschafter Georgette gegenüber auf die komischen und pikanten Details beschränke, ihr Nöte und Öde jener Zeit erspare, vergeht die letzte Etappe unter unaufhörlichem Gerede und Gealbere wie im Flug – um nicht zu sagen wie auf Klassenreise, also in einer Stimmung, die es meiner neuen Copine als selbstverständlich erscheinen läßt, für mich (»Dann fahre ich halt entlang der Küste weiter!«) den Umweg durch Cannes in Kauf zu nehmen. Als sie mich, wie nach einer schlaflosen Nacht im Liegewagen eher aufgedreht als gerädert, am Bahnhof rausläßt, zeigt die Uhr neben den SNCF-Lettern gerade mal dreiviertel fünf: »Alors salut et bonne chance, Florian!«

Also habe ich es wohl wieder einmal geschafft und bin am Ziel – dort, wo alles anfing... Also ist und bleibt alles beim alten: Der Junge mit dem unausgeschlafenen Gesicht und dem frischen T-Shirt, dessen Falten auf die Fürsorglichkeit einer Mutter schließen lassen und darauf, daß er es eben erst einem seit Wochen im Gepäckfach gebunkerten Rucksack entnommen haben dürfte, bleibt, die Hände, nein, dafür wäre dort kein Platz, nur die Daumen in den Hosentaschen, vor der flachen, halbdunklen Bahnhofshalle stehen – länger als nötig wäre, um sich an das längst nicht mehr grelle Sonnenlicht zu gewöhnen. Er tut so, als müßte er geblendet blinzeln, überfliegt dabei aus den Augenwinkeln den beinahe ausgestorbenen Vorplatz, wo ein paar Taxis mit weitoffenen Türen warten, dreht sich nach einem vereinzelten Passanten um, der ihn keines Blickes würdigt, und taxiert kurz den einzigen gleich ihm scheinbar absichtslos Herumstehenden – zu jung, Student, vielleicht auf Droge. Er wendet sich ruckartig ab, studiert aufreizend lange den an der Bushaltestelle aushängenden Fahrplan, schaut noch einmal zurück, schlendert dann bei Rot über die Durchgangsstraße, die dem nicht mehr ganz jungen Seebad mit der chronisch verstopften Promenade Erleichterung verschafft, zeigt den Hupenden das Schwarze unterm Mittelfingernagel und verschwindet schließlich im Gewühl der Innenstadt. Genau wie am vierten Juli vor sieben Jahren und jedem anderen seither sind die um diese Zeit, zwischen Après-Soleil und Sun-Downer, besonders belebten Einkaufsstraßen nicht nur mit unzähligen Sternenbannern, sondern auch mit Matrosen in frischgestärkter weißer Ausgehuniform geschmückt. Schon blinkt es hinter den Palmen blau. Schon überquere ich die Croisette –

– und du sitzt, als wäre nichts geschehen, in einem dieser blauen Deckchairs, wo eigentlich ich sitzen müßte, um wie jedes Jahr den Zauber, der dich zu mir hinzog, durch treues Nachstellen des ersten Augenblicks zu beschwören. Als hättest du mich nicht seit Stunden hier erwartet und längst heranschleichen sehen, oder als interessiertest du dich brennend für Kriegsschiffe, guckst du aufs Meer – und hast ein blaues Auge! So weit ist es mit uns gekommen... Davon, daß du nicht mehr mit mir redest und angestrengt an mir vorbeischaust, wird es aber auch nicht besser: Dieses verletzte, vorwurfsvolle Schweigen war doch das Schlimmste; daß du vorvorletzte Nacht, statt mich in den Arm zu nehmen oder mir meinetwegen eine zu kleben, mich zu fragen, wo ich mich um Himmels willen herumgetrieben hatte, wortlos zur Decke gestarrt hast... Nicht, daß das, was am Ende, nachdem du meine Hand zum dritten Mal von deinem rasendem Herzen weggeschlagen hattest, aus dir hervorbrach, weniger lächerlich oder eher Anlaß für ein versöhnliches Lachen gewesen wäre! Nicht, daß ich mich danach sehne, noch einmal gesagt zu bekommen, daß du auf deine Mutter hättest hören sollen, die dich doch oft genug vor den Deutschen gewarnt hatte! – »Ja, brüll nur, das konntet ihr immer schon am besten!« Aber schließlich habe ich unverzeihlicherweise dann ja selbst die Beherrschung verloren; zum ersten Mal seit ich dich kenne, wieder das jähzornige Kind, das zuschlug, weil ihm die Wörter ausgegangen waren; und doch im allerletzten Moment Manns genug, auch nur so hart wie dieses Kind zuzuschlagen... Wenn es also der ausgleichenden Ungerechtigkeit dient, nenn mich ruhig ein paarmal ein deutsches Schwein – nur sag, bitte, irgend etwas zu mir und sieh mich, ja, so ist es besser, an... So böse sieht das Veilchen gar nicht aus – zum Hochzeitstag schenkt man sich eben Blumen – nun fang bloß nicht an zu lächeln, das könnte weh tun... Gut, schön, du hast recht, die Sache ist überhaupt nicht komisch, und du redest nicht mehr mit mir. Was gäbe es auch noch zu sagen: Aus COHN & KÖNIG wird nichts, das für die Kunsthandelsgesellschaft m. b. H. i. G. noch bis Montag 12 Uhr reservierte Ladenlokal in der Ku'dammseitenstraße wirst du ja wohl am nächsten Morgen abgesagt haben. Die Abbaye wirst du trotzdem verkaufen, obwohl du bestimmt nicht ohne mich nach Paris zurück willst – am ehesten wohl nach New York. Ich werde es eben allein in Berlin versuchen, schließlich kann man sich eine Existenz als verkrachter Ex-Alkibiades überall aufbauen – keine Sorge, so schnell wird man nicht zum Säufer, auch ohne dich nicht... Nur schade, daß ich nicht mit dir etwas anderes werden kann, schließlich kann ich nicht ein Leben lang dein Jungchen bleiben. – Würde ich ja liebend gern, geht aber leider nicht, Monsieur... Aber so ist das eben, Tel Aviv wie die Franzosen sagen, kein Grund zur Traurigkeit – ja schau, du lächelst! Solange du noch so lächeln kannst, findest du schnell Ersatz für mich – nimm zum Beispiel das Bürschchen da, der mit den Bügelfalten im T-Shirt, der dich schon die ganze Zeit anglotzt; ein Blick, und er sitzt dir auf dem Schoß und schwätzt von den Ferraris in den Hinterhöfen der Hotels und – »Nun halt schon die Klappe, du Idiot – ich liebe dich!«